U0554290

欧茨作品集

我带你去那儿

I'LL TAKE YOU THERE

〔美〕乔伊斯·卡罗尔·欧茨 著
顾韶阳 译

人民文学出版社

I'LL TAKE YOU THERE
Copyright © 2002 by The Ontario Review.
Published by arrangement with HarperCollins Publishers.
Simplified Chinese translation copyright © 2021 by People's Literature Publishing House
All rights reserved.

图书在版编目（CIP）数据

我带你去那儿/（美）乔伊斯·卡罗尔·欧茨著；顾韶阳译. —北京：人民文学出版社，2021
（欧茨作品集）
ISBN 978-7-02-016707-4

Ⅰ.①我… Ⅱ.①乔… ②顾… Ⅲ.①长篇小说—美国—现代 Ⅳ.①I712.45

中国版本图书馆 CIP 数据核字（2020）第 273135 号

责任编辑　冯　娅　张海香
装帧设计　崔欣晔
责任印制　任　祎

出版发行　人民文学出版社
社　　址　北京市朝内大街 166 号
邮政编码　100705

印　　刷　三河市中晟雅豪印务有限公司
经　　销　全国新华书店等

字　　数　197 千字
开　　本　880 毫米×1230 毫米　1/32
印　　张　9　插页 3
印　　数　1—6000
版　　次　2021 年 5 月北京第 1 版
印　　次　2021 年 5 月第 1 次印刷

书　　号　978-7-02-016707-4
定　　价　38.00 元

如有印装质量问题,请与本社图书销售中心调换。电话:010-65233595

目　录

译者序…………001

I
忏悔者…………001

II
黑人情人…………089

III
出路…………225

译 者 序

《我带你去那儿》是美国当代著名女作家乔伊斯·卡罗尔·欧茨(Joyce Carol Oates,1938—)的第三十本小说,自二〇〇二年出版以来,好评如潮,评论文字连篇累牍。

欧茨的作品数量之丰,质量之高,令人叹为观止。中国读者最为熟悉的当属《浮生如梦——玛丽莲·梦露文学写真》(*Blonde, A Novel*, 2000),该书获 2001 年美国国家图书奖和普利策奖提名;还有《中年——浪漫之旅》(*Middle Age, A Romance*, 2001),这两部作品已由人民文学出版社出版。近三年来,她又出版了几本小说,包括《文身女孩》(*The Tattooed Girl*, 2003),《带上我。你带上我》《*Take Me. Take Me with You*, 2004》,《瀑布》(*The Falls*, 2004)和《偷去的心》(*The Stolen Heart*, 2005)。欧茨能挤出那么多时间和精力来写作,并轻松地从一种风格转到另一种风格,令人羡慕。她的每部作品都堪称佳作。

欧茨出生在美国纽约州北部布法罗市郊洛克波特的工人家庭,小时候,她还未识字前,就能借助画笔讲故事。十四岁时,别人送她一台打字机,她就开始有意识地进行写作训练,"一本接一本地写",一直写到中学毕业。她靠奖学金进了锡拉丘兹大学,仍笔耕不辍,在女性新秀小说比赛中(Mademoiselle fiction contest)获奖,从此一跃而上文坛。

　　大学毕业后,欧茨在威斯康星大学获文学硕士学位,然后到底特律大学教授英美文学。她早期的佳作《他们》(*Them*,1969)和其他一系列作品就是以底特律为背景的。"底特律是我的'大'题材,"她写道,"它成就了我,也成就了我的写作生涯——好也罢坏也罢。"

　　一九六八到一九七八这十年间,欧茨在加拿大的温莎大学执教,同时以平均每年两至三本书的速度推出新作。虽然当时她刚过三十,却已是美国最受尊敬的作家之一。人们一再问她怎么能写出这么多体裁多样、质量上乘的作品,她的回答大同小异,一如她一九七五年接受《纽约时报》采访时所说的那样:"我一向过着十分传统、俭朴的生活,起居极有规律,毫无新奇可言,根本用不着特意安排时间。"有记者称她为"工作狂",她对此的回答是:"我并没有意识到我工作特别卖力,甚至没有意识到自己是在'工作'。对我来说,写作和教书带给我丰富的回报,我没有把它们看作通常意义上的工作。"

　　一九七八年,欧茨到普林斯顿大学教授文学创作课程,不久便动手写《贝尔弗勒》(*Bellefleur*,1980),这是一系列哥特式小说中的第一部,有别于她早期的心理现实主义小说。不过在随后的创作中,欧茨又回归现实主义,诸如写家族史的《你得记住这个》(*You Must Remember This*,1987)和《因为我心凄苦》(*Because It Is Bitter, and Because It Is My Heart*,1990),写女性的《巅峰》(*Solstice*,1985)和《玛雅的生平》(*Marya: A Life*,1986)。正如小说家约翰·巴斯所说:"乔伊斯·卡罗尔·欧茨把所有的体裁都写遍了。"

　　欧茨出身贫寒,但凭着过人的天赋和努力,跻身世界名作家之列,可以说是"美国梦"的成功范例。尽管已是著作等身、蜚声国际文坛,她一如既往地写作、教书,不敢稍有懈怠。在她的书桌上贴着另一位美国高产作家亨利·詹姆斯的一段话作为座右铭:"我们在黑暗中工作——我们竭尽所能——我们奉献所有。有疑虑就有激情,有激情就得工作。剩下的就是对艺术的痴迷。"

欧茨的许多小说常常有一种浓郁的怀旧感,怀念自己童年在故乡的岁月,也怀念自己工人阶级的家庭。但她同时也承认小时候这种粗野又混乱的乡村氛围让人"天天得为生存而拼命"。

《我带你去那儿》就是这样一部怀旧之作,场景就设在纽约州尼亚加拉县的斯特里克斯维尔和作者曾经就读过的锡拉丘兹大学,讲述一个孤独的"内向直觉型"的哲学系女大学生苦苦寻求友谊和爱情,但时时碰壁,终成幻影,最后又去看望原以为已经过世的垂危的父亲,找回了过往生活的片断,获得重生。

小说分三部:"忏悔者""黑人情人"和"出路"。每一部都像一出三幕剧,由冲突——高潮——结局构成。每一部看似独立,实则互相紧密关联,全书也是一出三幕剧。

第一部发生在纽约锡拉丘兹大学的卡帕姐妹会的大楼里。故事是以第一人称叙述的,叙述者叫阿尼利亚(并非真名),她母亲在生下她十八个月后得乳腺癌死了,家里人都怪她,说是她害死了母亲。父亲更是失魂落魄,一个劲儿地抽烟,对她很疏远;况且他整年在外"搞建筑",很少回家,总是行色匆匆的。三个哥哥也对她不冷不热,祖父母则对她很严厉。在众人冷漠、憎恨的目光中,她逐渐形成了孤独、自闭的性格,像幽灵一样,在大太阳下也不住地打寒战。她可以被称为是心理学上那种"内向直觉型"的人,停留在自己的知觉中,远离有形的现实,让人觉得莫名其妙。正是由于性格内向,她只得从书本里寻找慰藉,获得一笔奖学金进入锡拉丘兹大学。她原以为在大学里可以开始丰富多彩的新生活,把过去种种不快抛到脑后,但是不久她发现自己还是老样子,没法融入到群体之中。后来她被邀请加入卡帕姐妹会,可在姐妹会里她也得不到温暖,没有归属感,因为姐妹们都是些生活富裕、模样俊俏、思想浅薄、耽于享乐的女孩,她们只是想让她帮着写论文。第一部里值得一提的人物是塞耶夫人,小说开始时,作者写道:"有人会说是我毁了塞耶夫人……不过,也有人会说是塞耶夫人毁了我。"塞耶夫人是英国籍舍监,自始至终也不知道女主人公叫什么,可是孤独的女主人公一度曾幻想从她那儿得到母亲般的安慰,结果是一场空。在这里,塞耶夫人似乎成了她母亲的替代品,表面上看女主人公就像毁了她母亲一样毁了塞耶夫人,其实她自己又何尝不是牺牲品。女主人公纯真未泯,对男女之事懵懵懂懂,在公园里遇到色魔骚扰,惊惶不已;又在众目睽睽之下承认自己弄乱了塞耶夫人的书报(其实根本不是她干的),还在校友会上声称自己是"犹太人",惹来一片哗然,最后被逐出姐妹会。

第二部讲的是她和黑人研究生沃诺·马修斯之间一段畸形的恋情。在伦理学课上,她第一次听到马修斯与任课教授辩论的声音,就被他的嗓音、他的睿智深深吸引,达到痴迷的程度,甚至不止一次尾随他到他的住处,朝他的窗户呆呆张望。后来,因为跟得太近,被马修斯发觉了,他们就此认识。马修斯是一个特立独行,沉湎在哲学思辨里,对什么事都持怀疑态度的人,一直不接受她的爱。他不止一次说:"我不是女人可以依靠的男人,不是渴望被人爱的男人。"为了接近他,和他有共同语言,她也读起了哲学书。由于她的执着,马修斯勉强地接受了她,和她出入校园外的餐馆,引来无数白人的白眼和羞辱。他们就这样艰难地维系着,直到迈德加·埃文斯被刺,马修斯大病一场,她悉心照料了他一个礼拜,这正是她求之不得的事儿,以为他们的感情会因此而加深。但是意外发生了,马修斯洗澡时,她帮他整理房间,无意中发现一张照片,才大梦初醒地得知马修斯已有家室。恰巧,马修斯洗完澡出来,见到这一幕,勃然大怒地把她赶走了。结局看似偶然,实属必然。女主人公想从一个自己也在寻找自我的人身上找到依靠,无异于缘木求鱼,这次不正常的恋爱经历从一开始就注定要失败。

第三部写的是女主人公去见自己"死而复生"又奄奄一息的父亲。这部的开篇有一句话很好地点出了全书的主题:"给瓶子中的苍蝇指点出路?那就打破瓶子吧。"当时女主人公在靠近佛蒙特州伯灵顿的地方租了一间小屋子,一个人在那儿过暑假,埋头写作。哥哥突然来电话告诉她一个惊人的消息:父亲还活着,可是快要死了。于是她驾车马不停蹄赶往犹他州的克莱森特,见到了父亲的女朋友希尔迪,一个率真的驼背女人。希尔迪告诉她父亲得了癌症,没几天好活了。在他神志清醒时还一直念叨她,现在他已经恍恍惚惚,大部分时间都处在昏迷之中。父亲盼着她来见他,可不准她看见自己垂死的样子,只许她背着身。希尔迪还告诉她说她的父亲如何因为斗殴失手打死人,如何坐牢等等,口气里很为父亲抱不平,看得出她很爱父亲,像护士般地照料他。在和父亲最后相处的短短几天里,女主人公笼罩在死亡的阴影里,过去的一幕幕在脑海里萦绕,她想起了自己凄惨又孤独的岁月,想起了自己这许多年寻找依托,寻找自我,支离破碎。现在面对奄奄一息的父亲,这个她心里头一直默念的人,她似乎找回了过往生命的片断,然后一点点把它们连缀了起来。父亲走了,她也就得到了重生,找到了活着的勇气。

小说借鉴了意识流的手法,大量运用心理独白,很好地揭示了主人公苦苦求索的内心世界;同时,小说又大量引用哲学家的名言,具有浓烈的思辨色彩。文笔优美,用词老到,不愧大家手笔。

译者在艰苦的翻译过程中得到了崔红光的悉心照料,没有她精神和物质上的鼓励,我不可能全身心投入。另外,夏静静、徐清、汤晓丹、江珊、王健卿、张超、徐文婷、赵正然也给予了我很大的帮助,在此一并致谢。

顾韶阳
二〇〇五年六月于沪上

献给格洛丽亚·范德比尔特

一幅画把我们困住。我们无法脱身,因为它存在于我们的语言中,而语言似乎不由分说、接连不断地为我们重现这幅画。

路德维希·维特根斯坦①,《哲学研究》

---

① 路德维希·维特根斯坦(Ludwig Wittgenstein, 1889—1951),生于奥地利的英国哲学家、数理逻辑学家,著有《逻辑哲学论》和《哲学研究》,对逻辑实证主义和语言哲学有很大影响。

I

忏悔者

1

> 任何物质必然是无穷的。
>
> 斯宾诺莎①,《伦理学》

在六十年代初的那些日子里,我们还没长成女人,只是女孩,把这看作我们的优势并没有讽刺意味。

我此刻想起了纽约州北部一所大学校园里的那幢房子,校园多山,风大,那房子就建在一个显眼的山头上。十九岁那年,我在那儿凄惨地生活了五个月。周围没有一个熟人,我就像自己那件廉价的奥纶毛衣,浑身散了架。我想着那房子里怎么会有那么多的禁区和相关的禁令。有些是和卡帕加玛派②女生联谊会神圣的仪式有关(一旦你明白了其中的含义,你就会用虔诚的语气读这些词),另外一些则是由宿舍楼的英国出生的女舍监艾格尼丝·塞耶夫人制定的。

有人会说是我毁了塞耶夫人,把她逼上绝路。这让我想起一个悬崖,一个真正的悬崖,我猛地挥舞双臂,把塞耶夫人推了下去。不过,也有人会说是塞耶夫人毁了我。

---

① 斯宾诺莎(Baruch de Spinoza,1632—1677),荷兰哲学家,唯理论的代表之一,从"实体"即自然界出发,提出"自因说",认为只有凭借理性认识才能得到可靠的知识。著有《神学政治论》和《伦理学》。

② 是美国一全国性的天主教大学生荣誉组织,原文为 Kappa Gamma Pi。

卡帕加玛派宿舍楼！它位于纽约锡拉丘兹大学城91号，是一幢巨大的立方形三层楼建筑，具有古老的新古典主义风格。房子用大块石灰岩砌成，那黑中带红、泛青的石灰岩就像是从深海里捞上来的古老宝藏。哦，但愿你能看看它！但愿你能透过我的眼睛看看它。看看那常春藤遮盖的忽隐忽现的墙面和在锡拉丘兹终年不断的大风吹拂下如思绪般颤动起伏、别具一格的叶儿。像是在不停地发问。为什么？为什么？为什么？看看那高耸的门廊和四根白色的多利斯圆柱，高大而优雅，像电线杆似的光滑而无特色。宿舍楼位于大学城的最北端，距伊利楼——一幢由花岗岩建成的行政楼，也是校园里最古老的建筑——四分之一英里。大学城其实是一条宽敞的林荫大道，中间有一片草地，种着渐渐老去但依然优雅的榆树。在天气最为恶劣的冬日的早晨，从宿舍楼走到校园好比爬山，有几段斜坡非常陡峭，人行道上结了冰，十分危险，所以你最好还是踩着柔嫩的草地慢慢地走。回来的路常常是下坡，不太费力却仍然危险。在离大学城北端半个街区的地方，大地似乎在使性子，猛地一个急转弯。路的尽头是一座陡峭的小山，那是一块向上凸出的狭长地面，山顶上就是雄伟的宿舍楼了。门廊上刻着神秘的符号——

Κ　Γ　Π①

卡帕加玛派楼不像当地大多数男女生宿舍楼那样历史短暂。事实上，这幢楼在历史上是很"著名"的：它不仅是一个实用的希腊式住所，还曾经是一位百万富翁的公寓，是锡拉丘兹一个著名的钟表制造商在一八四一年（一块金碧辉煌的匾上刻着年代）建造的。一九三八年，一个老寡妇校友死后，它转让给了全国女大学生

---

① 为卡帕加玛派的希腊字母组合，其英文首写字母组合为"KGP"。

联谊会卡帕加玛派在当地新成立的分会。在我们的记忆里她的名字是很神圣的,联谊会的校友常常这样郑重其事地告诉我们。可现在她的名字已从我的记忆里消失,我所能记起的只有这幢房子了。

在大一下学期加入女生联谊会之前,我常常绕远路从它下面经过。我那时已经宣过誓,但还不是联谊会的"姐妹"。我注视着昏黄的爬满常春藤的墙面和高大的白圆柱,眼神里充满渴望和向往。在我的想象中,它们不止有四根,而是五根,六根,十根!那三个缥缈的字母 KΓΠ 让我充满惊奇、敬畏,因为我还不知道它们代表着什么。我会成为卡帕会员吗?我想。我——我!——我一定会的。这似乎不太可能,可又必须是可能的。不然,我怎么继续下去?我心里头有一股执拗的激情,这激情是不为人知、不被认可、不予鼓励的。如果说恋爱是场游戏,那么对我来说,这场游戏的目的就是抵抗。就像下国际象棋,你可能会牺牲小卒来保全你的女王。女王是你最真实、最纯洁的自我,神圣不可侵犯。你无论如何也不会放弃你的女王!而当那个恶性的微生物病毒袭来时,我的免疫系统没有丝毫的防御能力。我的双眼充满激情,一片迷蒙,故意不去看石灰石墙上和圆柱上的绿斑,不看那长满青苔、开始腐烂的石板瓦屋顶。雨后初晴,屋顶被难得一见而又耀眼的太阳照耀着,熠熠生辉,十分美丽。我也不去看英国常春藤叶片在石灰石墙面上留下的网状的铁锈色影子,像血脉或化石的残迹。常春藤有的正在老去,好多年没长嫩叶了,一天天地枯萎下去。在大学城及其周围有二十多幢希腊式建筑,我们的宿舍楼既不是最大的也不是最具吸引力的。你可能认为它是最阴郁的,甚至是最丑陋的。可是对于我,这些特点恰恰说明它有一股贵族的傲气和威严。要是能住进这幢公寓,成为新会员,我知道,我将焕然一新。

我想知道,在入会仪式上,我会不会得到一个秘密的代号。

我不相信童话,或那些以很久以前开始的荒唐的传奇故事。这样的童话在我出生时和童年时的确广为流传,但那是一个残酷而又拙劣的童话。故事里新生的婴儿得到的不是祝福,而是诅咒。但是我笃信女生联谊会。我相信这种改变不仅合理而且普遍,我相信这种改变不仅可能而且必然。我将不是我,而是另一个和我同名且相貌一样的女孩,一名新会员——一个积极分子——她将很快住进那幢房子。她将双手发颤而又自豪地带上女生联谊会的徽章,闪亮的乌木上刻着金色的字母,一条细小的金链挂在左胸前。所有幸运的女会员们都把这神圣的徽章别在胸口显眼的位置。

进去的路。踏着古老而悠久的楔形石阶爬上山进入房子。石头已经开裂,开始剥落;在一只只脚成年累月的践踏下,它变得非常光滑。要是石阶结了冰,或遇上大风天气(除了闷热死寂的夏天,这里终年有大风),你可以扶着古老的装饰华丽但不太牢靠的铁栏杆行走。这座山在校园外的人行道上方,异常陡峭,因此它没有传统意义上的草地,也无需割草,只有嶙峋凸出的花岗岩,裂缝中长着低矮的灌木、深绿色的耐寒蕨类和有鲜亮斑点的玫瑰。这样威严的门面是大学城北区建筑的一大特色,让外人觉得气派高贵,难以接近。你从台阶的顶端(我数了很多次,一共十八级)往后看,凝神屏息领略身后的景色,那景色美得惊人,宛如一幅古老的木版画:苍茫的哥特式花岗岩建筑伊利厅在山顶浮动,那座山比我们这座高,山顶上的钟发出微光(至少在记忆中是如此),那光一点点暗淡,但又一会儿呈金色,一会儿呈红褐色,在眼前萦绕,煞是漂亮。

锡拉丘兹的天空经常是阴沉忧郁的,似乎隐藏着秘密,压抑着情感。云层从来都不像是一幅平面的风景画,而是聚集在一起,巨大无比,凹凸有致,分分合合,上下翻腾;云的色彩很少是白色,很少是单色,而是纷繁杂陈的灰色:深灰,浅灰,青灰,铁灰,紫灰;神秘的阳光从云层后射出来,又迅速隐去。若是下雨或骤雨初歇,一切或变的湿滑润泽、清爽如洗,或沉郁沮丧,或闪烁着乐观、希望之光。除非大雪临近——"哦,上帝,闻到了吗?像铁屑般纷纷扬扬的,那是雪。"

宿舍楼高大威严的栎木前门上有个铁门环,一按门铃,房子深处就飘出一阵柔和优美的铃声。这个"阴柔"的门铃和厚重阳刚的建筑形成反差,似乎暗示着屋里有一种诡诈,极具破坏性的气氛。楼下的公用房间(人们就是这样郑重地称呼它)气派威严,天花板很高;屋子里尽管有镶金的法国墙纸,仍不减其阴暗。笨重老式的家具是"维多利亚时代的古董"。当地的校友会郑重其事地告诫我们这个房间是会所留下的遗产,是无价之宝,独一无二,要加倍爱护!他们让我们觉得自己像是进入神殿的毛手毛脚的大孩子。

不过,它确实是神圣的,我想。因为它风格独特,历史悠久。谁能抗拒得了水晶枝形吊灯的迷人光彩,吊灯白天看起来虽然布满灰尘,可一到晚上,便熠熠生辉;还有奢华的地毯——"祖传的东方古董"——色彩鲜明,有些地方如珠宝般光鲜,还有些地方久经践踏,像磨损的羊毛毯。楼下的几个房间里有着像祭坛般雄伟的大理石壁炉(后来我发现,它们几乎不用,因为烟很呛人)。到处都是镶着金边的镜子,镜面像是有些微焦,你像爱丽丝漫游奇境那样,踮着脚朝里看,最平凡的脸也会变得生动漂亮。这些镜子似乎两倍,甚至三倍地扩大了那些昏暗的房间,让人觉得仿佛身处于极清晰的梦中。做梦的人精疲力竭，陷入莫名的混乱，忘了自己的存在。我头几回进入这间屋子时（那是下半学期女生联谊会的一个忙碌周），这些镜子让我困惑，以至于我恍恍惚惚离开时，头脑中对这宏伟壮丽的景象产生了一种错觉，仿佛自己在一座大教堂里。

在富丽堂皇的起居室的一个角落里，在这房子第一任主人的油画旁，有一架斯坦威大钢琴，红木制成，发着暗淡的微光。褪色的象牙白琴键，有几个键卡住不动了。钢琴很漂亮，可不知为何，有点忧郁，散发着浓郁的气味，令我心跳加速，迫切地想探究它的秘密，学会弹奏它。然而不幸的是，女舍监曾声明过，谁都不许碰它，甚至那几个琴艺娴熟的会员也不例外。不过，每天午饭后的一小时及星期天下午四点半到六点这段时间，它是开放的。某些放肆的会员就会在那个时候把《筷子》或《比跟舞跳起来》这些老曲子弹得震天响。

有几次当我独自一人在起居室时，我会大着胆子坐到斯坦威大钢琴前，怯生生地把手指放在琴键上，轻轻按下，钢琴内部就发出微微发颤的声音，有如从深海传来（钢琴盖经常是合着的，像一副棺木）。我对钢琴一无所知。我试着模仿我十二岁时一个学过钢琴的朋友。我那时和祖父母一起生活，他们都是从德国移民过来的农民，没时间听音乐，更别说古典音乐了。不过女生联谊会起居室里的这架钢琴是种安慰。似乎从某种意义上来说，它是家的象征，尽管我不会弹，也不允许弹。然而钢琴就一直在那儿，正如世界本身——大二时，我开始学习康德——在那儿，与我们不相干。物质的坚固似乎表明，在我自身之外，另有一个存在，这存在比我那转瞬即逝，不尽如人意的日子更珍贵。那时已经大二的我孤独地生活在一群吵吵闹闹的"姐妹"中。我被安排住在三楼的一间拥挤而又烟雾腾腾的房间里,我能不回去就不回去,因为室友一根接一根地吸着切斯特菲尔德牌香烟,周围杂乱地堆放着衣服、指甲油(还有散发着刺鼻的脱叶剂①气味的洗甲水),一支支油腻的唇膏,一瓶瓶化妆品,还有油印出来的课程大纲,令人眼花缭乱。别的会员慵懒地躺在门口或摊开四肢睡在我的床上,肆意纵情地吞云吐雾(因为没有大人的监督),随意地将烟灰弹在那只中间有个塑料女孩在转呼啦圈的烟灰缸里。我不愿回去,因为我失望地发现,我还是像成为会员前——成为"积极分子"前那么孤立无援,有的只是要了结你的感觉。这是你的错,因为你永不满足。

这是对我的诅咒。我将一生背负着它。似乎有个邪恶的山精在我还在襁褓时曾秘密地给我施过洗礼,那会儿母亲日益消瘦,衰弱至死。它手指轻拂,毒水洒在我的前额上。我为你洗礼,赐予你永无止境的渴望,永不停歇的追求和无穷无尽的不满。阿门!

有一次,我久久地坐在钢琴前,呆呆地出神,双手轻按琴键,发出一阵几近无声的声响,如幽灵般在远处回荡。突然,头上的灯啪地亮了,十分刺眼(那是十一月的一个黄昏,外面如午夜般黑暗),女舍监塞耶夫人站在宏伟的门廊下,盯着我。她体态雍容,搽了粉的胖脸像罐装火腿似的,油晃晃,亮闪闪。傲慢的表情中略带一丝怀疑。"你!是你——玛丽·爱丽丝?你在这儿做什么?难道我没有一而再——再而三地声明这架钢琴是不能打开的吗?否则,它会沾满灰尘,会变调,这可是件昂贵的独一无二的乐器,是件古董,这是架斯坦威,一架无可替代的斯坦威,我的天,你们这些姑娘!你们没记性,没脑子吗?难道要一次次地说,说,说,吗!"塞耶夫人开始责骂我,似乎她脑子里的一根弹簧松了。这是她喜欢

---

① 一种化学药剂,喷洒在植物上可使叶脱落。

的责备方式,那种爽快,干脆,损人的英国腔。她那双相隔很近的蓝眼睛闪闪发光,像煤气炉的喷嘴;她挺直那绷得紧紧的、略显肥胖的五英尺三英寸的小小身躯,狠狠地盯着我看了好久。我们的女舍监正是以这种眼神,这种英国式的怒视而闻名的。别的女生联谊会的会员也对她有所耳闻。和我们的会员约会的男孩子们离去时总对她议论纷纷,带着无奈的钦佩摇着头。在这个女人蔑视的眼光下,我像一个犯了错的小孩,双颊滚烫,畏畏缩缩,结结巴巴地说:"对……对不起,塞耶夫人。我其实并没有——""不要找借口!这样的借口我听得多了!"塞耶夫人不耐烦地、傲慢地打断了我。美国女孩子经常会在刚刚道完歉后便替自己辩解,找借口来否认刚做的事。塞耶夫人对此特别厌恶。说完这话,她快活地笑了,表明她并没生气。当然了,这种小事是不会使她生气的。她一直自豪地声称,她可是经历过伦敦闪电战的。她只是觉得有点茫然,有点好笑——"噢,你们这些美国姑娘。"塞耶夫人动作夸张地关掉灯,灵巧地转过身,大步离去,把我留在了黑暗中,只有过道里的灯透进几丝亮光。

我第一次瞥见艾格尼丝·塞耶夫人是在一间敞开的房间里,上个月,也就是二月份,联谊会最忙碌的时候。她自己并非联谊会成员,也不参加"忙碌周"的仪式。但她却是联谊会中最显眼的人物,看着我们倒茶,眼神中流露着和蔼、微笑和自信。我从没见过任何人像她那样说话,操着清晰的英国口音,听着令人激动不已。"塞耶夫人,我们的女舍监,她是个英国人,你知道,她来自伦敦。"我已经好几次听人这么说了。我走到前面,稍稍颤抖地接过茶杯,拿了摆着甜饼的镶金边的小盘。我紧张地对这个充满活力的中年女人笑了笑,她也安详地冲我笑笑。我像别人一样轻轻地说了声

"谢谢",她也轻声地回应我,蓝眼睛凝视着我,似乎要穿透我,有如一种叫中微子的亚原子微粒不断地穿透固体物质。"不用谢,亲爱的。"

亲爱的!从没有人这样叫过我,以这种方式,即使是句玩笑。

我成了联谊会会员,住进了那幢房子,这样我就成了塞耶夫人众多被监管人当中的一个。她是我们的"舍监":管理我们的家长。她的统治至高无上。

塞耶夫人不可以随随便便地接近,她就像王族一样,或者是我想象中的王族。在与她进行单独谈话前,你必须遵守一套所谓的仪式。(但是我无法想象和塞耶夫人单独谈话。能说些什么呢?)她的住处,宿舍楼底层的一套小房间,也是禁区。

那套房间和里间的客厅,也就是藏书室相连,与大餐厅和房子后部平行。客厅虽然是公用的,但因靠近塞耶夫人的住处或多或少有些不便。有时,她的房门敞开着,有时半开,但多数时候是紧闭的。要是门开着,你一走进藏书室就能看到塞耶夫人的房间,并会立刻意识到她有可能存在。我记得曾经站在客厅里,盯着那敞开的门,脸上带着似笑非笑的表情,听见——并非有意在听——里面传来的窃窃私语声,还有笑声。塞耶夫人正在和一个高年级女生谈话,她是她的红人。她们在谈什么呢?在笑什么呢?最后,那个女孩出来了,后面跟着塞耶夫人,她们漠然地看了我一眼。塞耶夫人叫了我一声"哦,玛丽·爱丽丝!你好吗。"她的问候语速很快,显得突兀,并不期待我的回答。

我不敢告诉她,我的名字并非"玛丽·爱丽丝",或任何与之相似的发音。我知道她会生气的。

和宽敞的起居室相比,客厅要小得多。墙上是乌檀木,镶着制作精巧的两英寸见方的金丝边联谊会徽章复制品,给人一种晕眩的感觉,像是顺着排水管盘旋而下。一面墙是一个高及天花板的书架,摆满了古老而又高雅的图书,有些是牛皮装订的经典,像《威廉·莎士比亚全集》《沃尔特·司各特全集》《爱德华·吉本①全集》等,似乎几十年没翻动过,散发着香味。墙上镶着斑斓的图案,贴着数十幅自一九三三年女生联谊会分会成立以来历年的官员和会员的照片,其中只有十一个神情坚定的女孩子。(一个女生联谊会是怎么创办的呢?我无从得知。这个问题,对我而言,深奥难解,巴门尼德②的著名问题为什么那儿存在着某物,而不是虚无?与之相比,也不过如此。)房间里到处都是铜制或乌木的奖品、徽章、奖牌和镶金的奖状,最早可追溯到三十年代中期。还有来自年代久远的舞会、茶会、一两场垒球比赛,野餐以及各种庆祝活动的纪念品,在这些庆祝活动中,往往是全国性的聚会,年长的会员给年轻的会员颁奖。一个命题从我脑中一闪而过,这并非一个真正的启示——人皆谓之白:与白为伍,吾亦须白。

房间里有件惹眼的家具,是一张大玻璃桌。它属于监督员。桌上有一本官方的登记本,系着一根链子。和所有别的宿舍一样,我们的宿舍楼在每晚八点以后都会上锁。后门不仅上了锁,还插了门闩。每晚都有指定的监督员坐在这张桌子旁。她的任务是接电话,并用蜂鸣器传呼房里的女孩们(私人电话是被禁止的),最主要的是防止她们没签名就从前门溜走。"在我的屋檐下,宵禁必须严格执行。"塞耶夫人庄重地警告过。工作日的宵禁时间定

---

① 爱德华·吉本(Edward Gibbon, 1737—1794),英国杰出的历史学家,代表作为《罗马帝国衰亡史》。
② 巴门尼德(Parmenides of Elea,约前515—前5世纪中叶后),古希腊哲学家,是哲学史上第一位提出"存在"概念的哲学家,对后世影响极大。

在十一点，星期五十二点，星期六一点，星期天十点。这规定只在女大学生中执行（男生没有任何宵禁，他们可以几天不回宿舍而无须向上级报告）。由于客厅紧邻塞耶夫人的住所，高声谈话和大笑及任何"吵闹"都是不允许的。几张桌子上放着联谊会的年鉴和几份印有联谊会徽章的出版物。咖啡桌上有塞耶夫人的报纸和杂志，铺成扇形，几乎都是过期的《哈泼斯与名媛》①，《笨拙》②，《曼彻斯特卫报》，还有其他邮寄过来的英国报刊。这些报刊，如纱般轻薄，散发着高雅的气息。任何塞耶夫人的熟人必须承认英国的所有东西比美国同类产品都高出一等。毫无疑问，那些当初雇用她的联谊会会员也是这么想的，并为她的口音和风度所倾倒。然而事实上，除了我，没有人会对它们瞥上一眼，更别说阅读了。不过那光鲜的《哈泼斯与名媛》偶尔会被翻阅一下，然后就随手丢开。这些报纸杂志都不许带离客厅，也不许弄乱。甚至那没多少人看的《锡拉丘兹日报》也必须按照塞耶夫人喜欢的样子，丝毫未损，整整齐齐地摆在桌上。

我如饥似渴地阅读这些英国出版物，她们与我熟悉的报刊不同，带着异国情调。来自纽约西部边远地区的我，浏览着《卫报》，特别是她的文艺版。我试图辨认《笨拙》杂志上令人费解的漫画。我惊奇地发现，英语，这种我生而享有的语言，竟是一门外语，而她最真切的文化竟是一种异域文化。我出神地望着《哈泼斯与名媛》上"伦敦周围各郡地产"的照片——如简·奥斯汀和夏洛蒂·勃朗特所描写的巨大庄园，广阔的绿草地，无垠的水仙花、蝴蝶兰、郁金香随风起伏；骑着马去打猎的男男女女，

---

① 一本英国著名的时装杂志。
② 创刊于伦敦的漫画杂志。

衣着可笑，却不失优雅。（他们是去打狐狸吗？多美丽的小动物！却没有它们的照片。）我凝视着女王和王室成员的照片。他们姿势僵硬，身着饰有纹章图案的盛装；在化装舞会上，他们看起来与相貌平平的普通人无异。突然，心里被某种东西揪了一下：我顿时对这种浮华和奢侈心生鄙视。我是一个地道的美国人，毫不相信那些世袭的特权。然而，我还是小心翼翼地把它们放回塞耶夫人原先摆放的位置。

客厅、监督员的桌子，以及近在咫尺的塞耶夫人的房间——身处这样一个环境，我很快焦虑不安起来。现在事隔多年后，想起这些，我的太阳穴还隐隐作痛，还残存着那徽章墙纸带来的逼人的晕眩。大二时，上面要我做监督员的工作，每十天或十二天一次。出于对师姐们的恐惧，每当她们大胆地出去，放声大笑，向我招手，抛飞吻，对我和那本登记册视若无睹，我不敢叫住她们，更不敢追出去，也不敢按规定向女舍监报告。在我的屋檐下，宵禁必须被严格执行塞耶夫人警告过多次了。可由于懦弱或是渴望招人喜欢，我就是没法执行这个命令。第一次当监督员的那个晚上（这为后面几个月开了先例），有六个女孩子无视那本登记册，快活地溜了出去。更具挑衅性的是，她们总要到宵禁以后才磨磨蹭蹭地回来，咯咯地笑个不停，醉醺醺摇晃着被男友护送到门口。为了掩人耳目，我关掉客厅里的灯，造成人人都已在房里准备安睡的假象，以防塞耶夫人起疑。其实，我蜷缩在前门门厅的阶梯上，就着微弱的灯光，费尽力气读了五十页的斯宾诺莎《伦理学》，准备次日早上的欧洲哲学课。我一遍遍地读着我知道，由于其本身的原因，只有存在着的性质才能为人所了解却不知所云。我不知道该怎么做。要是有同学彻夜不归怎么办？要是她们"遇到"什么不测怎么办？我知道我得负部分责任，我愿意承担责任。从某种程度上来说，我知情不报,比那些溜走的师姐们更有罪过。何况,我的行为危及到塞耶夫人的威信。然而,她们都回来了。或凌晨一点一刻,或一点十四分,或两点零五分,最晚的是两点二十分。谁也没按门铃(那样会立即吵醒塞耶夫人),只是轻叩那铅条镶嵌的玻璃窗,似乎认定我会等她们,没有怨言,温顺得像个女仆。回来最晚的女孩默西迪丝是个高年级的联谊会官员,光彩迷人,很受欢迎。我羡慕她的傲慢和美貌,还有她富有感染力的笑声和个性。她摇晃着走到门边。送她回来的是迪克,一个足球运动员,他们俩现在如胶似漆。我轻轻打开门,这个健壮的金发男孩斜眼看着我,像一头茫然温厚的公牛——"这是个好姑娘"。默西的金发乱了,细心打扮的面容也弄脏了,似乎她是在黑暗中忙乱地穿上衣服,或者是别人匆忙替她穿的。她身上散发着香水、啤酒及呕吐物混合的气味。她摇摇晃晃地走上楼梯,跌倒了,还发出咯咯的笑声,"妈的!"我紧随其后,一把扶住她,触到了她温热湿润的身体。她从我冰凉的手指中抽出身来,迷惑地看着我,脸上带着高贵的神情,用含糊轻蔑的口吻说:"你?——你他妈的是谁啊?把你她妈的手从我身上拿开!"

从此,我开始和她们脱离。

或者说,这脱离在几个月前甚至是几年前就开始了。只是在这个疲惫不堪的深夜,我开始清晰地意识到它。多么荒谬可笑。在一群陌生人中醒来,感觉到她们的冷漠和无动于衷,而我多想崇拜她们。绝望中,抓起一本以十七世纪的几何学定理和命题来阐述的伦理学教科书。强忍住不哭。你已不是孩子。十九岁。是个大人了。可是,那么痛!那么伤心!这酒后粗鲁的拒绝,这伤痛,注定要一生相随。

姐妹！我多么渴望有亲姐妹。

从一年级起，我就带着毫不掩饰的羡慕和惊叹渴望大多数同学所拥有的农场大家庭生活。就算姐妹互相争吵——姐妹哪能不吵架！——这事实恰恰说明她们是姐妹。事实毕竟是：她们一起生活，一起吃饭，睡在同一个房间，甚至同一张床上。她们互换衣服穿。手套、围巾和靴子也随意地混在一起。她们有相似的容貌，举手投足、眉目之间也有许多相似之处。她们共用一个姓。然而，我没有姐妹，永远也不会有。我没有母亲，除了在记忆中，而人们还嘲笑我的记忆。大家同情我，把我看成一个没有母亲的怪胎。我的哥哥们都比我大得多，对我不感兴趣，除了时不时嘲弄或奚落我一番，就像大狗逗小狗玩，偶尔会弄伤它们，但并无怨恨，也没有什么恶意。我那个"搞建筑"的父亲经常一连几周，甚至几个月不回家——我们不清楚他究竟去了哪里，或者，只是我不清楚。我和哥哥们住在祖父母的乳牛场里。乳牛场方圆十二英亩，在纽约州尼亚加拉县的斯特里克斯维尔附近，距离西南部的布法罗市三十公里，距离西部的安大略湖三公里。

这个地方被称为"雪带"。

雪的童年。一片片白茫茫令人忘我的雪。我小房间窗边屋檐下，杜松垂下枝条，形成一个雪的洞穴。暴风雪肆虐过后，这个隐蔽的"洞穴"还在窗外，我透过窗子看着"洞穴"之后那片茫茫白雪，像结冰的大海，给我们熟悉的农场增添了新的景象。

我十八个月大的时候，母亲就去世了。人们告诉我说你母亲走了。后来，他们说我母亲非常想要一个女儿，在生下三个男孩——经过两次流产——后,"还在不断尝试",终于在四十一岁那年产下一个女婴,然后就再也没有恢复元气。人们是带着不满和责备的口吻对我说这番话的。在那个年代,四十一岁还生孩子,实在是令人反感甚至是淫秽的事。难怪母亲没能"正常"生产,而是通过剖腹产生下了我,后来就没有痊愈。她奶水很足的乳房上起了囊肿,像一块块小小的鹅卵石。那张让她显得神秘莫测的纤细的神经网越绷越紧,直到有一天裂开来,无法修补;正如蜘蛛网一旦破裂,无法修补一样。八岁那年,我的一些孩子气的行为惹恼了祖母,她愤恨而幸灾乐祸地对我说,我的母亲死于一种吞噬元气的病:癌症。祖母笨拙而又羞愧地指着她那大而下垂的乳房,说道:"他们不得不切除她的……"她没有说下去。我吓得哑口无言,她的乳房?我深深爱着的,日思夜想的母亲,她的乳房……切除了?

我从屋子里跑出来,躲进一块田里。还没到冬天,我躲在玉米地里,毫不理会他们叫我回去。我恨他们所有人,永远不原谅他们。

那天以后,祖母似乎忘了她对我说过的话,或者她只是假装忘了。但我确实已经知道母亲的这个令人尴尬的秘密,而且必须为此负责。别人都知道这点,只是不说罢了。有时候,我会无意中听到祖母对亲戚或邻居谈及此事,也不管我是否会听见,只是一个劲儿地说:"他怪她,你知道的——怪那个小的,怪她害死了艾达。"我那时虽是个小孩儿,可也明白"他"(我父亲)和"她"(那个"小"的,就是我)相提并论对我有什么不利。

是的,但我记得她。我是唯一记得她的人。

"艾达"——这名字对我充满魔力。我念着这个名字,低声地,在黑夜里。在被窝里。当头顶在盖满霜的窗框上时。"艾达"。多么奇怪而美丽的名字,我还不大念得清楚,因为"Ida"(艾达)和"I"(我)——当我指自己时,我会用嘴和舌头来发这个干脆而又简单的音。

我孩子气地声称自己记得母亲,但哥哥们基于事实,对这种说法不以为然,群起而攻之。"你!妈死的时候你那么小,只是个婴儿。我们才知道她。"他们恨我来到这个世上,因为我的出世导致了母亲的死亡。但是他们又觉得我只是个小女孩,不值得他们敌视。他们反驳说我对母亲的认识并非来自记忆,而只是来自照片;说我把那个脸色发黄的中年女人和全家福上那个年轻漂亮的女人混为一谈;照片上的她黑发剪得短短的,是二十年代流行的性感的男孩头;双手放在臀部,指关节向里弯曲,灿烂的笑容扑面而来,就像飞向窗子的小鸟。我不愿去想这个年轻的女子从严格意义上讲并不是我的母亲。但是,她年轻时的这些照片确实是我所珍爱的。母亲在三十年代拍的其他一些照片——比如她和长我十一岁的大哥迪特里希照的,和长我十岁的二哥弗里茨照的,还有和长我七岁的三哥亨德里克照的——就不太吸引我,虽然它们距离我出世的日子更近些。因为我无法忍受母亲和别的孩子——而不是我——合影。那些孩子坐在她的膝上,或是爬上她的腿。在后期的照片里,她显得有些倦怠、憔悴,笑容也变得牵强。帅气的短发不见了,取而代之的是长发飘飘,要不就紧紧地往后一捋,扎个结。她的身材臃肿得变了形。我出世后,母亲的身子极度虚弱,没能和我照上一张相。事实上,家里压根儿没有我这个小女儿的照片。但是,我仍然声称自己记得母亲,不管别人如何诋毁,我就是顽固地坚持这一点。我出生以来,我的德国祖父母一直都是那么老,像两个山精用既怜悯又责备的眼神盯着我。很明显,他们并不喜欢我的母亲。但是他们更讨厌我,因为我害死了母亲,使他们的独子陷入深深的痛苦中。他们经常在一起用那种我听不懂,也不想听懂,更不想在大学学的语言咕哝,不过有时候他们也会操一口乡音浓重的英语说话,好让我听个明白——"那个孩子,真不知道她的想法都是从哪儿来的!"我暗自答道:"不是从你们那儿得来的。"

父亲很少和别人谈及这种私事。他受了伤,闷闷不乐,脾气暴躁,而且糊里糊涂的。他是个壮汉,身高超过六英尺,体重可能有二百二十磅。他一走动,屋子就晃起来。他深吸一口气,就能吸尽房间里的大半氧气。母亲的死成了他身上乌青的伤口。虽然他疼得发狂,却并不希望伤口愈合。他似乎忘了我的名字,从不叫我的名字,叫"你"就够了。我也只能指望他叫一声"你"。不管怎么说"你"比"我"好多了。"我"只能出自自己之口,而"你"却是出于父亲之口,就算音发得含糊,不经意,也是好的。"你!——我没注意你在这儿。"或是,"你?——怎么还不上床?"我渴望与父亲在一起,即便是在黑漆漆的门厅撞上或是他进房时踩了我的脚;但我的这种渴望并没有得到他的回应。(我觉得)我并不只是杀了母亲,而且杀了一个能在我和父亲之间传递信息的女人。没有母亲,父亲没有任何办法来了解我。一个女孩?一个小女孩?还有那双眼睛!他小心翼翼地提防我,就像有些人提防一只扑向他们,口水滴在他们手上,无人理睬时哀叫的小狗一样。当父亲发现自己和我独处时,他显得有些惊恐,视线移到我头上几英寸的地方,似乎在寻找什么人——谁?(我们消失了的艾达?)父亲抽骆驼牌香烟,他常在铁锅上嗤的一声擦亮厨房的火柴,点起一支烟。我现在仍能看到,我会永远看到浅蓝色的火光在眼前一闪就变成透明的橙色,那神秘的、难以名状的火的颜色。这时,父亲就不得不眯起眼睛,以免被自己吐出的烟熏着。父亲抽着烟,眼睛眯缝着、咳嗽,有时咳很久;那是一幕奇怪的情景,虽然伤身体,但却不可少。

（父亲在家时，三哥每天早上都听见他那种几乎要"把肺咳穿"的咳嗽声。于是，三哥发誓永不吸烟，一支都不吸。而我已经记不真切父亲一个劲咳嗽的样子了，我对父亲的烟就像对父亲本人一样，从来都是充满渴望，而不指责的。）要是我壮着胆子眯起眼睛或是咳嗽几声或是轻轻地摆摆手来驱散烟雾，父亲会立刻直截了当地说："你不喜欢烟味，最好到别处去。"这不是命令，更不是威胁，只是道出实情罢了。

不喜欢烟味儿，到别处去。

这句话我会装作没听见。小孩子都是善于随机应变，懂得装聋作哑的。我们对敌人微笑，就能化敌意为爱意。我对父亲的左手着迷。这只手受过伤，父亲说是工伤。指关节奇怪地拢在一起，就像被老虎钳夹紧了一样；大多数的指甲都凸了起来，还变了色；小指的第一节被截掉了。这就是父亲用来抽烟的手，他频繁地将这只手送到嘴边。

我幻想着这只手在碰着我，抚摸我的小脑袋。

我的母亲我了解不是吗？但我不了解这个男人。父亲。

他从不吻我。不到万不得已也决不碰我（即使是用那只受伤的手）。至于我的哥哥们，父亲有时会给他们一拳——轻轻地，但足以让他们退缩——砸在他们的手臂上，表示问候或再见（"好了，孩子，再见！"）。父亲总是出门。他驾着车倒驶出车道，比进门那会儿快得多，也更坚决。煤渣从转动的轮子后头流出来，雨天，挡风玻璃前的雨刷左右摇摆。父亲要是想离开斯特里克斯维尔的农庄，就得先回来，这似乎——我是说在一个孩子幼稚而单纯的眼里——是件很符合逻辑的事。如果没有归来时的勉强，又何来离去时的兴奋呢？这两者是相辅相成的，不是吗？至于父亲为何如此厌恶农场生活、厌恶奶牛，说来像个笑话。我父亲打六岁起就开始对着奶牛那长长的、橡胶似的奶头挤奶,这可不是个男孩子干的差事。当然啦,对于一个农场男孩而言,这就是他的差事。但父亲并不想做个农场男孩。不喜欢那些大大小小的光滑的乳头。还有臭烘烘的牛粪,刚拉下时稀稀的,比起凝结后的粪便臭多了。父亲弄伤奶牛,猛拉它们的乳头,把这些原本安分的畜牲弄得又吼又踹,祖父都快被他气疯了。这些事情会当做家族传奇一样流传下来,因为即便是没有温暖,没有幸福时光,没有尊贵头衔的家庭,也渴望有自己的传奇,就算只是些老掉牙的故事也不打紧。"弄伤奶牛"这一行为可能很好地暗示了几十年后父亲"思想独立"的品质。他十七岁那年就离开了农场去拉卡瓦纳钢铁厂做工,这是一家臭名昭著的工厂,在当时当地给的工资很高,但工作危险性大,尤其是对那些技术不熟练的工人。父亲开过卡车,参加过工会,赌过钱,也挥霍过。他娶了一个城里的姑娘,那姑娘对德语一无所知。在斯特里克斯维尔的同龄人中,父亲有点名气。他"能打",——一个"婊子生的硬汉"——"对谁都他妈的不在乎"。到我上高中的时候,父亲老了,人也垮了。他有这样那样说不清楚的"麻烦",毫无疑问都和酗酒有关——在酒馆斗殴,出车祸,被捕,还在县监狱蹲过几回。父亲也在城里的医院住过,由于相隔太远,我们无法去探视。在一个抽屉里我放着父亲寄来的每一张明信片——一张是从加利福尼亚寄来的,上面是一幅漫画,画着几个伐木工人在锯红杉,那些红杉画得很精巧,像是女人;另一张是从阿拉斯加的安克拉治寄来的,画着一条鲑鱼往渔船里跳。还有一些从不列颠哥伦比亚省、曼尼托巴、萨斯卡顿、萨斯喀彻温寄来的(父亲还从萨斯卡顿寄来了六张一百元的加拿大币。我哥哥迪特里希拿着这些钱到布法罗市的银行去汇兑,发现一加元可以兑一美元零一角)。有时候,父亲会在晚上十一点后打对方付费电话回家。虽然祖母的心是棵根已枯萎的蔬菜,硬的像芜菁,不过,和父亲通话时,她也会忍不住哭出声来。他是她的独子啊。祖父则用衰老而又无力的嗓音冲着电话那头咆哮什么?你在搞什么鬼?要是哥哥们在家,他们会挨个儿和父亲通话。迪特里希话最多,声音也最阴沉;弗里茨说话慢吞吞的,而且口齿不清。三哥亨德里克总是一脸茫然,孩子气地喃喃道你好,爸爸,你在?加尔—维斯—敦?墨西哥湾?别开玩笑了!我排在亨德里克后面焦急地等待,想和父亲说上两句。但每次我还没拿起听筒,父亲就"硬币用完了","被接线员挂断了"。

尽管如此,我仍一直努力着想给父亲惊喜。在学校里,我保持着全"A"记录。在班级的公告牌上,我的姓名后面总是缀着闪亮的红星(我的姓名里有父亲的姓氏),我的照片还常被刊登在斯特里克斯维尔的周报上。他怎么能不感动,不为自己的女儿骄傲呢?

我一提到父亲,就会变得小心谨慎起来。我从不向祖母问及父亲的事。这个老婆子一听到我的傻问题就一把揪住她那蓬乱的头发,呜咽几声,一副鬼模样,嘴里还咕哝几句德语,谁知道她是在祈祷还是在诅咒?在祖母留着的那些最老的照片里,父亲还很年轻,黝黑的皮肤,结实的肌肉,满脸帅气,一簇浓密的头发下面是一张淘气的笑脸。年复一年,这个年轻人变成了一个沉闷、懒散的陌生人,常常两三天不刮胡子。这个人就是我的父亲。他的眼里布满血丝,肿大的鼻子像是被蜜蜂螫过似的,牙齿发黄,像长了斑点的象牙。他身上散发着各种气味——烟味儿、酒味儿、汗馊味儿,还有他的焦虑不安,这种味道让我感到咄咄逼人,令人恐惧,但又让我着迷。父亲很少和我们说话,只是嘴里喃喃有词,好像在嚼一卷烟草,很想吐出来,却没有吐出来。有时候,我发觉他借着灯光在凝视我,嘴里喝着气味刺鼻的无色的酒,抽着骆驼牌香烟。烟雾模糊了他的视线。那是她吗？是那个罪人吗？我想父亲有时候也记不清我到底犯了什么罪，只是怪那个小家伙的想法已经成了他根深蒂固的习惯——就像有些人的种族偏见或是左撇子习惯——成了他性格的一部分，无法改变了。又好像他习惯于宠爱大哥迪特里希，无论大哥干什么，他还是喜欢他。

我试着想象父母这对爱人是怎么相处的。一对男女是怎样相爱的？是什么把他们牵在一起，他们又为什么要结婚？他们的日子离我而去，无迹可寻，就像化石残片，早已被磨光，被太阳晒得发白，不留一丝痕迹。我怎么能仅仅凭两个陌生人的身体接触就能来到这个世上，而没有别的途径；我在娘胎里成形，来到这世上的奥秘是构成一切哲学问题的大问题。想到这儿我十分困惑。为什么那儿有某物，而不是虚无呢？

"如果我没有出世，那该多好啊。"

我大声说出这句话，自己也感到吃惊。我看着镜子里一缕晦暗的红光，如磷光一般。我自己那张小小的脸也曾出现在这面镜子里。

我高中的最后两年，父亲大部分时间都待在中西部地区。我常常做一个噩梦，梦见一堵煤渣堆起来的监狱大墙和一条堵塞的臭水沟。这也许是我神经过于紧张所致。我不敢问祖母或哥哥们这个梦意味着什么。有一次，父亲住进了宾夕法尼亚州伊利市的一家"禁酒"医院。我没料到他竟会出席我的高中毕业典礼。刚开始发表毕业演说时，我吓得发抖，不过渐渐地我缓过神来。我两眼迷蒙，看不清台下观众的脸，也看不清父亲的脸。他穿着白T恤、紧身夹克坐在那里，看着我领了几个奖，并获得纽约州立大学校务委员会奖学金。我是那年斯特里克斯维尔高中毕业生中唯一得到这项奖学金的学生。父亲终于来到了我的身边！——下巴上胡子拉碴,两眼充血,闪着微光。他咧开嘴笑着,牙齿已经掉了几颗,像个被雕成人面形的南瓜灯。早年那头浓密杂乱的黑发已日渐稀疏,露出凹陷的秃顶;他下巴下坠,脖子上也堆满了肉。不过,他的眼里闪烁着强烈的自豪感。他喝了酒(这不是什么秘密),但没醉。毕业典礼结束后,父亲大步上前拥抱我,这个几年都没有碰我一下的男人拥抱了我,然后就随口说起了大话:"你说得太好了,嗯?我就知道你行的,像她一样,你行的。头脑快得像根鞭子。你得好好利用你的聪明才智,别让那些蠢货看扁了你。"这时候,带着方帽,穿着毕业礼服的同学和他们体面严肃的父母看着我们,目不转睛,惊异不已。

《斯特里克斯维尔报》的一个记者没打招呼就给我们拍了几张快照。在那张后来刊登出来的照片上,父亲皱着眉头,抬起右手,对着照相机,像是要挡住镜头;我就挨着他的手臂站在他前面,无所适从地微笑。我的脸感光过度,看上去像马蒂斯的油画。

三天后,父亲离开了。

又一次离开了斯特里克斯维尔,离开了老农场。这次,他没有再回来。

他告诉我的祖母他要向西去——"你可以呼吸的地方"。这次,他搞的建筑要用上大型掘土机和炸药。他从不写信,或者说我从没听说过他写信。(祖母死了几年后,我在她的遗物里发现了两张胡乱涂了几笔的明信片,一张来自科罗拉多,另一张来自犹他,上面写着家里的地址。父亲没有注明日期,只能从邮戳上看出个大概。)大一那年,十月的一天晚上,我在大学宿舍接到哥哥迪特里希打来的电话。他急促而又恍惚地告诉我"有消息说"父亲死了。已经证实他在犹他的一场"工作事故"中意外身亡,一同遇难的还有其他一两个人。我们不会收到死亡证明书。如果找到尸体或遗骸,会在犹他就地掩埋,埋在"温塔山脉"。迪特里希的声音有些僵硬,还有点尴尬。对我而言,这声音里没有温暖,没有宽慰,甚至不承认这是条骇人的消息,而只不过是件我们料到的关于父亲的情况罢了。我和迪特里希都没有听说过温塔山脉。我在地图上看到这块地方,在犹他州的东北部。看上去不是一个点,而是散布几百里的一个人迹罕至的地方。

所以——我渴望姐妹,因为我已经有了其他亲人:母亲、父亲、兄弟、祖父母。如果艾达留给我一个姐妹,我们就是两姐妹了!我会永远幸福的,我想。

我住进女生联谊会宿舍楼寻找姐妹之情。那里有许许多多的"禁忌"。在艾格尼丝·塞耶夫人虎视眈眈的监视下,这些禁忌散发出某种诱惑力。

比如说,禁止任何女孩在厨房里"忙碌"时溜进去。厨房里有一个中年女厨师,几个服务生(其中有一个罕见的黑人大学生),偶尔还有几个送货的。禁止任何人在嘹亮的铃声再次敲响后进入餐厅,此时塞耶夫人端坐在第一桌的主席位,神态庄重地注视着。在公共房间里,任何"不淑女""不端庄""没教养"的行为都是不允许的。在餐厅进餐时禁止穿着宽松裤或牛仔裤。每周日下午一点有一顿齐备丰盛的正餐,女孩们必须穿着"体面"的裙装和高跟鞋出席。然而不少女孩,尤其是比较受欢迎的女孩,是应着第一遍铃声刚从床上摇晃着支起身来的。她们来不及穿齐内衣,或者索性不穿内衣,就急急忙忙地套上裙子,使劲梳两下蓬乱的头发,抹上唇膏,把光着的脚丫子塞进高跟鞋,便飞奔下楼。她们顾不上洗脸,红着两只眼;昨晚的酒劲还没消,这会儿还头痛欲裂。但是,这些精明的女孩能够占据有利位置,也就是离塞耶夫人最远的那桌,而像我这样不幸的女孩总是逃不掉坐在第一桌的厄运。在那一桌,我们不得不说着僵硬做作的话和保持无可挑剔的礼貌。塞耶夫人动叉之前,谁也不能拿起自己的叉子。如果在塞耶夫人将她的刀叉端正地放在餐盘上等待服务生清理之前,你就停下不吃了,那你也必将引起不满,虽然这并非明令禁止。进餐时间禁止谈论令人不安的、可耻的、有争议的或是"多此一举的、不妥的"话题,至少不能让塞耶夫人听见。禁止态度随意地使唤服务生,更别说挑逗了——"最没有教养的行为",塞耶夫人这么形容道,说时声音颤抖。据说在校园里其他一些管教不严的女生宿舍中这种挑逗行为时有发生。塞耶夫人细细品尝完咖啡和甜点后,才会从她的座位上站起身来。在此之前,任何人不得退席,除非有紧急情况。进餐完毕后,禁止冲出餐厅,即使你当时已经忍无可忍,似乎要咬破下唇,流出血来。禁止哭泣或是尖叫。

"玛丽·爱丽丝,怎么了?"——塞耶夫人停顿了一下,一脸困惑。这下,一桌子的脑袋都转向我,盯着我绯红的脸——"你这是什么怪表情?"塞耶夫人轻松地笑着。她舒展的笑容只是体现了她上佳的幽默感,而不是恼我对她的话似乎充耳不闻。"你怎么皱眉蹙额的,好像脑袋被老虎钳夹着似的。"

同学们咯咯地笑着,觉得很有趣,一是为塞耶夫人经常把我的名字乱念一气,二是为她的风趣幽默。

塞耶夫人不止弄混我一个人的名字。新来的女孩,甚至大二的女生,对她而言,都不怎么熟悉。她们必须想些办法向塞耶夫人表明身份。我们不清楚是什么方法,学姐们也猜不透。

（我应该为自己在餐桌上的失礼道歉吗？我犹豫着，希望看看她的表情，再判断道歉是否是她期待的，还是会令她更恼火。但是她离开餐厅的时候，看都没看我一眼。）

当然啦，除非受到塞耶夫人的邀请，否则禁止在任何时间，出于任何理由进入她的房间。（她偶尔会邀请自己喜欢的女孩——但具有讽刺意义的是，这些女孩尤其不喜欢她。）谁也不许通过会客厅的前门或靠近边门的后门窥探塞耶夫人的房间，就算大门友好地敞开着，黑人女清洁工在里面吸尘，也不行。

谁也不许触摸食品冷藏柜或碗柜中塞耶夫人的"特制食品"，更不允许细看或嗅闻。这些食物常包裹在铝箔里，大大的一包，用胶带捆着。大家怀疑这些层层叠叠绑着的胶带底下暗藏机密，要不然就是精明的塞耶夫人在胶带上粘了根头发或丝线，一旦这东西不见了，她就知道有人动了她的食品。这些神秘的食品散发着各种不同的气味，从海水的酸味到肉桂的甜味，无所不有。

当然，翻阅塞耶夫人的信件也是一大禁忌。对她来说，碰她的信就像碰她的身子一样，是一种冒犯。她不准你提前窥视她的英国刊物，不准你把她那些从英国寄来的航空邮件拿到亮处偷看。这些信装在很薄的蓝色信封里，信封上贴着外国邮票。（据说，塞耶夫人是个战时新娘，她的丈夫是美军军官。二战结束后，丈夫把她带回美国居住。丈夫死后，她勇敢地决定留在美国，因为在这儿她可以养活自己。但很明显，她心系英伦。现在英国那头与她还保持联系的只有她姐姐一人。她姐姐的字体修长而优雅。我想象中鬼神的笔迹就是这样的。在字母 USA 下面，她用铅笔画了醒目的三条线。）不过，如果塞耶夫人就在附近，比如在她的起居室里，她是允许你去送信的，而且必须立即送达，以此证明除了确定收件人之外你并没有翻阅过她的信。另外，送信时须用手背轻轻叩门

(塞耶夫人曾经演示过这个动作,她认为淑女就该这样敲门),即使门敞开着,你可以看见她在里面,也得这样。塞耶夫人会问"什么事,亲爱的?",并从眼镜上方看着你。然后,你就答"塞耶夫人,可以把信交给您吗?"这时,塞耶夫人会显出愉悦惊喜的模样,像个收到糖果的孩子,说,"怎么,信已经到了?谢谢你,亲爱的。"你把信塞进她那只戴了戒指的胖手里后,就不能在她那零乱但舒适的起居室里逗留了。起居室里的旧银器、瓷器、镶金边的衣衫、英国山水画和上了相框的照片——可能是她家人的照片亮光——闪着亮光,星星点点,炫目耀眼。不过,你走得太急也是不礼貌的,显得你只想快点溜。确切地说,你在这个微妙的社交场合该何去何从完全取决于这个年长的妇人的抉择;有时,出于女舍监的责任或一时冲动抑或是奔涌而出的一股真情,她会希望你留下;有时,她在考虑别的事,希望你离开。然而如果你盯着她那张高深莫测的粉色笑脸,试图破译她的思想,则又是大不敬了。当然,像一个"美国乡下姑娘"那样发窘、结巴、盯着自己的脚丫子,就更不能容忍。

  我为什么老是主动给塞耶夫人送信呢?她完全可以自己取的。我不认为自己是个特别害羞的女孩;在高中,在斯特里克斯维尔,我一向不怕羞。不过我个头小,长着一双黑刺李般的眼睛,这样的外表让我看起来很怕羞。但我知道这是假象,还常利用这种假象骗人。然而在这个女舍监冷漠、阴郁的目光注视下,我的舌头打了结,手脚也不听使唤了。我感到自己的脸火辣辣的。但我仍然被一种力量拖到了这个女人面前,就像被押到一个最严谨的法官面前一样。也许是她的邮件吸引了我。那些看起来很有"历史感"的英国邮票,有着异国情调的蓝色砂纸信封,还有紧紧地卷成管状、还未开启的英国出版物。来自另一个世界的物品。就让我来当送信人吧！另外,我更为迫切地想变得"优秀"——或者说,想受到塞耶夫人和其他人的重视。我太穷,也太平凡,必须要变得"优秀"。其他会友有富裕的双亲宠爱,还有不计其数的男朋友,完全可以无忧无虑地过活,不必考虑如何做个"优秀"的人。身处在四十多个咄咄逼人、适应力强又外向的女孩中间,我不想觉得自己处于绝望的孤独之中。我执意要寻找一个女性朋友,和塞耶夫人差不多年纪的,四十出头,行动迟缓,像母亲一样。可惜塞耶夫人冷淡地拒绝了在宿舍楼的屋檐下扮演这个角色。

一次,我又去给塞耶夫人送信。听到她快活而又漠然地说了声谢谢之后,我就在她的门廊边徘徊,等待她召见我或是淡淡一笑,把我打发。这时,迎面冲来一个学姐。她红着脸,喘着气,眼泪汪汪的。没等她开口,塞耶夫人就深吸一口气说:"韦尼弗雷德!我都能听见你的呼吸了。"这个女孩名叫弗雷蒂,漂亮、妖艳,粉色的双唇闪着荧光。她结结巴巴地说有人在公园里"挑逗"她。曾经有报道说一名男子在这一带骚扰女孩,她确信公园里的男子就是报道中的男子。她说这个男人对她动手动脚,满嘴"污言秽语"。塞耶夫人立即打断了她,身体后仰,显出厌恶的神色,说道:"亲爱的,你在公共场合这样行事,真叫人无法原谅,情绪如此激动,横冲直撞的,真是丢人现眼。你不必把自己的遭遇嚷嚷得尽人皆知,懂吗?"

不过,塞耶夫人还是把弗雷蒂请进了自己的客厅,关上了门。她们要将此事上报到学校保卫部门。对于这样的事件,不论多么不雅多么难堪,都必须向上头汇报。我被草草地打发了。我静静地往回走,心里有一丝遗憾。为什么那个一脸悲哀冲向塞耶夫人的人不是我,那个被她邀请进屋的人也不是我。门轻轻一掩,我就被挡在了外头。

后来，我了解到一件让我备感意外的事：尽管艾格尼丝·塞耶在宿舍楼里有至高无上的权威，可她不是女生联谊会的成员。她可能很想参加联谊会的会议，但她不能。她可能盼望踏进举行仪式的会议间，但也不能。她对"神圣的姐妹会"一无所知，也无法洞察到卡帕加玛派这几个字所闪耀着的神秘的光辉。塞耶夫人的职责仅仅是给予住在宿舍楼里的女孩们社交礼仪方面的指导。她得向大学女生部的教务长交差，得对得起支付她工钱的当地女生联谊会。我发现了这一惊人的事实，便天真地问我的姐妹们："塞耶夫人不是我们的一员吗？"她们耻笑道："天哪，谁会要这个丑陋的英国老娘们来多管我们的闲事？用用你的脑子吧。"

我特此起誓，我要将我的心、我的灵魂、我的智慧献给姐妹会的理想，献给神圣姐妹会的事业。在我有生之年，我都将与姐妹们心手相连。上述秘密绝不泄露，姐妹之情永不背弃。我对我的心起誓。

大学城91号那栋壮丽而古老的楼房地下室里有一个神圣的地方：举行仪式的会议室。

每个姐妹会、兄弟会都有它的神圣场所，很可能位于他们各自宿舍楼的地下室里。但是卡帕加玛派楼的这间会议室在我眼里却是如此特别。

一九三八年，卡帕总部的官员将这间屋子神圣化，以供会员行礼之用。根据"场所必须绝对秘密，不得对外公开"的细则，姐妹会里所有相关的典礼仪式都只能在此进行。这里大门紧锁,完全封闭,任何闲杂人等不得靠近。

即便是会员,也只有在房门正式由守门人打开时,才能进入。只有这个被选中的守门人和姐妹会的正、副主席拥有这间会议室的钥匙。而会议室始终是上了锁的。塞耶夫人当然没有钥匙。这是任何普通人不能踏进的房间、无法涉足的领域。四壁镶着姐妹会特有的墙纸,亮黑色和金色相间的那种,十分惹眼。低矮、隔音的天花板呈现幽暗的灰蓝色。在长方形的房间前部是一个竖在突起的底座上的圣坛。圣坛上披着乳白色的绸布,上面镶着烫金的**КГП**。坛面上摆放着许多银色的枝形大烛台。三堵墙顶部小小的方形窗口上盖着不透明的棉纱布(以防偷窥),像是缠在眼窝上的绷带。这间典礼用会议室与上面那间空旷的客厅一般大小,只是里面有些地方还闲置着。房间的前部是一排排的折叠椅,后部用来储藏。后部看起来不干净也不整洁,所以你只能在房间的中部感受到浪漫的氛围。(起誓、入会之类的)典礼、仪式是姐妹会日历上的神圣事件。在此期间,会议室里会点起三十六支蜡烛,发出柔和的亮光。而在处理其他事务的会议中,只亮起常用的顶灯,在我们的眼睛和下巴下投上阴影,使得最迷人的女孩都显得异常憔悴。

你不只是简单地走进会议室,而是如细则所述的"被准许进入"。这就是说大家得在会议室门外的地下室楼梯上安静地排好队,从高年级排到低年级。在关闭的门口,你得敲门,仪式性的、姐妹会式的敲门(敲一下,停一下,再快敲两下,停一下,最后再敲一下)。当守门人开启大门,你得与她仪式性地握手(两手相握,握着的手指按敲门时的节奏一会儿紧一会儿松)。每到此时,我的手就笨拙起来,和一个不怎么认识的女孩如此亲密接触使我紧张、尴尬。然后你得对着守门人的耳朵说出暗号（是一句我始终无法确定的希腊语，我总是轻轻地低声说，听上去像是 Hie-ros minosa 或 minoosa）。这样，守门人才能准你进入。你就可以静悄悄地走进会议室，在一排排坐着的女孩中间找到自己的位置。

我的入会仪式是在焦灼不安、头晕眼花和恶心呕吐相交织中度过的。像履行大多数的誓约那样，我被迫四十八小时不睡；我必须禁食，还要一丝不苟地遵循"地狱周"的指令。尽管我对誓约是最服从也是最渴望的，生怕在最后一刻被剥夺入会权，那些入会的人似乎正是从我的合作中看到了叛逆、甚至是背叛的种子；她们对我很苛刻，但我默默忍受这一切。自从前几年发生了死亡、毁容和重大伤害事故后，学校就禁止在兄弟会和姐妹会施行体罚；我的学姐们不会对我们动手，只是想让我们保持镇定，蒙上我们的眼睛，带着我们"走"过神秘的回廊，在楼梯里上上下下。然后把我们带进会议室，解下我们的眼罩。我怎么会在这儿？这是什么地方？这些陌生人是谁？她们是我什么人，我又是她们什么人？我眨着眼睛，像夜间活动的动物在亮光下花了眼。我尝到了惊恐、作呕的滋味。我怕自己会变得歇斯底里，怕自己突然大笑，冲向大门，踢打所有想拦住我的人。我知道我面前是些残酷的人，她们像古希腊诸神那样喜怒无常、专横跋扈。我加入全国性的姐妹会原本是想让家人为我自豪，可我的父母都已经死了。我轻声地哭起来，感到无助。不不不这是个错误。这是个骗局这个荒谬的仪式你自己也是个骗子。主席和另一个干事正在圣坛上用希腊语庄严地吟咏圣歌，同时在一个被玫瑰花瓣围绕着的银盆里烧羊皮纸。羊皮纸上写了些绝密的文字，"这些文字太过神圣，只能在此时此地说出口"。这时，有人拉了一下我的胳膊，我抬头一瞥，眼前还是模模糊糊的；然后，我拖着两条颤抖的腿走上圣坛，去宣读我"最后的誓言"。

　　我一方面很清楚自己的处境,一方面又像婴儿一样无知无觉。我好像飘了起来,飘向那隔音的瓦片铺成的天花板。我看见自己的脸上泪水纵横,额头和鼻子油光光的。我发现我的母亲艾达也是穿长袍的干事之一,一个漂亮的学姐,我几乎不敢看她那张容光焕发的脸;我感到清醒的神志正从我身上溜走,仿佛冰块在脚底下融化;而我的父亲露着参差的牙齿冲着我咧嘴笑,用既生气又得意的神情说别让那些蠢货看扁了你,我对他发誓我不会的。发誓的时候,我用手压住那颗怦怦跳的心。仪式结束了,我和那些一同起誓的姐妹们站在一起,她们也晕眩了。想到自己是姐妹会的终身会员,她们就像新生儿般哭了起来。

　　然后,我昏厥了。我像一捆衣服一样瘫软下来,倒在冷冰冰的不太干净的水泥地上。

2

在人的头脑中,没有绝对的或是自由的意志,但头脑却在某种原因的决定下产生这样或那样的意志,而这种原因又被另外一种原因所决定,另外这种原因又被另外某种原因所决定,以此类推,直至无穷。

斯宾诺莎,《伦理学》

我在这儿非常开心,我喜欢我的联谊会姐妹们和姐妹会里的新生活。我每分钟都这么忙,简直喘不过气来!我这么写信给上别的大学的高中女伴们和几个表姐妹这当然和我以前的生活不同。我现在是**卡帕加玛派**的一员了有时候我得拧自己一下或用针刺自己才敢相信这是真的。

我不能告诉任何人这个明显的事实:联谊会对我来说开支太大了。

我靠奖学金生活,几乎没有所谓的"零花钱"。当然这些在宣誓加入联谊会之前我就知道,但还是不管不顾地加入进来,就像一个潜水员,觉察到下面的水可能是冰冷的,而且会致人死命,但还是一头扎了下去。明明不是那样的人,非要表现得那样,却没意识到最终还是会做回自己。

在大一加入女生联谊会前,我经常得每星期工作十小时来贴补开销,因为各种意料不到的学费、杂费,还有买精装教科书的费用,已经让我吃不消了,尽管我已是节衣缩食,生活简朴,身上穿着从家里带的打折衣服。大二那年的秋天,我搬进联谊会宿舍楼,这样我每星期就不得不至少工作二十小时。于是一整个下午我在教务主任的办公室里打字,晚上和周六则在大学图书馆的书库里整理书架。这样做可能会违反学校的规定,但我不敢询问。联谊会的内部章程规定学生不准在校内任何女生联谊会宿舍楼兼职,否则,我就向塞耶夫人申请到宿舍厨房打工了。我想,我明白这条规定的道理。我们要学会仪态优雅,举止大方。我成了一位真正的淑女(也许你会笑话我!)我好开心,好开心,**好开心**。可是现在我已是大二的学生,却害怕自己再也不会思考了,害怕成绩不好而拿不到奖学金,害怕被学校开除而不得不回到祖父的农场,那坐落在尼亚加拉县一小方荒野的农场。(虽然我的哥哥们也住在那个地区,可他们早就离开农场了。)一旦你加入了女生联谊会就会被一大堆活动缠住无法分身我发觉我们联谊会的女生更是如此。忙得**喘不过气来**!时间啊,匆匆而过,一去不返。这令我绝望。有时候我能感觉到自己的心在狂跳,事实上我的确经常喘不过气来。上一段楼梯或爬校园里那个以陡峭出名的小山坡,我都会累得喘不过气来,似乎是在爬高坡;对我来说,这些不是楼梯,也不是山坡,而是高山,是玻璃山,我一边爬一边往下滑,感到绝望无助。时间不够,总是不够!即使我把睡觉时间压缩到每晚四五个小时,也还是忙不过来。虽然我每周工作二十小时,工资却总是少得可怜。一开始,我觉得肯定是出了什么差错,于是泪眼汪汪地去打听。一小时九十美分?一小时九十美分?这说得过去吗?要交联邦和州的税额,还要扣除社会保障金。一个女图书管理员皱着眉头告诉我人人都一样,除非你有关系。她说得对。她这么说是出于好意,虽然有一点点无礼。我打量着她那张布满皱纹,面无表情的脸,差点打了个寒战。但我还是不能放弃我的工作,尽管报酬低廉。联谊会的所有姐妹中,只有我一个人不得不精打细算过日子——真的——每分钱都得掰着花。我把它们十个一捆整齐地包好,一旦被我的姐妹们看到,我会感到害羞,这也让她们难堪。我想,她们接纳我是出于慈悲。她们看我就像人们看待一个穷亲戚。这是卡帕宿舍楼!我在印有我们宿舍的明信片背面写上这些字,寄给我的朋友和堂兄妹,甚至寄给我的哥哥和祖父。真正的房子从前面看还要大。房间真多。在照片上突出的屋顶上方布满云层的天空中,我画了一个×来表示我在三楼的房间的大概位置。而事实上,我的房间在房子的后面,很小,和大一时分给我的那间差不多。不同的是,在这幢楼里,我得和另外一个女孩同住。

不同的是,在这幢楼里,住宿费要贵得多。

这就是幸福的代价。这就是你所追求的幸福。

我看到联谊会寄来的第一笔会费清单时,有点茫然。除了每月的会费以外,还有"社交费"和其他附加费。可怕的是,我的罚款也不断增加——由于兼职,我错过了事务会议,委员会议,还有"规定"的和卡帕的兄弟会菲欧米戈会员的见面会。十月份,罚款金额为二十一美元,十一月份,二十八美元。我恳求卡帕的财务主管网开一面:我必须工作,我别无选择,我能怎么办呢?这个大三女孩留着调皮可爱的发型,长着沉着冷静的大眼睛,她微微一笑,建议我减少课程,重新安排工作时间,这样我就有更多的时间留给姐妹会了——"别忘了,姐妹会是你的首要责任。"

那天深夜,我躲进地下室的阅览室里(我已经习惯躲在这里,不想和我那个爱交际的室友迪迪争吵,也不能忍受隔壁不断传来的即兴讽刺音乐的"砰砰"声,还有楼上的尖叫声)。有时,在凌晨三点以后,我漂浮着进入一个疯狂紊乱的梦,那像被老虎钳紧紧钳住的脑袋慢慢地埋入平装本的《伦理学》中,眼前全是一页一页的文字,似乎潜入了深深的海底。幸福!斯宾诺莎的嘲弄声。你应得的幸福。

我祖母讲的英语带着很浓的德国口音,这似乎是在讽刺这门语言,就好像她带着倦意的脸上那扭曲怪异的笑容,是在讽刺这微笑。"'你自酿的苦酒,自己喝吧'——人们常这么说,不是吗?"她大笑着说道,却并不快乐。她是那些平庸陈腐和不言自明的真理的守护人,是格林童话里那个年老乖戾却永远精力旺盛的老妖精,可以从人的坏心眼中看到灾难的降临。对于那个在一六五六年被逐出犹太教会的荷兰殉道者巴鲁克·斯宾诺莎论证详细,结构谨严的形而上学体系,她的反应是:把他的集子统统扔进烧着木炭的火炉——"去你的!"

我在锡拉丘兹,从来不给她打电话。我不会打电话去乞求她的原谅,我不会打电话告诉她我绝望,我失去自我,我该如何是好?

研究哲学就是研究人的思想,尽管哲学家们声称他们研究的是"现实"——"世界"——"宇宙"——"上帝"。然而,一旦你仔细研究人的头脑,探究人的意识,考察人的动机,你会十分困惑。

在锡拉丘兹的第一年,对于校园里那些狂妄地自称为希腊人的学生,我一直是视而不见的。我的心思全在学习上——在兼职上——或是畅游在浩瀚的令人敬畏的书海中。在斯特里克斯维尔我从没想过会有一家真正的图书馆,像大学图书馆那样,我可以成年累月如痴如醉地漫游在它的书架间。高中时,我是最出色的学生,可现在,在锡拉丘兹,我形单影只,困难重重,奋力求生。我喜欢其中的兴奋刺激,甚至是焦虑,我一直处于烦躁不安的状态中。我捧着书晃晃悠悠从图书馆回来,如果教授布置了关于 X 的作业,我会一读、再读关于 X 的文章;不仅如此,我还阅读关于它的评论。我写一些寓言体的散文诗歌,对宿舍里其他女孩不感兴趣,还经常忘记吃饭。我也毫无兴趣加入什么姐妹会,或参加那些浪费时间的活动——像什么"忙碌周"——"宣誓入会周"——"入会仪式"。尽管我对这一切漠不关心,但我还是清醒地意识到这个事实(我必须要坦白!)——绝大部分大一女生都宣誓加入了联谊会,甚至那些我仰慕并且想交往的女生,那些在很多情况下最出色、最聪明、最受欢迎,并像我一样拿奖学金的女生也都入会了。这些女孩,似乎是经过上天的挑选,从大学宿舍搬出来,在来年秋天住进了姐妹会的宿舍。这样我就没指望和她们在一起,更不用说交朋友了。因为谁愿意待在沉闷阴郁的本科宿舍楼,美其名曰"特立独行者"?——其实是被淘汰的人,是失败者。用乔伊斯那令人难忘的话来说,就是人生盛宴的弃儿。我的自尊心受到伤害,因为我知道自己将被这个光彩夺目的世界弃之门外;我虽然对它毫无兴趣,但这种被抛弃的感觉刺激了我融入其中的欲望。透过眼角的余光,我不安地感觉到这个希腊世界残酷无情充满歧视,大学城也一样,那些滑稽而又优雅的大楼(宿舍楼在后部向外延伸)上骄傲地刻着几个神秘的希腊字母,故意嘲弄挑逗又冷眼相对那些没入会的学生。我曾经路过坐落在崎岖的小山上的联谊会宿舍楼,注视着那爬满常春藤的墙面,雄伟气派的多利斯柱子,以及石板垒成的高耸的房顶,然后颤抖着转身离开。在乡下,我从未见过这样的房子。在斯特里克斯维尔,一个仅有万把人的小镇,不会有这样的房子。这个希腊人的世界,充满直截了当,肆无忌惮,不知悔改的偏见与歧视。这些都体现在一个字里:宰割。因为宰割是希腊人的特权,而任人宰割是卑微者的命运。看到这些话,你会嘲弄地大笑着说,这忍无可忍,这不像是在美国。从 Deke① 名单上被除名,从 Tri Delt② 名单上被除名,撕成碎条,割破你的喉咙,多么失败。每年秋天的忙碌周过后,没能入会的人自杀未遂的事情时有发生。

有人说,这更验证了那句希腊老话确有道理:适者生存。

哦,希腊人多么可耻,他们自大,可笑。但谁笑得出来?

后来,发生了一件事情。这在当时非常引人注目,完全出乎我的意料,让我受宠若惊。那就是,与我住在同楼的女孩开始约我出去。她叫多妮。上课的时候,我从没注意过她。我的心思全在学习上,从不留意别的同学,视线只在教授身上,把他们当做神仙一样,既崇拜又害怕。然而,多妮进入了我的生活,就如同一个人打开门,不请自来。她是个惹人注目的女孩,不漂亮,也不迷人。但她像一个三十年代的影星,光彩照人,圆圆的脸蛋儿,睡意蒙眬的双眼,涂满口红的嘴唇,还有永远在指间燃烧的香烟。她对我微笑,在烟雾缭绕中眯起眼睛看着我。我高中的班里有好几个这样惹人注目的女孩,年龄虽小,但早熟,性感。多妮的头发漂白过,已经起了毛。她穿紧身毛衣,还涂了指甲油。她那有毛皮装饰的黑色棉大衣,漂亮的皮靴,以及其他服饰物品,都表明她来自一个富有的家庭,娇生惯养。多妮这个名字很快令我着迷,多妮,我不禁在笔记本上,或在课本的空白处写着她的名字。有时候,我的手指在房间里结了薄冰的玻璃窗上沙沙地写着。多妮,多妮。她会开玩笑地责备我学习太用功——"你这样会神经衰弱的!真的。很

---

①② 女生联谊会的名字。

有可能。"她也会孩子似的恳求我帮她写论文。"你只要瞅一眼就行,看看可不可以上交。"当然,最后我做的总不止这些,因为我喜欢这样的挑战。从六年级开始,我就帮我的朋友们做家庭作业,能帮他们解决问题,为朋友排忧解难是一件很愉快的事情。当多妮的作业取得高分时,她就会兴高采烈,感激万分,并邀请我去见见她的朋友们。她们都是已宣誓入会的新生,和多妮一样,不聪明,没头脑,但充满了活力,机灵,有趣,而且好看,能在路上吸引很多男孩关注的目光。可是,为什么我会和这些陌生人在一起呢?我和她们并不是一类的!然而,我来到了她们中间。深感荣幸。多妮坚持要"重塑"我的发型,还执意要借给我衣服穿,尽管她的尺码是八号,我的则要小得多。她请我去参观她刚刚加入的"漂亮高雅"的姐妹会,卡帕加玛派——"一群多棒的姑娘啊!我爱她们。"这次参观后没多久,多妮和其他会员鼓励我去报名参加春季的选拔周。我照办了。我知道,除了价格最便宜的普通宿舍,别的地方我都住不起。但我还是报名参加"选拔周",忽然之间,我变成了另一个人,一个对一群陌生人和一所姐妹会异常依恋的人。然而,我虽然听说过它,也知道它在校园很有名,但我的了解仅限于此——为什么我要这样做?"社交生活,交际活动。"(我似乎没有想过这些事情我从不感兴趣。如果调查一下,我就会发现其他姐妹会对我合适得多:像艺术专业的姐妹会,奖学金学生的姐妹会,以及那些专供经济有困难的女生申请的姐妹会,她们可以在姐妹会里帮忙做事以支付部分住宿费和膳食费。但我没有调查。)多妮入什么会,我就入什么会,否则就啥也别入。那幢坐落在大学城最深处,具有威严的新古典主义风格的卡帕宿舍楼像彩色电影里的镜头,在我的想象中赫然耸现。我相信,我曾经见过这幢房子。多年以前。当然不是在斯特里克斯维尔,那里根本没有公寓。

但是,——是在哪儿呢?在布法罗吗?它那高大的门廊,枝形吊灯和蜡烛照耀的房间,锃光瓦亮的家具,以及高高的花瓶里大朵的白牡丹;卡帕姐妹们笑得像好莱坞的女明星,极具"个性",还都记得我的名字;还有英国舍监塞耶夫人的异乡口音,她那爽快得体的言行,蓝眼睛像四月的安大略湖,周围铺着一层薄冰。我就这样幻想着,恍惚中似乎觉得塞耶夫人就是这幢房子里的母亲,我喜欢她不是美国人,喜欢她说话时带着我不熟悉的口音,喜欢她苛刻,严格,公正。凡人的命运决不会降临在她身上。

令我惊奇的是,第二个礼拜的选拔周我又被邀请到了卡帕;更令我吃惊的是,第三周也是如此。这是不是表明我胜出了选拔赛?这可能吗?(我已经退出其他姐妹会,或者已与她们断绝关系,却并不太在意。)我只关心卡帕加玛派。

我心里不明白为什么会有人想要我入会,更别提那些心思复杂,光彩动人的卡帕姑娘了。我明白,如果她们知道我真正的样子,是绝对不会喜欢我的。然而,我执拗地想让她们信服。这是一个挑战,就像取得高分,得到一个完美的,或几近完美的成绩。我越是认为自己没资格成为卡帕,就越热切地想成为其中一员。现在,在结了薄冰的窗玻璃上,我画出 КГΠ 三个字母。在一份给处于观察期的申请者填写的调查表上,我不管不顾地胡乱撒谎。我的一些亲戚认为我们家族有部分犹太血统:我父亲的外祖父母是德国犹太人,他们从德国西部的一个村庄搬到比利时的安特卫普,并将原来的名字改得像德国名字。"一战"爆发前,我父亲的母亲,也就是上述这对夫妇的女儿,和她那德国籍的丈夫一起,移民到了美国,在气候反复无常的纽约州北部安顿下来,成为牛奶场工人。我们家族信奉路德教,但不十分虔诚,也不大作礼拜。我的母亲,艾达,可能是一个比较虔诚的路德教徒,因为她埋在斯特里克斯维尔的教堂墓地里。(你不能够向我的祖父母询问个人问题。如果问我的祖母一些关于欧洲及她的父母的事情,她会做出厌恶鄙夷的怪相,说道,"你干吗要知道那个古老的不复存在的年代?"一边说还一边假装吐唾沫的样子。)然而,在这张调查表上,我毫不犹豫地填上了圣公会。父亲的职业?——独立承包商。我的人生目标?——为了人类的进步。我告诉自己这并不是撒谎,这是我的卡帕自我在说话。我发现,在与卡帕们的对话中,我渐渐克服了怀疑主义的天性,转而变得开朗、简单、随和、热情,一笑一酒窝,笑声如小姑娘般响亮清脆。我的卡帕自我从不思考,从不忧郁。如果她写了几首弗朗茨·卡夫卡风格的寓言式散文诗,她不会拿给卡帕们看。她皮肤洁净,眼睛明亮,齐肩的短发散发出光泽,唇上涂了唇膏。她不是我自己所了解的那个人,而是一个受到十几个卡帕女孩启发的混合物,这些女孩中包括我十分崇拜的多妮。那些比较沉着的卡帕姐妹会和你拥抱,亲吻你的脸颊——"爱你,亲爱的!"道别时,我总不能像她们那样感情过于丰富,不过也相去不远了。

那个在大一宿舍堆满书籍的房间里等我回去的人变得越来越陌生,也越来越无聊。我发现尼采的这句残酷的警句极有道理。人们引诱他的邻居对他产生好感,然后,对邻居的这个观点深信不疑,在这方面,女人有着高超的技术。然而,为了这种引诱而付出的努力是我所有的支撑,用来抵挡生命中那可怕的孤独。或者,只是我这样以为。

那个晚上,春季选拔周终于正式结束。当多妮和其他几个申请者郑重其事地把密封的卡帕邀请信送到我的房间时,我盯着这些微笑的陌生人,流下泪来。

这就是我的卡帕自我。

要是艾达还活着,会为她的女儿感到多么自豪啊!加入卡帕只是开始,今后成就还会有很多,我保证。

我不值得你为我而死。但是否值得你给我生命呢?

远在锡拉丘兹,我很少想家,但却经常想起我的母亲。深夜,孤独时我会想起孤独的她:死去的人会感到孤独吗?我的兄弟们可能会笑我,说我记住的不是一个活生生的女人而只是一些老照片。然而,在这种时候,我感觉到母亲近在咫尺。假如我从书桌上抬起头,看到一张模糊的脸映在我台灯旁的窗玻璃上,我会想象那是母亲的脸。有时候,迷迷糊糊中我会做一些令人激动的梦,梦见自己回到了斯特里克斯维尔。也许这些都是清晰的回忆。我站在埋着她的路德派教堂后面的公墓里。这个墓地,我一生中没去过几次。如果父亲去那儿,总是独自前往而且从不告诉我们。可是,在我的记忆中我却可以清楚地闻到刚刚割下的草的味道,感觉到脚下残留的草根。透过低矮的教堂尖顶和幽暗的十字架望过去,北边安大略湖上方的天空在渐渐暗下来。斯特里克斯维尔的路德教堂建于一八七三年,用天然的散石和灰泥筑成。那个公墓只是教堂后面的一片草地,散落着许多小山岩,雨天积满了水。冬天,阴沉沉的积雪堆成丘,把墓碑盖住,只留一半在外头。最早的墓碑,可以追溯到十九世纪七十年代,它们被风蚀雨淋,像扑克牌一样越来越薄,倾斜在泥土里。这些墓碑离教堂最近,刚砌的坟墓,像我母亲的,要远一些,在半秃的山坡上像扇子一样展开。我突然意识到,没人真正期待未来,没人相信未来会到来。此刻即永恒。母亲的那块墓碑,朴实无华,灰色的大理石上刻着她的姓名、出生和死亡日期,立在一排墓碑的尽头,旁边是一块还未开垦的土地。尘归尘,土归土。斯宾诺莎从不承认这一点。没有一个哲学家描述过死亡的气味,潮湿的泥土,腐烂的树叶,混杂着木头燃烧的烟味(远处,一个农夫正在烧树桩,这是你能想象到的最难闻的烟味)。我的指尖滑过粗糙的墓碑。冰冷的石头。我是卡帕会员了,我好快乐啊,母亲!有时候我觉得我的心快乐得几乎要爆炸了。

  母亲不常去教堂。她和父亲在布法罗的一个非宗教仪式上结为夫妻。照家人的说法,教堂的牧师允许我母亲的遗体埋在公墓里,因为他以为这样我父亲就会带着他的家人去教堂做礼拜。牧师一定很热切地期盼有新成员加入他的教会,一位父亲和他的四个孩子,或许还有父亲的父母?当然,这些都没发生。

  一个谎言使得艾达的遗体被允许安葬在这块神圣的土地上。一想到这个,我就替她觉得不安。要不是因为艾达,我会觉得这件事很好笑。

  在那个年代,类似性、性欲这样的词是避讳的,即便是那些把做爱当成家常便饭的人也讳莫如深。性感这个词人们只会压低了嗓门说,说时眼角诡秘地一挤,会意地一笑。

  作为女舍监,塞耶夫人棘手的事儿是暗示某些事情却从不说破,就像当时大多数的母亲一样,整天把淑女举止,礼仪规范,保持无可挑剔的好名声这些话挂在嘴上。她会用类似男性访客或男性这样的词,好像是在说一种讨厌且不可靠的物种。你不会相信艾格尼丝·塞耶是结过婚的人,尽管她戴在左手上的戒指很显眼。

你不会相信这个女人曾和某个男性结过婚。塞耶夫人会在进餐时间和每星期天晚上在客厅召开的正式宿舍会议（不是卡帕的例行会议）上训斥我们。"对于男性，我们的宿管制度很简单。它们由女生部长制定，在任何情况下都不得违背。"禁止任何男性走到宿舍的楼上（除了得到批准的工人）；实际上，任何男性都不允许坐在通向二楼楼梯的前几个台阶上，或是走到通往地下室的楼梯。当然，宿管制度也禁止在晚上就寝关门前后将男性窝藏或企图窝藏在宿舍楼内；还禁止女生在任何公共房间或其他属于塞耶夫人严格管辖范围内的地方以有失体统的方式和任何男性"胡闹"。在卡帕楼那些准许男性客人进入的房间里，规章制度的简练堪称经典："所有女生时刻保持站立。"

塞耶夫人狡猾专横的说话腔调让人忍不住要去模仿。这样一来，她的话就在宿舍楼的三十个房间里流传开来。

你无时无刻不在想着性。尽管你像我一样没什么性欲，也不想通过与男性发生关系以发泄这种欲望。性是一股激流，是强大的，有害的，难以言喻的；是一股随时可能冲向任何一个女孩并将她摧毁的激流。男性受到刺激后排出这一小股热流：精液。（但精液这个词从不说出口）。男性是女孩天然的捕捉者。

"和所有的女舍监一样，塞耶最怕的就是，"女孩们轻蔑地说起我们那嗅觉灵敏的舍监，"我们哪个被搞大了肚子。她认为这样她会受到指责，会被解雇。"

严禁本科女生在任何时间到男生宿舍楼上或溜进他们的公共房间。严禁本科女生走访校外不在学校当局管辖范围内的男生宿舍或公寓。女生尤其要避免在男生联谊会上与一名或多名男性独处，因为据说联谊会上有时会发生一些不好的事情。女生喝多了就会掉以轻心,被带到楼上与多名男子发生关系。但兄弟会里没有像塞耶夫人这样的舍监,只有宿舍管理员或指导员,所以每周末,卡帕的女生就在校内或康奈尔大学的男生联谊会上爱干啥就干啥。或者她们的男友想叫她们干啥就干啥。来吧!你会喜欢那小伙子的,他可棒了。你不能老是学习啊!我和其他人一样开始化妆,把蓬乱的头发梳得锃亮,穿上别人给的粉色塔夫绸长裙,长及小腿肚,后面一个大蝴蝶结使得腰身看起来很细,还带上别人给我的闪闪发光的耳坠。我微笑着,眨着眼,像一只夜间出没的动物,钻到太阳底下。男生联谊会上的喧闹声震耳欲聋。所有的男孩身材都很高大。笑声,音乐声。啤酒。纸杯,啤酒。啤酒是圣餐。在专供女士们使用的洗手间里(门外贴着一张脏兮兮的红纸)有一个显眼的蓝色高洁丝①大盒子。一些爱玩闹的人在每个马桶里放了金鱼。你是不是应该大笑?把那些漂亮的小金鱼从厕所冲下去,然后哈哈大笑?我缺乏适当的幽默感,也不会欣赏啤酒和满是啤酒味的嘴。我要在这闹哄哄的地方和这群龇牙咧嘴的陌生人抱紧在一起跳舞吗?要和陌生男人接吻吗?那个不认识我不记得我名字的男孩?喝得烂醉是为了什么?我的卡帕姐妹克里丝呕吐不止,从后台阶一直吐到写着 ΦΩ 的垃圾箱上。克里丝,走吧。克里丝,求你了。我恳求她,但她不听。居然又回到舞会上去了!我试图和多妮、杰儿、唐娜和特里解释,但她们对我很不耐烦,目光炽热,皮肤发烫,双臂搂着她们那些笑嘻嘻的舞伴的脖子。她会好的,克里丝能照顾自己,她以前就来过这种舞会。我让那些还清醒着的卡帕会员们感到尴尬和厌恶,她们看到我甩了醉醺醺的"舞伴"艾迪,走出播着刺耳的音乐的屋子,穿着可笑的高跟鞋跑

---

① 金百利公司的湿纸巾牌子。

过积雪覆盖、杂草丛生的公园。我那借来的粉色塔夫长裙窸窸窣窣地响,像冰一样摩擦着我穿着长袜的腿。我气喘吁吁地咒骂着,眼泪从眼眶里渗出来,但是该死的我不哭,哭什么?我已经没有感情,不可能受到伤害。

次日午时,卸了妆后素面朝天,面容憔悴的特里带来了我留在男生联谊会屋子里塞满衣服的架子上的黑色外套,带着一种可怜和轻蔑的眼神把它甩到我的床上。"给,你忘东西了。"

克里丝怎么了?
嘿,她自己都不记得了,这又能怎样呢?
谁的事?和你有关吗?
不记得了,没什么原谅不原谅的。
她的男朋友或许做了预防措施。他还不至于那么笨。
只有他一个人吗?

从图书馆出来沿着大学校园往回走,将近晚上十一点。穿过积雪覆盖的公园。我怀里抱着书,像抱着婴儿。其中一本有八百页,是《欧洲哲学史》。我走得很快,呼出的气在冰冷的空气里凝结成水汽。我在图书馆书库工作到现在,马上就要熄灯,恐怕赶不及了。我脑子里一片空白,只想着赶紧跑上陡峭的山坡,在十一点前回到卡帕宿舍楼。因为塞耶夫人不会同情我,更不会听我结结巴巴地解释。你这个美国姑娘!突然我听到有人低声地叫唤——"小姐?小—姐?"那人影从树后闪出来,像小孩子在捉迷藏。在昏暗的街灯下,我看清了那人的脸:一张陌生的脸,肥肥的下巴,胡子刮得很干净,扁扁的肮脏的嘴角歪斜着,戴着一副教书先生的黑框眼镜,把那双死鱼似的眼睛瞪得很大。他让我看他的脸。他想让我看他的脸。"小—姐,"他叫我,舌头从嘴里伸出来,"——跑那么急,小心摔了你的奶子!小心点。"他大约在三十五岁到五十岁之间,嗓门很大,对我假惺惺地表示关切。我一眼就认出他是那个曾勾搭过弗雷蒂和其他女孩的男人,但我不是那种女孩。我是斯特里克斯维尔女孩。于是,我毫不犹豫地把厚厚的书朝他砸了过去,正好砸在他脸上,砸掉了他的眼镜。他一惊,痛得叫出声来。这下流坯肯定没碰到过一个会对他这样做的女孩或女人。他毫无防备,做梦也没想到我会这样。我冲着他尖叫,像狗一样急促地狂吠。

然后,我看着他一瘸一拐地穿过公园,沿着小路,走出了我的视线。我全身的经脉如火燃烧。激动无比,精神振奋。我很想把这件事告诉父亲。

黑框眼镜躺在雪地里。我用戴着手套的手把它捡起来,一怒之下真想把它折成两截。但我没这样做,而是把它塞进了大衣口袋。

没人听到我急促微弱的尖叫。它们迅速消散,就像我嘴里呼出的气。

他要是伤害了我怎么办?他的眼里闪着疯狂的光,脏兮兮的嘴角挂着口水。

几分钟后,我走进了灯火通明的卡帕宿舍楼,心还在怦怦直跳。我迟到了两三分钟,不过值班的舍监抽着烟,毫不在意地挥挥手让我进去了。她一点也没注意到我因激动而涨红的脸,还有我瞪大了的黑眼睛。我没有冲进塞耶夫人的房间,晚上这个时候门已经关了。我终究没有把我不幸的女性遭遇带给她。书上沾了雪,有点湿,但没损坏。我知道我是一个很幸运的女孩。

我已经没有感情,不可能受到伤害。

我要做的是：戴着手套捡起那副眼镜，不戴手套我永远不会碰它。我会把它寄到锡拉丘兹的警察总局，附上一张打印的措辞简洁的纸条。这副眼镜属于一个性骚扰者。他是你们的了。

震耳欲聋的脚步声！尖笑声。三楼公共浴室里溅着肥皂泡的镜子。到处都是烟味，烟蒂像纸屑一样散落四处。空的汽水瓶在走廊里被踢来踢去，滚到楼梯口的过道上，等着黑人女仆杰拉尔丁来清理。杰拉尔丁黑黝黝皱巴巴的脸上毫无表情，一声不响地把垃圾扔进她的塑料袋。（在走廊上经过杰拉尔丁和她那笨重的真空吸尘器时，我会垂下眼睛，为我的肤色感到羞耻。大二那年的秋天，在卡帕的宿舍楼里，我第一次知道为自己的肤色而羞耻是什么感觉。但是杰拉尔丁也没多注意我，她看我就像看卡帕姐妹会里任何一个白皮肤女孩。）矮子姑娘们被激怒了她干吗不他妈的管好自己的事。塞耶夫人敢责骂某些大三的女生：女孩子这样成何体统，还是在公共房间！露露就反复高调弹奏《来自红磨坊的歌》来庆贺瞧，看见了吗？她举起左手，手上的小钻戒闪烁着，像是在调皮地眨眼我二十一岁前就订婚了。几个高年级的女生围着一个正在大哭的低年级女孩说好了，亲爱的！现实点。我走过去，其中一个人开始骂我，把我推开。我震惊地离去，却从不知道为什么？我不能给自己讲一些老掉牙的故事：很久很久以前。因为这是现在，故事发生在现在。我本来以为我能制造故事，而事实上故事却自己在我周围发生，像潮水升起，咸涩泥泞，肮脏污秽，夹杂着瓦砾。我崇拜我的卡帕姐妹们，就好像一只躲在灌木丛里或企图躲进灌木丛的小夜莺崇拜着羽毛鲜艳的猛禽。

在我的《伦理学》课本里,我在"努力去理解他人是首要的,基本的,也是唯一的美德"这句话下面画了线。

然而,事情开始发生了:《卫报》《哈泼斯与名媛》《笨拙》周报,还有其他英国出版物杂乱地摊在客厅的桌上,有时候干脆扔在地上。未熄灭的烟头使客厅的空气恶臭难闻,烟味还从门缝里渗进了塞耶夫人的私人房间。前门厅里有不知是哪位男性的笑声。门被重重地关上,响声足以震动房子里的每一盏水晶吊灯。熄灯后楼梯上传来阴森恐怖的笑声。二楼走廊里足球击打地板的声音在塞耶夫人卧室的上面响个不停。红木楼梯扶手被沉默寡言的杰拉尔丁擦得锃亮,上面有一道道干了的——是什么人吐的东西吗?塞耶夫人喊道:"姑娘们!姑娘们!"她放在厨房食品柜里的一个精心包好的便当不见了。就这么不翼而飞了。哪儿去了呢?没有一个厨房帮工知道。吃饭时,塞耶夫人那双冷冰冰的碧眼显得很警觉,锐利的目光从这张脸扫到那张脸。只有低年级的会员在笑。我们不知道还有什么别的选择。"这儿真安静。因为有人心里有鬼。"塞耶夫人说道。进餐结束时,塞耶夫人用颤抖的手指摇响了小银铃,把我们这一大群人召集到客厅,那些故意作对的高年级女生偷偷地溜走了。"这是谁干的?"塞耶夫人冷静地查问着。"谁这么——无理?这么粗鲁?"你知道的,其实塞耶夫人是想说这么美国式!她可能是在说那些杂志——这回又乱摊在客厅里,让人看了就生气。还有地方报纸的填字游戏版也摊了一地。令人尴尬的沉默。令人烦躁的沉默。由于紧张我开始数人头,但数到二十五就数不下去了。默西和特里莎交换着傻傻的、内疚的眼神,波波和克里丝咬紧牙关尽量不笑出声来。一直皱着眉头的多妮舔了舔她光亮的双唇。弗雷蒂偷偷地挠了挠左边的胳肢窝。迪迪忍住了一个哈欠,也可能是一个嗝。壁炉上的钟开始半点报时。值得一提的是：卡帕的会员首先都是淑女。但是楼上的唱机却正放着摇滚乐。白人男孩听的低贱下流、吵闹的黑人摇滚乐。塞耶夫人身着正装笔挺地坐在沙发上，从我坐在地毯上的位置望过去，可以看到沙发下面的东西。我似乎看到那儿有块卫生巾。我一下呆住了，心想但是不可能是用过的，上面没有血渍不是吗？塞耶夫人重又问了一遍。但是谁记得住她的问题呢？她冰冷的目光从一张脸扫到另一张，但眼前都是一张张无辜的美国大姑娘的脸。她转向了我。我离她几英尺远，正盯着她那穿着小牛皮鞋的胖乎乎的小脚，我一直觉得塞耶夫人的脚踝粗得很奇怪，可能肿了。"你，"——塞耶夫人突然说道，我这才回过神来——"你知道吗？我命令你说出来。"我吃了一惊，我的反应一定让别的女孩们觉得很好笑。我的目光开始不由自主地闪烁起来，做贼心虚似的。顿时，一股无边的凄凉感袭上心头。我不想让塞耶夫人发现卫生巾，不想让她当众失色出丑，不想让这可怜的女人颤抖得更厉害。卡帕会员们一定会在背后嘲笑她，说她是英国婊子。于是，我不假思索地说，"我——很可能是我做的，塞耶夫人。"

所有的人都吃了一惊，时间好像凝住了。连墙上的钟都好像不走了。

我们说的是乱摊在地上的杂志吗？——我指着它们，还有散落在地毯上的《锡拉丘兹报》。我的声音干哑，带着鼻音，显得惊恐。"只有我会看你的杂志，塞耶夫人。做填字游戏。"这是假话，我平生从未"做"过填字游戏，我才不会把才智浪费在什么游戏上呢。"所以我——很可能是我做的。"又没人说话了，令人尴尬的沉默。我的卡帕姐妹谁都没动弹一下，但我又似乎觉得身边所有的人都在动，她们都在吸气。我的坦白完全出乎塞耶夫人的意料。她盯着我，一股热潮慢慢涌上了她的脸。她用近乎颤抖的声音问道:"'是很可能'——还是确实'做了'——?"但是她的讽刺软弱无力,缺乏自信。我茫然地笑着。我听到自己结结巴巴地说,"我——是我做的,塞耶夫人。我保证不会再这样了。"我突然打起寒战来,这一定是流感的征兆。我想起公园里的那个男人,那个企图对我不轨的人,清楚地看到了我的脸,我也看到了他的。我的错误就在于我没有哭着跑去找塞耶夫人。现在我的五脏六腑都在燥热地翻腾。晚饭时吃的那一点点东西正在报复我,弄得我的胃一阵阵地痉挛。也许塞耶夫人知道我根本不是故意要撒谎的。在卡帕会员中,我是唯一每天都穿同样衣服的女孩。一条皱巴巴的炭灰色羊毛裙,腰带松松的,裙子总是前后左右地移动,而我却不自知;一件白色长袖棉衬衫,洗过多次,但很少烫,领尖钉有纽扣,是当下流行的时髦式样;一件过大的藏青色V字领奥纶运动衫,斯特里克斯维尔的西尔斯公司出产,衣袖齐肘;袜子不配对,但都是白色羊毛质地;头发乱糟糟的卷成一团,无法梳理,像受到磁铁吸引的钢屑一样立起来。我坐在这些卡帕会员中间,忐忑不安地揉搓着皱巴巴的裙子。无论我是谁,在她们中间,我都是大学生中的典范,一个勇敢但不怎么整洁的另类。塞耶夫人一直阴郁地盯着我,突然决定相信我的话,也许是为了出口气。她叹了口气,恼火地在沙发上打了一拳。"哦,那么好吧!我可以肯定地告诉你还有你们,你和所有其他人一样粗心大意。你们这些姑娘!"塞耶夫人挥挥手解散了别的女孩,再不解散最大胆的那几个就要自行离开了。我留下来,懊悔不已,咬着嘴唇忙着整理客厅。塞耶夫人恨恨地说,"我原以为你是最好的,在所有这些——'卡帕'中。"卡帕这个词从她嘴里说出来就好像是一句下流话。我等着塞耶夫人问我其他坏了她规矩的事,比如她失窃的食物,但是她什么也没说,大步走出了客厅,砰的一声关上门。此时,客厅里只剩我一人。

我设法用卷起来的报纸把卫生巾从沙发下拿了出来。其实,它已经被用过了:中间干瘪瘪的,结着深色的血块,其他地方还是雪白透明。高洁丝牌。既然塞耶夫人没看到,那么这活也就用不着杰拉尔丁干了。我用报纸包起它扔到垃圾堆里。我把杂志按原先的顺序排成扇形。听得到我的卡帕姐妹们在楼上走动,脚步沉重又傲慢。我一直在看一本关于凶神哈比①的古代神话集,他把灵魂带到冥王哈得斯那儿。她们的低语、呢喃、嘲笑声,从我的头顶飘下来。

在我的哲学课本上,我在这些文字下画了线:我们努力肯定一切给我们自己和所爱的东西带来欢乐的东西,相反地,我们尽力否定一切给我们带来悲伤的东西。

于是,上帝以一种无法形容的方式触动了我的心弦。一开始我并不在意,对上帝置之不理。(我不信上帝,对于这种关于上帝的游戏,我过于理性。)人家带我去过几次斯特里克斯维尔的路德教堂。雨雪交加,不断砸在窗户上。牧师戴着闪光的眼镜,嗓音粗犷充满希望。我坐在哥哥迪特里克和祖母的中间。去那儿一定是有原因的。一个亲戚死了?葬礼?泥泞的墓地,破败的小墓碑。我的身体像被金属线绑住了,越来越紧,感觉痒痒的,于是我突然想笑。那时,我十九岁,和一群陌生人一起住在一个百万富翁的山顶豪宅。我多么快乐,我逃离了你。真幸运。太幸运了。

---

① 希腊神话中一种脸及身躯似女人,而翼、尾、爪似鸟的怪物,性残忍、贪婪。

然而我却无法入睡。我差不多已经把我的房间让给了迪迪和她的朋友们，回去只是为了换衣服。地下书房通常在午夜之后就没人了，我就试图在那儿睡觉。睡在一张破旧不堪，散发烟味的皮沙发上，上面还被香烟烧了几个洞。在卡帕的宿舍里我非常渴望从前独处的日子，就像从前我渴望卡帕们的姐妹情谊。我在写一篇题为《斯宾诺莎的自由意志论和决定论》的论文，但这篇论文旨在了解事物的真相。因为我在写这篇论文的每一页，每一节，每一个句子时，别人同样权威的言论像黄蜂一样涌入我的脑袋。我给这篇论文注释时，写了许多标有 A，B，C 等等或 1，2，3 等等的字条。有用蓝圆珠笔竖着写的，用绿圆珠笔横着写的潦草字迹。有些已经模糊。突然我灵光一闪写下了为艺术狂热的斯宾诺莎。我不认为我的教授会欣赏这种见解，所以我便捏造说这篇文章是出于一位学者之手。我无法入睡，但让我沮丧的是不睡觉时我又无法保持完全清醒。我睁着眼，觉得自己像是在风中摇曳的蜡烛。将要熄灭。终于熄灭了。谢天谢地。我那德国犹太血统的祖母用颤抖的沾满面粉的食指责备着。为什么一颗颗微小的面粉沾在人的皮肤上会这么可怕？我的母亲，艾达，站在门口凝视着我，一只手举着像是在向我问候。或是向我告别。她往日含笑的嘴现在却成了一块血斑。他们为我的健康担心，担心我精神不正常，尽管他们没说出来——精神正常。一个有教养的姑娘不说性，一个有教养的姑娘不说精神正常。我开始担心人们可能会认为那块用过的卫生巾是我的，因为是我用报纸把它包起来扔到垃圾堆里的。月经和精神正常的发音实在太像了①。如果我告诉卡帕这两个词还可以这样联系在一起，她们一定会哈哈大笑起来。喔，我真滑稽！

---

① 这两个单词为 sanitary 和 sanity。

那真是，疯狂的幽默感，那家伙。一个星期天的早晨，四个姐妹来敲我的门，问我是否愿意加入她们，我大感意外——她们穿着上好的外套，戴着帽子和手套。如果她们前一天是玩到深夜才回来的，那这样的气色已经算不错了，眼睛也像虔诚的基督徒那样闪着光亮。她们要去圣约翰，圣公会教堂，我是圣公会教徒吗？难道我不想加入她们吗？我感到深深的羞愧，结结巴巴地解释说我下次再和她们一块去，她们没好气地蹬着高跟鞋走了。我的哥哥们一直嘲笑我，还有我的痛苦。在他们看来，我一直就是个骗子。如果你问他们是否希望我生下来，他们会异口同声地回答不！如果我需要一块高洁丝我也许会从别的女生的卫生用品里偷，因为我买不起，我讨厌那包装盒的样子，那防臭的药味。实际上我的经期变得很紊乱而且会逐渐停经。（我担心我可能怀孕了。没人会相信我其实还没和一个男人"做过"。）来月经时，我的哥哥们看我的眼神会变得更加厌恶。天亮前，我蹑手蹑脚地爬到三楼，在浴室里洗澡。以前我一星期顶多在那儿洗两三次，现在我每天早晨都洗。有时候在晚上洗。因为经血散发出的气味是很明显的，即使我没出血。就是这种气味才招来了公园里的那个男人。（我终究没把他的眼镜寄到锡拉丘兹的警察局，我把它扔进了垃圾堆。）洗澡时，我用指尖轻触我的乳房。我学过怎样揉弄自己的乳房找隆起的肿块。初期的症状就像是小卵石。然后它们会膨胀。我不知道他们会不会把你的乳房从胸腔上割下来，切割时的动作熟练流畅。或是把乳房砍下来，剁成碎块。就像生的鸡肉，连带着皮。

"喂！——你究竟在这儿干什么？"

我支支吾吾地说了句没什么就逃了。

在离学校几个街区远的莫霍克街上一家新开的面包房后。校外,是另一个世界。我低着头,羞愧地走着,脸孔发烫。这不是我第一次在面包房后面找吃的但却是第一次被抓到。虽然我不能和我的卡帕姐妹们一起进餐,但我有别的填饱肚子的办法,或者至少是找到食物的办法。(因为有时候偷来的食物也没法吃。布满了看不见的细菌,致命的肝炎病毒。)没卖掉的面包卷、碎的曲奇饼、馅饼、硬得跟石头一样的面包和咖啡蛋糕,它们被散乱地塞在垃圾袋里。

你该为自己感到羞耻!

为什么呢?它们都很好吃。

学校另一边是赤山,一个住宅区,宽敞漂亮的房子,树荫夹道。有时候我会在星期天早上去那儿,在赤街和帕么街之间的巷子里徘徊,嗅来嗅去,像一条饿狗。因为在这个富裕的居民区,没人会把车停在街上或是把垃圾扔在路边。房子后面有车库,面朝着未铺砌的后街。垃圾堆里主人的纸箱引起了我的注意。里面是周日晚会后留下的残羹冷炙,吃剩下的开胃薄饼,经常剩有一些鱼子酱的鱼子酱罐头,甚至是一整只烤过的蛋,或半只蛋、面包棍,甚至,有一次,一大块安琪儿结婚蛋糕。有时候我就站在那儿狼吞虎咽地吃掉这些食物,根本不管周围是否有人看到。有时候我把它们装进我的行李袋带走,等一个人的时候再拿出来吃。有时候,由于自责,或是害怕食物中毒,或想给自己更重的惩罚,我会把所有的东西都扔了。我不觉得我的思想和肉体有什么矛盾。就如斯宾诺莎说的那样我们渴望生存。

我不敢触摸自己,害怕我的乳房里会长小囊肿。我狠命地拧胳膊的内侧或用钢笔戳自己,害怕我会在某节课上睡着或晕倒摔下课桌,在我崇拜的教授面前出洋相。我苍白的前臂上的蓝色圆珠笔墨迹就像破裂的动脉。在任何伟大的哲学体系中,教授讲道,矛盾双方都是共存的。一只手举了起来,就像木偶的手被牵线猛拉了一下。我不是那种会在大课上发言的人,我做不到。在一排排老式的阶梯课桌椅间回响的焦躁不安的声音不是我发出的。可是如果 X 不是完全非 Y,它怎么会是 X 呢?难道它是别的什么吗?我们应该把什么称为 X 呢?在我们古老的语言大楼顶层余音缭绕的演讲厅里,教授对这个问题装作赞赏却说最好以后在学习黑格尔的课程中再提出来。我累得眼皮开始打架。一幅幅卡通画面在我眼前闪过,受辱的画面,但看上去很滑稽。我看到自己从新开的面包房后面被赶出来,差点撞上一个满脸惊讶的年轻黑人。但我身上没有任何罪证,因为为了逃跑我把卷饼、面包、碎樱桃派都扔掉了。在卡帕的宿舍楼里,我拖着脚走到餐桌旁。我的座位是第一张桌子。在那儿我受的羞辱可就没那么滑稽了。一块精瘦的烤牛肉在我的叉尖上颤抖,掉到地上像活了似的逃走了。塞耶夫人操着她的英国口音尖刻地冷嘲热讽。其他女孩同情地看着我,有些则干脆看都不看我一眼。也许我把她们误认为猛禽了。塞耶夫人把我叫到她的起居室。她那双蓝眼睛很不耐烦地瞪着我。我不禁怀疑我无意中听到的事:有人说塞耶夫人没有孩子,有人说她有过孩子但已经在可怕的伦敦轰炸中丧生?你怎么回事,珍妮斯?你那样做是想招人嫌吗?想惹我生气吗?不,你是玛丽·爱丽丝,对不!你怎么可以这样邋遢呢?你的自尊在哪儿?你的礼貌呢?如果你病了为什么不去医务室呢?出钱请他们来不就是给人看病的吗?生病这档子事可不是舍监的责任!舍监的责任和苦差事已经够多了!舍监拿的工资少得可怜!她发现我睡在楼下的书房里,穿着廉价的粗布外套,光着脚。我的双腿苍白无力却长满了细细的棕色卷毛。卡帕们都感到很气愤,腿毛和腋毛都要刮掉,可这个女孩害怕剃刀所以得去借(可你怎么借呢?)一把刀片。楼上两层有四十多个女孩。她们结实的双腿都刮得干干净净,皮肤光洁。胸部垫高。除臭剂、发胶、睫毛膏、银色眼影。收音机、留声机、即兴讽刺歌、瑞奇纳尔逊的"旅行者"、摔门的声音、抽水马桶的声音。一支接一支地抽烟。还有更多没喝完的可口可乐和七喜的罐头在走廊上被踢来踢去。凯特、塔米、特鲁迪、桑迪皱着眉头靠在门口。不化妆的她们长得几乎没什么两样。年轻的脸苍白浮肿,粗糙不堪。少了睫毛膏,她们的眼睛显得单调无神。她们想从我这儿得到什么?帮她们完成学期论文吗?我偷肥皂,但只偷快用完的肥皂头把自己洗干净。用肥皂泡沫洗洗头。我缺席会议所以必须受到惩罚:罚款十二美元、十五美元、十八美元。我付不起因为我没钱,除非我偷,但我上哪儿去偷,我的自尊心不会让我那样做,我只会去偷食物,但那都是垃圾,不是食物。狂风大作的校园尽头是医务室。那里,当护士终于叫到我的名字时,我已经改变主意走了出去。我不能丢了登记处的工作(尽管我已经迟到二十分钟了)。在那儿,他们用那种你没法相信的体贴的口吻问我,我是不是有什么不舒服?流感?所谓的亚洲流感?我露出卡帕式优雅的笑容。我像一个拉拉队长一样咧着嘴。我举起手想问教授一个问题,但他对我皱眉,明显表示不想让我发言,我的话就在喉咙里卡住了。我的身体不再颤抖,但我的心在颤抖。我用洗发水洗头时,用指甲掐头皮,用力地搓头发,搓得它劈劈啪啪地闪静电。我的眼睛,人家说很像我父亲的眼睛,全黑,全是瞳孔。聪明的女孩们都离第一张桌子远远的。我们有七个人坐在第一张桌子,塞耶夫人却不愿意看我。她吃饭时眼睛湿湿的。实际上这个英国婊子是头贪吃的猪。什么时候看看她吃饭的样子就知道了。像往常一样,到期中考试时我又变得炙手可热了。女孩们堆着笑脸来求我。奇怪的是,我自己的作业都做不完,却能很快地扫一遍别人的作业并检查出哪些地方需要修改。错误逃不过我的眼睛。作为对我缺席会议的惩罚,我被派去作值班舍监的工作,在熄灯前五分钟时敲钟。把最后一位"约会者"请出门。小个子男生,YB和ΛΑΧ的足球队员。他们脸上全是口红印,好像吃了什么生肉。他们喷了我一脸酒气,却连道歉都不说一声。他们经过的地方空气里都弥漫着他们呼出的气体的味道。值班舍监的工作就是闩好前门,关灯,清理烟灰缸,整理杂乱的客厅,在那个客厅里热恋中的卡帕姑娘们要和那晚跟她们约会的男孩"说晚安",有时候要说上两个小时。(塞在座垫间的一团团结块的手巾纸,桌子底下印着牙印的一团团黏黏的口香糖)。塞耶夫人只有指望我,因为她不可能指望别人去干这些活。她自己藏了一瓶酒,一瓶刺鼻的红酒,不想让我们知道。(那个黑人勤杂工,轻浮性感,常和几个卡帕的女生调情,是和哈里·贝拉方特①一样的奶油小生。是他揭露了这个让人吃惊的秘密)。我一直在三楼的浴室洗澡,急着要把身上的烟味洗掉。女孩们一面盯着我,一面公然地谈论我。她怎么了?有病啊?噢,别管她,她是个疯子。想引人注意罢了,别理她。熄灯时,她们跟跟跄跄地回来了,目光呆滞,衣衫不整。有时候她们连浴室都没走到就在楼梯上呕吐起来。克里丝已经退学了,(据她的室友抱怨)她没有一天不吐的,她没脸见人的父母开车把她接走了。楼上,卡帕姑娘们的脸,如生面团一般苍白粗糙。眉毛没画,睫毛没刷,头发盘在一个个粉色海绵橡胶发卷里。烟雾弥漫。杰拉尔丁咳得更厉害了。我对卡帕女孩像穿了盔甲似

---

① 哈里·贝拉方特(Harry Belafonte,1927—)流行于二十世纪五十年代的美国黑人歌手。

的胸部感到很恐惧。所有的乳房都是 D 罩杯,戴在缎子文胸里,被托高,垫高(有时候)。连那些调皮捣蛋的小女生的乳房都是 D 罩杯的。她们人还没进房间,乳房就已经先进去了。当那些极具女性魅力的女孩们自豪地挺着胸,迫不及待地跑下螺旋楼梯去见她们望眼欲穿的情人时,她们的乳房还是快她们一步。她们小腿刮得很光滑,闪着金属光泽。腋下喷了除臭剂,还抹了很多爽身粉。在楼上时,你认不出这些卡帕女孩,但是一下楼,在校园里,男生联谊会的舞会上和小酒店里,她们就会散发出卡帕女孩的魅力——性感迷人,果断干练。"人格魅力"像灯塔上的信号灯一样光芒四射。她们的房间就像乱糟糟的猪窝,出了猪窝她们就变得容光焕发美艳绝伦,急切地盼望爱情的出现,好像从火焰中重生的凤凰。她们的生活就像套在她们身上的另一件衣服。在男性面前,她们的生活就是一台精心准备的戏,一演就是好几个小时。她们是如此狂热的女演员,也许她们从未意识到自己是在演戏。她们在为自己的生活奋斗。她们的目标是在毕业前成为别人的未婚妻。她们会在二十二岁前结婚,二十三岁前当妈妈。她们中有些人会在三十岁前离婚。我崇拜她们。我害怕她们,我讨厌她们,但我又崇拜她们。我不认为我了解她们。她们用密码说话,就连她们的尖笑声也是密码。从她们嘴角缭绕而出的烟就像汽车尾气管排出的废气。她们的眼神冷若冰霜。脸上却挂着卡帕女孩特有的笑容。嗨!你好!我爱你!她们喜欢扔钱币给乞丐,似乎这样的施舍是她们应该做的,似乎她们不是卡帕加玛派这个二流女生联谊会的成员,而是 CO、T、PP 这些一流女生联谊会的成员,似乎她们不是只学了点皮毛,得个 C 都困难的学生,而是自豪的优异生,似乎她们不是模糊暧昧的舞会女郎,而是受人欢迎的希腊行政长官,高级军官,校友会皇后,似乎她们受人尊敬爱慕,是别人竞争和模仿的对象,而非酒后乱性,水性杨花的货色。

我对此一无所知,我怎么会知道这些。我甚至不知道那个不堪入耳的词淫荡是什么意思。

我的约会对象艾迪嘲笑我你以为自己是什么抢手货,啊?你只不过是一个卡帕,荡货。

我丢失了卡帕徽章时,哭了。我那漂亮的乌木镀金的卡帕徽章。我花了七十五美元买来的卡帕徽章。我丢不起的卡帕徽章。刻有我姓名首字母的卡帕徽章。我的卡帕徽章是在我整理图书馆的书库时丢的。当时,我推着吱嘎作响的手推车在灯光昏暗的过道上走了很长一段路,像是在可怕的连环画廊里。我用指尖有意无意地抚摸我的乳房,唯恐人家发现它们是 A 罩杯的。也许徽章就是在那时掉的。我因此而流泪,我无法找到别的东西替代它。我的卡帕姐妹们都生我的气。从没有人把徽章弄丢过。塞耶夫人皱着眉头盯着我。抹了粉的脸耷拉着。她默不作声,看到了我变红的手指。由于冬天常用学校盥洗室里刺激皮肤的劣质肥皂洗手,我的手背上长了鳞片状的疹子。迪迪让我用她的 JERGON 洗液擦抹在疹子上,可是这种芳香的液体却使皮疹更严重了。我开玩笑地说也许我得了麻风。我家人就有得麻风的。迪迪惊恐的神情已经是在警告我了,可我还在那儿喋喋不休。我妈妈就死于麻风。课堂上我习惯穿着外套,把我长满疹子的手藏在衣袖里。对笛卡尔来说,宇宙本质上是无理性的,而斯宾诺莎则认为宇宙本质上是理性的,认知是人的本能。一抬头看到我的几个卡帕姐妹站在门口冲我笑,她们已经原谅我了吗?她们嗲声嗲气地求我,问我能不能帮她们完成学期论文?她们文章的页码都被打乱了,毫不连贯,当中还夹杂着只字未改的没有脚注的原始材料。有些我做了局部的修改,其他的都要重写。多妮一年前就发现我打字很快,这可让我的卡帕姐妹们捡了个大便宜。我可以"用手指思考",女孩们都对此感到惊异。但是一夜之间事情就完全变了,我根本不会用手指思考,甚至不会用手指打字;我不会用大脑思考;我的才思枯竭,思维跳跃,跑题严重;我无法集中精神;我的舌头麻木迟钝,能说清话就算不错了;我的一个个想法像融雪一样渐渐消失了。请原谅,我不行。我一直睡不着。我自己也有很多活没干。有时候我真害怕……于是多妮冷冷地盯着我,撇着她发亮的嘴咒骂道该死的你以为你凭什么待在这儿?你的美貌?她穿着那双肮脏的羊毛短袜跺着脚走了。

夜复一夜,即兴讽刺乐穿墙而来。卡里普索小调①透过地板不断传来。姑娘们哼着不算太露骨的黄色歌曲,像她们在电影里看到的那样摆动着她们的手臂和胸脯。熄灯后被锁进大学最北边的卡帕宿舍里时,我就不可避免地会听到这样的歌词,就像扎进脑子里的铁钉。

    嘿,来吧小妞,我们睡觉吧
    我的小梳子可以让你爽爽——

    嘿,来吧小妞,我们睡觉吧
    我的小梳子可以让你爽爽——

以这种无法形容的方式,上帝触动了我。

---

① 西印度群岛居民临时编唱的一种即兴小调。

3

　　头脑无法想象,也无法忆起任何过往,除非身体尚存。

斯宾诺莎,《伦理学》

最后,艾格尼丝和我前后相隔几天离开了卡帕加玛派。那是一九六三年二月。

最后的结局来得真快。

我们的女舍监接到一个男生部的院长打来的电话,提醒她在科纳尔冬季周末男生联谊会的派对上,几个由她管教的女孩子有"鲁莽的举动","不顾自身安全"。她们的确切身份无从得知,但可以肯定是锡拉丘兹的卡帕——"名声不大好的女孩"。塞耶夫人立即把几个最有嫌疑的人召集到她房间,一个接一个地进行严肃的谈话。看到她们失魂落魄,脸色阴沉,一言不发,也不为自己申辩,塞耶夫人以为事情就这样解决了。("我根本不知道说什么,"麦西说,"这个周末我累得要死,一点儿也不记得了。")宿舍里还流传着凯特——一个以脾气暴躁、爱哭著称的红头发高年级女生——在塞耶夫人责骂她的时候,哭了。塞耶夫人很同情她,因为她乖的时候看起来还是很漂亮甜美的。塞耶夫人握着她的手,轻轻地揉着,温柔地批评道:"亲爱的,我们今天这个小小的谈话可能会救了你的!多年后,当你回想起这个时刻,那时你已成为一个母亲,甚至是祖母……"塞耶夫人冷冰冰的眼睛顿时热泪盈眶。"希望你会记得我的好!"凯特的眼睑颤动着,低声道:"哦,塞耶夫人,我一定会的。"

  第二天,凯特和她的室友们痛痛快快地向塞耶夫人进行了一场报复。她们溜进客厅,把杂志和报纸都扔到地上;有邮件送来时,她们抢过来,撕得粉碎,其中还包括一封航空邮件。她们还把证据留在了塞耶夫人房门口的地毯上。别的女孩看着,却并不制止。要是我在现场,我会……说些什么吗?恳求她们?或者我也会和其他人一起神经兮兮地放声大笑?"要让那个英国婊子放明白点,"凯特激动地说道,"——她可不是我们中的一员。"吃晚饭时,塞耶夫人再次按响了她的小银铃,只是这次按得没那么猛烈。她愤怒地颤抖着,眼里闪着恐惧的蓝光。她喝酒了吗?——原本红润的脸上又添了一层红晕,说话含糊不清,依稀可辨。然而,她还是很勇敢地端坐在沙发上,腰带系得紧紧的。"姑娘们,姑娘们!这算什么——无法无天!我要你们解释!"一片寂静,空气里弥漫着怨恨的气息,一触即发。几个胆子较大的女孩互相交换着滑稽的眼神,得意地笑着;有的则公然吸烟,或大声嚼着口香糖;另外许多女孩根本没理睬她的召集:凯特和她的男朋友德克出去喝酒了,她的室友们在楼上放摇滚乐。塞耶夫人用哀求的眼神看着那些她自认为是同盟的人:Q派娃娃似的露露是她最喜欢的女孩之一,她有一双扑闪的天真的大眼睛,一张脏话连篇的嘴是塞耶夫人无法想象的,而且骂的就是她。令塞耶夫人不解的是,露露的眼神茫然地越过了她的头顶。又一次,不早不晚,壁炉上的钟敲响了,就好像电影里的单调重复能带来喜剧效果。房子后部传来厨房打杂工人的笑声,稍微大声了点,其中还夹杂着女孩子们咯咯的笑声——肯定有几个姑娘和工人们一起待在厨房里。而在这个时间,这种事情是不允许的。我希望塞耶夫人没注意到我。在无可奈何地走进客厅的时候,我就意识到会有灾难发生。尽管我已经按照迪迪的建议,擦了她的鲜红的口红,甚至还让她在我的眼皮上涂了点银光绿的眼影,可我还是觉得不舒服。我的卡帕姐妹们一直督促我这位室友,让她对我"做点什么"。她们想帮我,因为在她们挑剔的眼里,我简直就是一堆"屎"。可是,我还是穿着自己的大衣,尽管这是不允许的。幸好,塞耶夫人似乎并没有注意到。就算在屋里,我还是觉得冷,一阵阵地颤抖。我不想让她们看到我的毛线衫上已经没有闪光的卡帕徽章了,那样她们会比原先更讨厌我。激动的塞耶夫人把目光锁定在我身上,我知道我别无选择。我举起手,轻声愧疚地说道:"塞耶夫人,是……是我干的。"塞耶夫人怀疑地盯着我:"你?不会的。"她的回答毫不犹豫。而我小声地坚持着:"是我干的,塞耶夫人。真的很对不起。"塞耶夫人迷惑地说:"可是——为什么呢?"这是个合理的问题,可我却找不到任何合理的回答。我感觉到我的卡帕姐妹们正窃窃私语。我的大脑转得很慢,像一个旋转的大风车。我不是已经承认过一次了吗?就在几个礼拜前。为什么又要出乎意料地承认呢?我听到自己在说,"我——我想我不知道为什么,塞耶夫人。我只是一时冲动。""一时冲动!就这样撕毁了邮件?我的邮件?我想,撕毁他人的邮件在这个国家是犯法的。"塞耶夫人想试着说些报复的话,她想说服自己我确实是那个罪犯。所有的卡帕都恐惧尴尬地看着我。凯特和她的室友们的行径无人不知,我承不承认根本没意义。露露大胆地点燃了一根烟。她的订婚钻戒闪闪发光。她不以为然地看着我,似乎她这一生中从未见过这么可怜的人。你究竟是谁?为什么你会在这里?你在我们这些神志清楚的人中间做什么?为了使自己看起来更令人信服,我哭开了;我不大擅长哭。我的哥哥们都曾试图把我弄哭,让我成为一个女孩,一个哭泣的、低于男孩子一等的女孩。可我总是忍住不哭。然而现在我哭得很真切,感到我的脸像婴儿的脸扭曲着。一个女孩递给我一块用过的舒洁牌纸巾,却没看我一眼。房子后部又响起一阵笑声,还有打碎盘子的声音。可塞耶夫人似乎并未听到。她盯着我,肉乎乎的手压在胸口上。她平时常穿羊毛套装,里面是件带有褶边的短上衣。今天在她白色丝绸短上衣上有淡淡的污迹。"好了,姑娘们——其他人要是觉得自己是无辜的,"塞耶夫人鼓起腮帮子,可能想试着说点讽刺的话,却还是缺乏信心,"——都散了吧。"几秒钟后,她们一群人都散去了,哄笑着跑上楼梯,发出巨响。

现在屋里就剩下塞耶夫人和我了。这个胖女人打量着我,粗声喘着气。我就坐在几尺外的地毯上,愧疚然而固执。最后,她愤怒地说道:"爱丽丝,不,爱丽西亚?——如果你说的是实话,而不是想保护某个或某些姑娘的话,你就得停止这种恶劣的行为。马上停止!否则我会通报女生部部长!而如果你说的不是真的——如果你是在骗我,那么现在,我就得通报她。"我盯着塞耶夫人肿起的膝盖,无法让自己告诉她,我的名字不是"爱丽丝",不是"爱丽西亚",也不是任何与它们类似的名字。我只能静静地说道,"可我说的确是事实,塞耶夫人,我有什么理由要骗你呢?"这问题是求助的呼喊,但却不是塞耶夫人所能回应的。它投向**虚无**。

塞耶夫人靠着沙发的扶手,试着把自己撑起来。她的呼吸变得短促,胖胖的脸因疲劳而变了形,显得很憔悴。我立即跳起来扶住她,她苍白、温暖的身体压在了我的手臂上。然而刚一站稳,她就推开了我,眼睛里闪着怒火。她转过身准备离去,戴着戒指的手抖动着,含糊厌恶地"哼"了一声:"把这儿弄干净了,你这个奇怪的坏姑娘。我接受你的道歉。但是如果你再有这种行为的话,我一定会报告女会部长的,我一定会要求将你逐出这幢楼。"

我在她身后低声道:"是,塞耶夫人。"

从那刻起,我的卡帕姐妹和塞耶夫人都不再相信我。

我怎么能让塞耶夫人明白最好是去想责任只在一人,而非众人。最好想世间万物皆自成其理,你可能领悟它的沧海一粟,即便这真理荒谬无比。

第二天清晨,我在黎明前醒来。冬日的早晨一片黑暗。七点钟前,我走出了这监狱般的房子。厨房里的帮工已经来了,但他不会注意到我,我也不会与任何人说话。我不上楼,不想看到姐妹们闪躲的目光。我知道,那个借我化妆品、帮我用发卷卷发的室友为我的行为感到羞耻。她说她有麻风病!我要换个室友。我讨厌她。我躺在地下书房破烂的睡椅上,计划着我的余生。它就像彗星拖着发光的尾巴,旋转着经过我,离我而去。我害怕失去艾达:当我想要回忆我母亲时,我只能看那些已经卷了角的旧照片。我看到的不是一个活生生的女人,而是我小时候祖母曾吝啬地赐给我看的一些平面黑白照。别把你黏糊糊的手指印留在上面!祖母这样警告我。不过,这些随手放在相册中的照片经常会自行粘在一起。

在伊利厅的教务主任办公室里,行政秘书说我来得太早了。"难道我不能现在就工作吗?这会儿不是有活儿在等我做吗?"我迫切的语气大概吓着了这个年轻的中年妇女,她原本对我这个拿奖学金上学的人颇有兴趣,似乎还有点喜欢我。可现在我们的关系就这样像蛛网般破裂了,因为我是在早上去工作,而不是下午,那里没我的位子。我的头发蓬乱,双眼奇怪地圆睁着,眼皮红肿,还擦着油腻的银光绿眼影。我走在冰冷的空气中,头顶上乳白色耀眼的天空渐渐亮了起来。我记不清后来去了哪里,可能是奥本纳高地。我站在堆满罐头的胡同口,犹豫不前,一条德国牧羊犬在冲我狂叫。冻结的雪覆盖着大地,像硬塑料。我不认为自己饿了,但我知道该吃点东西。可是,那狗一直叫,一直叫。他像刻耳柏洛斯①猛犬狂叫着,想赶我走。我别无选择,只有离开。我的呼吸在空气中凝成水汽,脸颊上淌着眼泪,结了冰,头上裹着一条类似披肩的脏兮兮的灰色羊毛围巾,质量很不错,那是我在杰尼斯街边垃圾堆的纸箱里捡到的,那儿和卡帕楼隔着几条街。走在白雪皑皑,山势起伏的校园里,我的嘴唇无声地蠕动着。不要恨我!我只想让你们为我骄傲。不单是我母亲的脸正在我记忆中消失,父亲的脸也是如此,他已死去一年多了。记住亡人的模样是需要力量的,我一直以为自己拥有这力量,一种神经质的疯狂的力量,就像一只在迷宫里乱窜的老鼠。然而,这力量正从我体内流失。我写信给祖母,让她寄一两张父亲的照片给我,可是音信全无。父亲的尸体一直没找到,据我所知,也没有死亡证明寄到斯特里克斯维尔。一个联谊会姐妹曾疑心地问起我父亲的住处,问得很突然,可能是迪迪让她这么做的。我就说他去斯密瑟林了。她说什么?好像没听清楚似的。于是我又说他去斯密瑟林了,是洛基山脉脚下的一个镇,可能某天,你的父亲也会去那儿的。

在欧洲哲学课上,一个女孩蜷缩在大衣里,坐在又高又亮的窗户下最远的一排。别的学生埋头做着笔记,而她却贪婪地注视着教授,教授的声音平静而低沉,讲着关于上帝存在的问题。柏拉图

---

① 希神神话中守卫冥府入口的有三个头的猛犬。

和亚里士多德、圣奥古斯丁、弗朗西斯·培根和斯宾诺莎、伏尔泰、康德和德国理想主义……女孩脸色惨白，凹陷的黑眼睛异常警觉，双手深深地插在大衣口袋里。她开始找笔，那笔从她的指尖滑落，滚到磨损的、涂了漆的地板上。哦，别理她。她疯了。瞧她那副可怜样儿。什么都那么当真，不就是想让人注意她嘛。其他同学提防地瞥了她一眼。没有人坐在她旁边。这个演讲厅适合抽象的思维和灵魂的探究，不应该带着肉体，更何况是激动得发颤的身体。临近下课，教授让大家提问。他机灵的目光回避着坐在窗口下的女孩，然而她颤悠悠地举起了手。都是学术上的问题，不带任何感情的。她的声音从鼻子里发出，迫切，颤抖然而坚决。问题似乎是如果每本书中都存在上帝，为什么会有那么多书呢？为什么他会出现那么多次？一片静穆。教授皱着眉头，仿佛是在认真思考这个问题，而不是在计算离打铃下课还有几分钟。女孩神经质地笑了笑，擦了擦眼睛。谁也不愿看她一眼。教授没有像往常回答个人提问时那样向整个班级讲解，而是静静地站着，表情严肃地看着女孩。最后他说他们课下再谈。你能看到他偷偷地从他的马尼拉纸文件夹中抽出一张学生名单，飞快地扫了一眼。他想确定女孩的名字，因为在这不安的一刻，他忘了她的名字。她是他的学生中最聪明，也是最让人头疼的一个。她的论文总是别人的三倍长，而且永远是 A。他怎么会忘了她的名字呢？这张名单上没有，所有的名单上都没有。学校里没有她的注册，宇宙间没有她的注册。下课了。如释重负！这个面带病容，脸色苍白的女孩留在座位上，不，她正挣扎着站起来，立在过道里，脸上带着犹疑的微笑，身旁高大耀眼的窗户像上帝发狂的眼睛。女孩穿着大衣，这样你就不会看到她扁平的胸脯上已经没有了卡帕徽章——那枚可以弥补胸部扁平的徽章。据说，她已经和人上过床了，可她甚至不知道上床是怎么一回事,只知道这是肮脏的事儿,而且事后还需要硬的棉纸团。教授站在教室前面,等着和她单独谈话。他焦虑的眼神在她身上游移。但她并没有走上前来,只是无声地动了动嘴唇,微笑着。她喜欢争论,但她他妈的聪明过头了。家里的每个人,还有农场上的邻居亲戚都这么说她他妈的聪明过头了。教授把文件放进公文包里收好,装作眼角的余光里并没有她的存在。或许,在这紧急关头,另一个学生走过去与他说话,他就不再注意她了。

我咬着嘴唇,不喊出自己的名字。可是突然,我忘了我的名字。

风卷着雪,堆积成沙丘。渐老的榆树,落光了叶子,在风中形成不断扭曲的姿势,上部的树枝尤为如此。裹着大衣和带风帽的夹克,我们行色匆匆。我们年轻,被大人们像牛群般驱赶。我们当中最弱小的摇晃着,摔倒,然后被遗忘。傍晚,大学城的中心大草坪散发出昏黄的雪光,暗淡却迷人。像昨天一样,天空里汇聚着厚重的云朵,像摇摇欲坠的天花板。男生联谊会区到了。教授永远都不会明白。(抑或他已经明白?)即使在这失败与崩溃的时刻,看着远处的大房子,窗户里透出光亮,我还是感觉到了那曾经激动人心的浪漫,无助的浪漫。远处,向北走到尽头,就是卡帕。泛光灯照着它宏伟的白幽幽的多利克圆柱,高高的屋顶像孩子们故事书里的插图。屋里有温暖的承诺。即使是现在。

后来我又多次经过戴黑框眼镜的男人曾幼稚地奚落过我乳房的地方,可他再也没出现过。他就如惨白的幽灵在远处徘徊。我寻找着他,希望他会突然出现,伸出的小舌头,喷着热气的呼吸。我既害怕又渴望见到他,就像一个人反复做某事,获得一种变态的快感。至少该知道他的身份吧。但是天气的严寒消减了我对他的热情,而且我的粗暴举动打消了他对淑女这个概念的一腔柔情。我想象着他没了眼镜,瞎子似的乱摸的样子。不过他肯定早就有新眼镜了吧。

要加糖吗?还是奶油?睁着干涩的眼睛,我做梦似地微笑着,直到嘴角发疼。我将茶水倒入祖传的韦奇伍德茶杯中,它们是专为这种特殊场合准备的,我只是其中一个倒茶倒咖啡的。我伸出咬过的、起了鳞屑的手指,将银制的小勺和有 КГП 字母组合的小亚麻餐巾递给会员。卡帕楼内的公共房间已经焕然一新:高高的花瓶里插着白色的花朵,玫瑰、康乃馨、栀子花,还有郁金香;斯坦威钢琴前,一位老卡帕校友时而弹奏着激烈的李斯特,时而是百老汇曲子。这是一年一度的"欢迎卡帕归来"招待会。客人们都是卡帕校友,有些不远千里地开车或乘飞机过来,有些妇女是为了今晚的活动而特地从大学里选出来的,她们是荣誉卡帕,人数并不多,因为学校里的女性教员本身就少。她们中间,最有权势的是女生部部长,她是艾格尼丝·塞耶的朋友,至少她们俩一致认为面对男性的不懈骚扰,女性必须不断斗争以保持淑女风范。部长体格健壮,下巴厚实多肉,脸颊扁平,眼神欢快多疑。她穿一身石楠色花呢套装,一件夹克几乎挡不住她那呼之欲出的胸部。塞耶夫人和其他宿舍舍监常用她来威胁女生们,因为她有权以某种"理由"将女生开除。她判决的严厉是出了名的,笑里藏刀,还声称是为了确保正常的秩序。部长从人群中走来,问我要了茶、奶油和糖。她盯着我,嘴角会意地微微抽动了一下。我们认识吗,亲爱的?嗯?招待会开始前,我在楼上洗了个澡,因为我身上散发着一股潮湿的气味,有如毒蕈。我没时间去洗浓密打结的头发,可它们还是有点儿湿，可能是我在出汗。前额上的头发如卷须般沾在上面，像变形的逗号。当然，我必须脱去外套，因为我的卡帕姐妹们对这件丑陋的衣服十分厌恶。我穿着一件别人借我的"上好"的毛衣，脖子上围着那条羊毛围巾，以掩盖我的瘦弱，人们也不会看到衣服上已经没有卡帕徽章了。在招待会的喧闹和摇曳的烛光中，人们会误以为这是条雅致的丝绸和羊毛混合的披肩。

那么多女人！那么多名字！那么多面孔！大多数都是卡帕。过去十年来，很多从这所学校毕业的卡帕会员都是年轻、时髦、漂亮的女子，还有一些已三十多岁，有些已步入中年，但所有人都紧密相连：卡帕徽章，那块镀金的乌木，系着细金链，骄傲地挂在她们的左胸前，像镶了宝石的乳头。在她们当中，我相形见绌，像置身在一群正常女子中的畸形人。有些人的体态依旧年轻，甚至丰满，但很多人开始发胖，变得富态，臃肿，甚至肥胖。我的卡帕师姐们对这种招待会驾轻就熟，她们穿梭在校友之间，愉快地微笑着，互相用力地握手。这个年度校友茶会的目的就是：在老校友和在校学生之间建立起紧密的联系，为我们的姐妹关系注入新的活力，同时享受一段美好的时光！我们这些年轻的卡帕是不可以和那些富裕的校友们在一起的，只有最迷人、最漂亮的姑娘们才被派去和她们交往。那些女校友的名字在锡拉丘兹的分会中是极其神圣的，因为在过去的几年里，她们一直慷慨捐赠。有位 K 夫人，丈夫是 G 董事会的主席，T 夫人的丈夫是某某信托公司的投资专家，B 夫人的丈夫拥有 T 房地产公司；在这洋溢着欢乐气氛的起居室的角落里，还有一位女士坐在靠背长椅上，几个年轻热情的卡帕正向她大献殷勤。她就是传说中的 D 夫人，她的女儿是四五届的卡帕，毕业后不久就死了。为了纪念亡女，D 夫人拨了一百万美元作为女儿的遗产捐给了卡帕加玛派的锡拉丘兹分会，大家都认为她是不会在遗嘱中忘了卡帕的;但D夫人绝不是唯一这么做的校友,我们也受到过警告,绝不可以"低估"任何一个在不谙世事的人眼里貌似普通的老妇人。此刻,这些都用不着我去担心顾虑,因为只有大二的学生才能伺候她们。在"得体的行为举止"方面,我们的社交训导员朱迪以及无所不在的塞耶夫人已经让我们很充分地操练过了。而前一天,塞耶夫人还监督超负荷工作的女管家杰拉尔丁干了五个小时累人的擦拭银器的活儿。

我们受到严正警告:记住,你是一名卡帕。时刻都要记得。

我们必须优雅地来回穿行,端着沉甸甸的银制托盘,上面放着装有花色小蛋糕的韦奇伍德盆子,涂了黄油的热烤饼和其他精致的糕点。我们没意识到自己成了女服务员,还不停地微笑着。尤其是我。我不愿去想哲学课上那可怕的、几乎令人崩溃的经历,而是想着那些高深抽象的哲学问题。如果上帝存在,那么他会保佑我们吗?如果上帝存在,为什么他不保佑我们?或许,现在他正保佑着我们?在这里吗?在大学城91号的卡帕宿舍楼里吗?在这野兽的腹中?女人们尖厉的笑声像丝绸撕裂的声音。从柏拉图到斯宾诺莎,从亚里士多德到尼采,这些著名的前辈听到这笑声,会大惊失色。威廉·詹姆士世界的嗡嗡声也会被这些狂喜吵闹的声浪所淹没。空气里渗透着香水、香粉和摩丝的混合气味,令人陶醉。我们生活在一个粗野的时代,美国正对外实行军事警戒,还不断搜查"无神论共产主义",一场与远东某个国家的惊天动地的战争就要爆发。据称,这个国家正处于共产党的威胁之下。然而,所有出席聚会的人对此都一无所知。这是个忘乎所以的男人的时代,也是一个奢华放纵的女人的时代。蓬松的头发备受摧残,发胶如蜂窝般闪闪发亮,发型好像古书上戴着发卷的传令官,与那些古墓墙上的画面颇为相似。毫无疑问,所有的人都以绝好的胃口享受着这些精致的糕点、加了糖的茶和咖啡。为了繁殖后代,人必须多产;为了多产,人必须吃。只有我,站在自己渺小的宇宙中心,毫无食欲。斯宾诺莎似乎愿意相信万物皆由上帝创造,且本应按照这种方式和秩序创造。刹那间,我似乎觉得我要彻底改革所有的哲学,问一问为什么你愿意相信那些你声称自己相信的东西?这突然闪现的才华使我自己目瞪口呆。我预感这问题将会招来(男)哲学家的敌意。尽管所有的哲学家都是男性,但任何古典哲学里却都找不到阴茎,更别提阴茎的概念了。我这个问题会招来敌意,因为它预料到,生命中发生的某些事情,纯属偶然,与哲学思考少有或毫无关系,只是个体不顾一切寻求生存时偶然展现的姿态。只有生存!我的大衣又破又旧,我不知道当有人给我一件体面的冬衣时,我能否像斯宾诺莎那样坚定正直且委婉地谢绝这个好意呢?我颤抖着双手,把一个韦奇伍德茶杯递给了**德比·杰克逊**——来自纽约州**特洛伊城**的四九届毕业生。

德比·杰克逊提高了嗓门,想让我在喧闹声中听到她的声音。听她孩子气的语气,似乎我们是什么死党似的。她问我喜不喜欢住在卡帕楼,这是多好的一幢房子啊,古老又离奇;起居室里"互道晚安"的时刻想起来多甜蜜啊;她还问我对自己身为一名卡帕有何感想。我的笑容更灿烂了,大声说是的。我非常喜欢这里的生活,很开心,除了……**德比·杰克逊**探身向前问道什么?然后,我听见自己低声说,我不确定自己是否属于卡帕加玛派,我想"我在道德上可能有点问题"。**德比·杰克逊**和另一个姐妹校友迷惑地朝我微笑着,为什么?这究竟是为什么?我吞吞吐吐地说道,"因为我是——我有——我想我有——犹太血统。"

瞧。我都说了什么。

但是,**德比·杰克逊**和五二届的**琼**·"**法克斯**"**法克斯朗杰**

继续微笑着,有点困惑。社交时的卡帕只有两种表情:愉快的微笑和隐约的困惑。**德比**或是**琼**问我刚刚说了什么,还说在这里,你几乎听不到自己在想什么。我提高嗓门,声音大过我的预想,"犹太人,我想。我是犹太人。我想。"然后,话语便如瀑布般从我的嘴里倾泻出来,就像肮脏的肥皂水从破烂的洗衣机里溢出。我向这些年长成熟的卡帕姐妹们解释,我有理由相信自己有四分之一的犹太血统;我有理由相信我爸爸的父母是德国的犹太人,他们狡猾地改名换姓来掩盖身份,甩掉了那些追捕者,但是……卡帕加玛派第一票反对的就是犹太人,不是吗?**德比**和**法克斯**呆呆地望着我,好像我说了什么污言秽语,把她们那迷人的搽了粉的脸都弄脏了。她们红着脸摇了摇头,得体地装聋作哑。她们拒绝看我的眼睛,甚至也不敢相互对视,只想快点逃离。她们踩着尖头的高跟鞋,端着杯盘和亚麻餐巾,摇摇晃晃地挤到房间的另一头,似乎的确没有听到我的倾诉,古怪的谈话也从未发生过。一个警觉的高年级女生用力地向我挥挥手,要我到主桌去履行我的职责——倒茶。

那里才是最需要我的地方。尽管我动作笨拙,面如纸板,举止异常,尽管我的腋下还在出汗,而且穿着别人的"上好"毛衣,上面没戴卡帕徽章。新一拨的客人到来了,更多的卡帕校友,更多的面孔,更多的微笑,更多的头衔。随着招待会的继续,校友们显得愈发臃肿,脸色也越发红润。她们胸部高挺,臀部如西瓜般圆润,声音尖厉刺耳,珠宝首饰耀眼炫目。有些人穿着时髦的饰有毛皮的套装,看上去像是被囚禁的活的动物。她们的说话声笑声达到了狂热的程度,还不断地在升温。我看到坐在首席的塞耶夫人正悄悄地观察着我和其他年轻的卡帕。我的微笑如霓虹灯般闪亮,而且行为装得很得体,这些假象肯定蒙骗了塞耶夫人。我已经把自为"一群爱诗的人"——或者是"一群爱陶器的人"。我和她们握了手。这一小群人飘飘然地笑着,说着,不知所云。然后,戴着五英尺 D 罩杯,穿着膨式裙子,金发碧眼来自纽约普拉茨堡的五三届毕业生,活泼的**托尼·埃里斯**问我是否喜欢住在这姐妹会宿舍楼,这难道不是一幢伟大的老房子吗?这么富有传统,看到过幽灵吗?我没有听清楚,于是就笑着点了点头。接着一连串的问题抛向了我,在这困惑的几分钟里,我们谈论着"卡帕幽灵"(我听说过此事但从未当真过,因为在我极度理性的想象中是容不下这种胡说八道的),据说她是那个百万富翁的老寡妇,曾经住在这房子里并于一九三八年死去。不知何故,我听到自己在说以我的背景,我是不相信迷信的。我咬着大拇指,向她们承认,我觉得自己并不属于卡帕加玛派这个基督教的姐妹会。在这个聚会里,我像个骗子。这些年长的卡帕姐妹激动地笑了起来,好像我说了什么俏皮话,但也可能她们是在笑我的脸。人们总希望我是在打趣而不是别的什么。**托尼**问我,为什么?为什么我会认为自己是个骗子?我说,我不是个基督徒,而卡帕加玛派只收基督徒——不收犹太人——也不收黑人——不是吗?我说得结结巴巴,那些女人茫然地盯着我。"可是——当然——一个黑人女孩可以是基督徒,但——这并不能成为她宣誓加入卡帕的充分理由——我想?"此时此刻,我只恳求她们能理解我。我说过的话或想说的都已不再重要。来自纽约阿莫斯特的五九届毕业生**露西·安娜·里夫斯**非常吃惊,她甚至把她的奶茶泼在了丰满的胸脯上,弄湿了她粉灰色的开司米套装。

在这片纯真快乐的说笑的海洋中,我们是一个惊恐的孤岛。我想不出一句道歉的话来。因为事实上,我并不觉得心有歉意,相反,我是在挑衅。我是在挑衅!我刚才用手背擦过眼睛,把荧光绿的眼影抹到了脸颊上。我转身离开,身后的卡帕校友们目瞪口呆。我的心脏剧烈地跳动,就像那天我被追赶着逃出面包房后面的小巷,被那条保护主人草皮的德国牧羊犬吓走时一样。我穿着高跟鞋,踉跄地走着,大声地喘着气,像个一败涂地的拳击手,而他的双腿曾麻木地支持着他撑过了无数的回合。我能预见我将很快被逐出卡帕加玛派——事实上,就在这个礼拜——我的那些愤慨的姐妹们会在楼下的典礼房召开一次紧急会议。她们会一个接一个地站起来斥责我,声音颤抖然而坚定勇敢。她们会投出选票,一个大二的学生将会被逐出卡帕,这在分会坚如磐石的历史上是绝无仅有的。

这我能清楚的预见到。我几乎能听到会员们的窃窃低语变成了一片充满厌恶憎恨的喧闹声。她从来就不是我们中的一员,靠撒谎通过宣誓,还不能体面地维持谎言。我知道,我被逐出卡帕并不是因为我是半个犹太人(假如我确实是"半个犹太人"的话),而是因为这些撒谎专家们是不会要一个不善欺骗的女孩留在她们的女会里的。她们不会要这样一个女孩,她的母亲已死,且形体不全。她们不会要一个来自纽约斯特里克斯维尔农场的女孩,一个不知道怎么获得了奖学金的女孩,一个平均学分是A,但却没有在学术上竭尽所能帮助别的会员的女孩,要是她不精神崩溃的话,她是能够做到的。她们不会要一个这么自私的女孩,她们不会要一个长着麻风病皮疹的女孩,一个欠了学会三百二十二美元(会员费、杂费、罚款),却只付得起每月的住宿费和伙食费的女孩,一个穿着西尔斯的衣服,戴着A罩杯的女孩。但是,尽管我忧心忡忡,我似乎知道(因为不论我多么不安、卑微或心烦,我总能很敏锐地知道怎样把我的劣势转为优势),在被卡帕加玛派正式逐出后,我还是有资格重入女生宿舍的。女生部长会可怜我并替我另作安排。我会搬到比较便宜的宿舍,那些宿舍适合经济困难靠奖学金读书的学生,在校园的另一头,远离男生联谊会和女生联谊会宿舍楼。我会快乐，就算不快乐，也不用再撒谎。而或许，它们之间其实并无分别。

然后，下面的事情发生了。

我不能逃到楼上去看《人类理智研究》，因为楼梯上堵着一群卡帕姐妹。我站在客厅里，慌乱中，不知不觉地推开了塞耶夫人私人住所的门，似乎这英国舍监正召唤我进去。进来吧，亲爱的！你可以和我躲在一起。我迅速地关上门。没有人注意我吧——不是吗？这个行为鲁莽至极，在我的行为规范中是史无前例的。一开始，我还不能相信自己是在那里，在禁区。我那时可能是微笑着的，就像一个身处险境的小孩。我深深地呼吸着塞耶夫人特有的气味：那混合着薰衣草、喷发定型剂、腋下除臭剂的气味，还夹杂着面包房里发酵的甜味。我兴奋不已，几乎不能呼吸。我知道在斯宾诺莎圣洁的一生中，他从未如此轻率，如此失去理智，如此不顾后果。然而，我这鲁莽的行为是注定的，就像如果给予一定的条件，一个三段论的结论也是注定的。人的生命循环往复，是一个有机的三段论。这令人惊异的顿悟像那天早上哲学课以来我其他的顿悟一样如电流般闪过我的脑海，然后消失不见了。

我就像着了迷的孩子茫然地环视着塞耶夫人的起居室——她就是这么叫的。没有这个女人在场，这房间看起来那么小，令人失望。它也不是很舒服：东西杂乱无章，令人难以忍受，还有一大堆"女性"用品。那儿有一张柔软的玫瑰红靠背长椅（我就像弗雷蒂、露露、凯特和另外一些人一样，从未有幸坐过），那里还有两张豪华但已褪色了的安娜皇后椅，韦奇伍德的小雕像，绣花枕头，靠在墙上的上了漆的中国屏风，在灰暗的灯光中显得朦胧，黯淡的康斯特布尔的山水画复制品。我满怀热情地审视着书桌上那可能是塞耶夫人的全家福照片，这些照片的年代比我母亲那会儿还早，都是些简单的黑白照,看上去很黯淡,上面的人悲哀,充满希望,无法救赎,他们都属于过去的世界。这些人身上有英格兰人——"英国人"的特征吗?我看不出来。大多数人肤色白皙,相貌平平。有两三个黑发,皮肤黝黑,令我不安地想到了我自己(犹太血统?)。我仔细地看着一张摄于户外的照片(一九一九年拍的),一个大约六岁的孩子(艾格尼丝·塞耶?)摆出僵硬的姿势,站在一个肥胖的、长了皱纹的女人和一个麻秆似的、胡子下垂、肩膀耷拉的男人之间(塞耶夫人的父母?)。他们应该早已死去。小塞耶穿着层层叠叠的灰暗的衣服,早熟的她有着成年人的表情,闷闷不乐地对着相机皱着眉头。另外一张快照是塞耶十六岁的时候,比较活泼。她不是那种漂亮的女孩(至少在六十年代的美国不是),但也挺好看的。胸部丰满,双手托着结实的臀部,骄傲地看着镜头。我在这儿,看着我,这是我盛开的季节。这是个穿着时髦的女孩,下摆张大的长裙,包列罗夹克,一顶男式帽子。她自我感觉良好,或者不妨说是希望给人这种感觉。然而,这个女孩并没有意识到她对着的是一堵灰暗、破裂的墙壁,身后是一排洗衣店。地上的水坑亮闪闪的,好像下了一场春雨。这些水坑在好几十年前就已不复存在了。我拿起一张镶了边的照片凝视着,眼眶开始潮湿,视线变得模糊。我们原本可以是朋友的。我上了年纪的姐姐。更引人注意的是一张色彩柔和,用珍珠母镶边的结婚照。艾格尼丝·塞耶三十出头,是一个成熟的新娘。她穿着白色的亮得出奇的丝绸套装,肩膀端正,还有一顶别致的小帽和一层面纱。紧靠着她,把手绕在她腰间的是一个身材高挑儿、四肢瘦削、带点孩子气的男人。他穿一件深色外套,毫无生气,活像殡仪员的制服,翻领上的白色康乃馨像一根突兀的骨头。这位就是塞耶先生,"那个美国军官"。塞耶夫人经常会提到他,还带着自以为是的神情。他比塞耶夫人还小呢！他的脸窄窄的,有点像马脸,头发正逐渐变得稀少,耳朵突出,笑容嵌在脸上,可爱迷人。这是个有时会口吃的男孩,但却不失温柔与"风趣"。这两个人之间会有什么共同点吗?傲慢的会员们普遍认为我们的舍监是没有孩子的。那么,这一对儿是注定不会有孩子的吗?但是照片上的这两个人却并不知道这一点。看着这张照片,我感到一丝悲哀。艾格尼丝·塞耶和她年轻的丈夫曾彼此深爱,以至可以结婚,即使他们的爱渐渐消失,或终成幻影,但在拍这张照片的那刻,这份爱确实存在过;他死了,这份爱也随即结束。多年以后的现在,那个微笑着的新娘成了一个寡妇,一个美国女生联谊会宿舍楼里的舍监,而其中大多数的成员都那么恨她,并愉快地算计着怎样把她解雇。要是你能知道这些,艾格尼丝!根本就不该来美国。

我小心翼翼地把照片放回书桌,就放在那有着一层淡淡灰尘的地方。我本想现在就离开这个危险的地方,然而——相反的,我推开了塞耶夫人的卧室门。可能是我以为我能从后门逃脱,那里除了厨房里的帮工没人会看到我。这里爽身粉、薰衣草的香味更浓郁了,还混杂着一股强烈的食物的腐烂味,甜丝丝的。这个房间多小多局促啊！和我在斯特里克斯维尔的房间差不多大小。里面主要是一张高高的双人床,一条鲜艳的蓝丝被,一张镶了镜子的写字台,还有更多镶了边的照片,其中有几张是略显成熟的塞耶先生,下巴垂着。这个男人几近秃顶,戴着无边眼睛,对着镜头的微笑显得勉强造作。请你放手吧,可以吗?我已死去,心满意足。我知道我应该离开这儿,我因为自己这胆大包天的行为而浑身颤抖。但是奇怪的是,我点亮了电灯,打开橱门,香水和小香袋散发出来的咸咸甜甜的香味扑鼻而来。我对塞耶夫人挂在金属衣架上的衣服感到惊奇,每一件对我来说都非常熟悉,就像我自己的衣服。她的衣服并不多,都塞在了这个小衣橱中。但是她那么精心,那么勇敢地用各种围巾及其他"饰品"装扮着自己,给我们看。我触摸着一件哔叽针织褶皱连衣裙的袖子,把它举起放在脸上。顿时一种忐忑不安却又激动人心的感觉流遍了我的身体,似乎是塞耶夫人本人抬起了手在触摸我。我恳求着为什么你从不喜欢我?为什么你要拒绝我?难道我不就是那个读《笨拙》的人吗?难道你从不知道我有多仰慕你吗?你一直都把我当成一个骗子吗?

接着,我翻遍了写字台的抽屉。袜子、内衣,一件肉色的橡胶紧身胸衣在我的触摸下轻轻滑动,像有了生命。薰衣草的香味令人窒息。在最底层的抽屉里,我发现了一叠藏起来的航空邮件:对一个无比天真的人来说,看到这些薄纱般的蓝色纸张展开成一个长方形是一件多么令人着迷的事啊,好似一个孩童的游戏。在利兹的姐姐那细长的笔迹,渐渐褪了色的蓝色墨水。亲爱的艾格尼丝我把信举起,对着灯光,开始眯起眼睛阅读。你会想——我无法辨认那恼人的又小又密的字迹——自从上个月——又是模糊的一句——在经历了那可怕的几年后,她最后的日子是平静安宁的。她从未提到过你,这会令你快乐吗?这些话穿透了我的心,我迅速重新叠起那封信,并把它藏在了抽屉里,似乎它无比珍贵。此时的我剧烈地颤抖着,但却无法停止目前的所作所为。你们这些美国女孩!我猛地拉开食品柜的一个抽屉,一只空瓶子在里面滚动——戈登杜松子酒。我看到一个包装得五颜六色的罐头,上面写着伏特南和梅森:我撬开盖子,发现里面是六颗包好的太妃糖。食品柜里还有一块巧克力坚果牛奶软糖,包着一层铝箔。我掰了一块放在嘴里,浓缩的甜味使我的嘴巴发疼。尽管我会这样说自己,我已长大,已经不再喜欢甜食了,可我还是又掰了一块软糖,接着又是一块。我的嘴巴直流口水,就像飞奔涌动的蚂蚁。我又打开另一个食品柜——这里放着塞耶夫人的杜松子酒、葡萄酒、波旁威士忌。六个瓶子,大多数是半瓶。我努力回忆一个悲喜交集的梦境,在梦中我孤独的父亲坐在厨房的餐桌旁,直到深夜。祖父的农舍里所有的房间都已漆黑一片,除了这厨房。那时,他仍然年轻,尽管头发已渐渐稀少,视力下降,手指畸形。他胡子拉碴,穿着汗衫和脏的工作裤。手肘支在褪了色的油布上,一瓶威士忌和一只玻璃杯搁在一边。一根骆驼牌香烟在他被熏黄的指间燃烧。头上的灯在他沉思而平静的脸上投下阴影,如条条裂缝。我知道他现在在哪里,任何人都无法靠近。意识到这点,我感到一种平静。因为就算跟随我父亲——或母亲——去到他们所去的那个地方,也于事无补。一个孩子站在昏暗的门边,穿着法兰绒睡衣,光着脚。注视着,渴望着。一个充满了渴望的童年。现在,在艾格尼丝·塞耶的卧室里,闻着薰衣草和杜松子酒的味道,我思忖着饮酒、喝醉,完全独处和寂寞能带来什么样的慰藉。我从不知道酗酒其实是灵魂的一种状态,一个避难所,一个在压满白雪的常青树枝下的庇护地。你爬到里面,然后任何人都无法靠近。

"你!你在这儿干什么?你胆子也太大了!"

我惊恐地转过身,看到塞耶夫人就站在门口,睁大了眼睛,怀疑地盯着我。她也逃离了卡帕们的欢庆,从后门溜进自己的房间。我久久地站着,无法动弹。恐惧就像一阵浊浪席卷了我,可同时我也感到一阵轻松,因为此刻,我们之间算是完了,或者是快要完了。塞耶夫人大步地走到食品柜旁,胡乱地在抽屉里捣鼓了一阵。她那么用力,把那些酒瓶子都弄得叮当作响。在她那快要瞪出来的眼睛里,我看到了怒火。憎恨和恐惧。"你这该死的,讨厌的女孩!恶心!你真是坏透了!滚出我的房间!滚出去!滚出去!"但是正当我小心翼翼地要走过她身边时,她突然伸出手打我,紧紧地抓住我,拉住我的双臂,开始哭泣。她沉重的呼吸里有难闻的气味。眼泪流过她那张扑了粉的脸,就像酸液流过那层厚厚的粉,留下小溪似的泪痕。我想说话,可喉咙里却发不出任何声音。我像个无助的小孩,陷入了恐惧。绝望中,我试图爬过塞耶夫人的床以脱离困境,但这个老女人紧紧地把我拽在怀里,尽管她的手臂肥硕且柔软,但出奇地有力。她紧紧地抓着我,呜咽着,愤怒地说:"——在所有的姑娘中!那些恶魔般的人中!只有你是我可以信赖的!可现在!你怎么可以!背叛我!你是个牺牲品!是她们那该死的游戏中的牺牲品!快走!快逃命去吧!"塞耶夫人喊得很响,歇斯底里。她的话毫无意义,因为她一边哭喊着要我逃命,一边正拼命地抓着我。我们像两个溺水的人,她的手臂紧紧绕着我,窒息让我感到恐惧。她啜泣着,咒骂着,如此强悍,不是这个年龄的女人该有的样子。我发了疯似的挣扎着,却无法挣脱。那一刻,我发觉我的疯狂像肮脏的水从我体内涌出,喷向塞耶夫人。我无法叫出她的名字,她就是她,这个女人,散发着爽身粉的香味、甜甜的酒味和汗淋淋的绝望,这个紧抓住我不放的人。她哭泣着,不能自控。她的头撞击着我的头。突然,我无力再挣扎了,我停止了反抗。我的脸像婴儿的脸扭曲着,可是我哭不出来。我已经没有眼泪。我是一个忏悔的小孩,一个被惩罚的小孩,我的心碎了。床的那边是门,挤满了一张张惊恐、好奇的脸,像剧本里恐怖的一幕——我的卡帕姐妹们。一开始,人并不是很多,然后不断增加,聚集。她们惊讶的眼睛亮亮的,人头攒动,像眼镜蛇的头上下抖动。涂了口红的嘴唇湿漉漉的,愤慨地张开着。更多的人拥挤着,张望着。卡帕!她们激动的声音呲呲作响,像一阵风,将我吹过那冰雪覆盖的山脉。怎么了?发生了什么事?她们俩在干吗?那个姑娘是谁呢——是那个犹太人吗?

II

———

黑人情人

1

我要分析人的行为和欲望,就像我分析线条,分析平面,分析立体图形。

斯宾诺莎

陷入情网的危险,在冬季。

2

……一个富有逻辑、充满理性、信念坚定的声音，一个语意讽刺、欺哄诱骗的声音，一个极具诱惑的声音，一个高傲狂妄的声音，一个青春冲动的声音，一个偶尔犹豫、迟疑不决的声音，一个挑衅、恼人、困扰的声音，像一条龇牙咧嘴、意欲进攻的狗；一个机警的声音，一个说着现在且听我说，我就是那个对你说的人的声音；一个谦逊的声音，一个（故作）谦逊的声音，一个锋利如刀刃、残酷无情的声音，一个温暖如黄油的声音，一个低回沙哑如长号的声音，一个受伤的声音，一个悲哀的声音，一个痛苦的声音，一个渴望的声音，一个狂怒的声音，一个强劲狡猾如一条偶然瞥见、闪闪发光的蛇的声音，一个如果我是男子而非女子而希望拥有的声音，一个即使我生来不是男子而是女子仍希望拥有的声音，一个如此渗入我意识，以至于在大二时的晚冬，开始在我最鲜活、最折磨人、也最累人的梦里浮现的声音。

3

一开始就是虚幻的：他住在最普通的地方。这我很快就看出来了，因为我曾跟随他去他的老巢。锡拉丘兹钱伯斯街1183号一幢低矮的、墙面用灰泥刷成猪油色的三层公寓，他住在二楼的阴面。在外表华丽的校医院综合楼那头的一个"鱼龙混杂"的住宅区里，在新建的、低廉时尚的高层建筑和多层停车场的阴影笼罩下，是个世俗的买卖地，沿街开着些小铺子。这栋相形见绌的木结构房子被分隔成一个个小间供大学生居住，其中许多是有色人种和外国人。这里不会有什么美丽的东西，所以也就没有伤害、没有希望。

钱伯斯街在大学附近最陡峭的山坡上。在这里停车，车轮必须紧靠路边；人行道上有许多裂缝，坑坑洼洼，垃圾满地；路旁的几棵榆树染上了荷兰榆树病，都被锯掉了，只留下树桩。尽管如此，钱伯斯街仍是个浪漫迷人的地方。我脑海里铭刻着钱伯斯街1183号那幢墙面刷成灰泥的楼房，就像一个白色的、湿漉漉的、没有骨头的软体动物身上留下的墨渍一般。我知道它不漂亮，甚至不带一丝忧郁，那种爱德华·霍普①画笔下梦幻的城市建筑所特有的忧郁。这纯粹是个实用的所在，一个凑合着过日子的地方。

---

① 爱德华·霍普（Edward Hopper, 1882—1967），美国最重要的写实画家之一，代表作《夜鹰》。

前门边上的告示从没变过,似乎更证实了这告示没啥用——**租房请进**。我眼力不错,注意到路边有一排又脏又烂的金属垃圾桶;木瓦盖的屋顶看上去准会漏水,一条布满裂缝的水泥道通向正门;它的岔道儿从这幢楼的侧面绕到楼的背面,连接着通向二楼的户外楼梯;楼梯是用粗糙的木板铺成,上面搭了个临时顶棚。他有时会爬上这段楼梯。

我告诉自己我只是刚巧路过这个住宅区,这里并不是我真正的目的地。

那几个月我哪儿都去,焦躁不安、四处游走。但我从没在大学城里走动过。我不再是卡帕的一员。我永不再向往卡帕。我走着,两脚不听使唤,不经意地来到开阔的校园的最东部,而我的住所在另一头。有时候,我两次路过钱伯斯街1183号,这还算情有可原。有时,我三次路过钱伯斯街1183号,这就不近情理了。所以我走得飞快,暗自愧疚,也不去看我感兴趣的目标。除非他的窗子里透出光来,否则我不知道他是否在家;除非我在黄昏时或天黑后绕到房子的阴面,否则我也不知道他的窗子里是否透出光来。在锡拉丘兹这一地区并不提倡年轻女子单独行走。(一次,一辆巡逻车在路旁停下来,车里的人面无表情地瞪着我。我继续快步走,边走边扫了他们一眼,惶恐地笑了笑,我是个好姑娘,我是女大学生,别抓我!)在钱伯斯街1183号附近逗留挺险的,因为他可能正在回家的路上,可能会认出我;没准他已经认出我了,只是我还不知道,他那么神秘、那么高傲,一定不会让我知道他已经认出我的;所以我不知道他是注意到我了,还是压根儿没有注意过我;总之,我对此一无所知。有时候,看见一个男子从人行道上走来,我就会吓得躲进堆满垃圾的小巷;有几次正巧躲在钱伯斯街1183号边上的那条巷子里,我就不得不紧挨着那个户外楼梯经过;这时,我突然想爬上楼梯或是在底下的几级台阶上坐坐,好像我是属于那里的。他一般从正门进楼,我想他是为了拿邮件,因为一进门厅就是几排破破烂烂的金属邮箱,上面贴着写了名字的胶带,以示所属。我也有不走运的时候——我不指望自己走运,像我这样行事的人,或许就该背运——他有时决定从后门进楼,那个楼梯本来就是方便他这种住在楼上阴面的房客的;他像大多数别的房客一样,是有色人种或外国人,笑起来会露出一口刷白的牙齿,眼球里也闪着非同寻常的白光;如果这些年轻人看见我,他们可能会停下来瞪着我,好像希望我认得他们,希望我是出于某种原因才到这里的,这种原因可能跟他们有关;可能关于美国女大学生的传闻吸引着他们,不过显然,我一点都不像那样的人。如果他的房子后面没人,而我够胆大的话,我就会抬眼看他的窗子,我有把握那就是他的窗子,2D 的窗子;我是看了门厅里的邮箱才知道他住在 2D 的,2D 的邮箱上贴着一块脏兮兮的胶带,上面写着 V. 马休斯。他的窗帘总是垂在窗台上,我很好奇。有时,我看到一个影子在窗帘后面闪过,一个男人的侧影;但我模糊地感觉到我只是在注视着 V. 马休斯抽象的存在,而不是他本身;我想到了柏拉图关于洞穴的讽喻,想到了人类怎样被影子欺骗,为影子痴迷;但是除此以外,你还能从中得到什么慰藉?他不知道我在这里,不知道我的存在。因为他看不见我。

我裸露的脸,赤裸裸的女性的渴望。

4

……那个声音。

在伦理课上,在那幢古老、威严的建筑,也就是语言楼顶层的演讲室里。这不是那个穿着脏衣服、描着模糊的眼影,咬着嘴唇的病恹恹的女孩在几个星期前出丑的教室。这是另一个更大的房间,一个充满希望的地方。教授讲完了柏拉图,做做样子地说欢迎提问,也许他真的希望学生提问,渴望学生提问,提一些睿智的、挑衅的问题,来缓和一下演讲厅里不自然的沉闷气氛;也许像缥缈的柏拉图的化身一样站在高高的讲台上的他是孤独的。教授觉得有些研究生提出的问题比本科生的有趣得多,因为他们都是专业的,这些研究生中有些是来上课的,有些是来旁听的;显然,一旦某个研究生主动开口,教授就会兴奋起来。

"是的,××先生。"教授答道,脸上带着人们期望的微笑,嘴里念着像是"马斯"——"马休斯"的名字。这个举手的年轻人坐在演讲厅最后,我看不清他;他几乎每堂课都发言,我注意到他一发言,我周围的同学就皱眉头,带着不满,也带着钦佩;带着好奇、兴趣,还有愤恨。"——柏拉图怎么能提出'高贵的谎言'这种论调——好像所有的谎言都不卑鄙似的——"教授勉强笑笑,试图为柏拉图①辩护:"《理想

---

① 柏拉图(Plato,前427—前347),古希腊哲学家,创办学园(387),提出理念论和灵魂不朽说,其哲学思想对西方唯心主义哲学的发展影响很大,著有三十多篇对话和书信,最出名的著作是《理想国》。

国》最好当做神话,当做关于正义的对话来读,"坐在后面的他反驳,"'正义'?一个极权主义国家何来'正义'?"这声音既恭敬,又傲慢,像一件乐器,那音调微妙的号管,如单簧管,长号;这声音在真诚地探索,也在(你几乎能听见)愤怒地颤抖。教授辩解说是"——神话,寓言,比喻——"年轻的声音反驳说是"——噩梦般的法西斯国家——奴隶国家——"教授皱起眉头,他不愿看到自己处于险境,让这个比他小三十岁的好事者抢了风头,使自己在学生面前失去权威,"照字面意思解释柏拉图是个常见的谬误,××先生。很明显整个对话是个暗喻,是个——"这时候,班上已经没有什么人在听教授说话了,我们都在贪婪地听他说。

演讲厅的布局非常巧妙,凡是见证了我们命运改变的地方总能在我的记忆里留下痕迹。厅里有十五排阶梯座位,坡度很大。座位按一定的弧度向两边延伸开去,呈新月形,所以大厅很宽,但不深。天花板非常高,水渍斑斑;荧光灯在头顶上嗡嗡作响,还不停地颤抖,仿佛是激荡的思想。教授的讲台边是一扇十英尺高的镶着铅框的玻璃窗,发出苍白、寒冷而耀眼的光。教授有时在那个粗糙的硬木高台上边踱步边讲柏拉图、亚里士多德①、托马斯·阿奎纳②、笛卡尔③、斯宾诺莎、

---

① 亚里士多德(Aristotle,前384—前322),古希腊哲学家和科学家,柏拉图的学生,亚历山大大帝的教师,雅典逍遥学派创始人,著作涉及当时所有知识领域,尤以《诗学》《修辞学》等著称。
② 托马斯·阿奎纳(Thomas Aquinas,1225?—1274),中世纪意大利神学家和经院哲学家,他的哲学和神学称托马斯主义。
③ 笛卡尔(René Descartes,1596—1650),法国哲学家、自然科学家、解析几何学的奠基人,提出"我思故我在",其哲学基础是灵魂和肉体、"思维"实体和"广延"实体的二元论,主要著作有《几何学》《方法谈》和《哲学原理》等。

莱布尼茨①、洛克②；他大概六十出头，既随和又威严，光秃秃的脑袋像个蛋壳，嘴巴软塌塌，眼睛水汪汪，锐利，警觉，深深地陷在粗短的灰白睫毛下面。我觉得，就他这把年纪来说，他算是个有魅力的男人，尽管我不想评价那些我尊敬的长者的外貌。什么是外貌，不就是希腊哲人所说的虚幻的、骗人的玩意儿吗？除了年轻人和傻子，谁会相信"外貌"呢？我也不想通过观察一个和我父亲同龄或比他稍大些的男人来回忆我的父亲，我的父亲已经湮没在西部，他仿佛追随着太阳的足迹，来到西部的山脉，然后消失了。

好像他们俩有什么可比似的！我笑着想。这个学识渊博的男人和我家那个可怜的无知的酒鬼，我招人厌的父亲。

一天早上，关于哲学唯心论的讲座结束后，教授和那个坐在后排的能言善辩，还相当固执的男生继续交换意见。我觉得同学中有一股不满的情绪涌向这个年轻人，但我却听得如痴如醉，兴奋不已，还带着一丝疑虑；我在想那是谁，那是个什么样的人？如此与众不同。我后面的一个男生恼怒地咕哝，"哦，看在上帝的分上，闭嘴吧，"另一个人好像在说"黑鬼，闭上你的嘴，"说完这两个人不怀好意地笑着；这时教授开始逐条地反驳，到点也不下课，想以此惩罚我们。我想我们不该这样以势压人。终于下课了，我慢慢地站起身来，跌跌撞撞地走进过道；我仍然不许自己往教室后面看，我还不知道我爱上他了，爱上了一个陌生人，而且只是爱上了

---

① 莱布尼茨（Gottfried Wilhelm Leibniz, 1646—1716），德国自然科学家、哲学家，微积分、数理逻辑的先驱，设计并制造了演算机（1672）提出二进制，建立单子论，主要著作有《神正论》《单子论》。
② 洛克（John Locke, 1632—1704），英国唯物主义哲学家，反对"天赋观念"论，论证人类知识起源于感性世界的经验论学说，主张君主立宪政体，著有《政府论》《人类理解论》。

他的声音；这爱像一场病，不是我想象中灿烂的样子，而是一种生理状态，是悲戚戚的样子。

一九六三年二月的那个晚上，他的声音第一次闯入我的梦乡。

5

　　你！所有的事你都干得出来。我的哥哥亨德里克曾这么对我说。

　　所有的事。这话多奇怪啊：所有的事而不是什么事。似乎我所能做的是一样东西，一样具体的东西，而不是一件事。

　　亨德里克是在祖父的葬礼上对我说这句话的。其实他并不清楚我能干什么，家里人都不清楚。他们不相信我，在我的周围有一种昏暗、神秘的气氛；无论现在还是未来，我都命该如此。他怪她。我们都怪她。因为艾达的死。我逃离他们，却又背负着他们的谴责。也许我就这么认了。我太孤独了！我想我注定孤独，这是我应得的。

　　在十九岁零五个月时我第一次爱上一个人。在我看来，这应该是个深沉、老练的岁数，我们无法设想自己更年长或更睿智的样子；如果我们精疲力竭，就无法想象强壮的感觉；就像我们被困在一个梦境中，并不知道自己在做梦，我们会用最简单的方法摆脱它，那就是睁开眼睛。十九岁了，可我看上去还是那么年少，真可恶。我这个大学生常被误认为高中生。就算穿了冬靴（不是我那些衣着入时的同学们穿的那种雅致的皮靴，而是从西尔斯商店买来的做工粗糙的橡胶靴。在大雪天或大雨倾盆的春天穿着它出行可管用了），我也只有五英尺三英寸高。我从不称体重，不过在我离开卡帕的"危急关头"，校医院的一个护士让我上秤，我的体重是九十六磅。"你节食吗？呕吐吗？这不是你的正常体重，是吧？"这个女人不满地问。我告诉她我不知道自己的"正常体重"是多少，我对这不感兴趣，我的脑子里装着别的事，意义重大的事。人生的意义。真理的可能性。对意识的分析，就好像分析线条、平面和立体图形。我不愿把自己当做一个躯体，但又必须以某种方式对这个躯体负责。（躯体到底是什么？笛卡尔假设一种神秘的不可知的物质构成了思想，而另一种完全不同的神秘的不可知的物质构成了躯体。）在校医院里，我被迫正视自己，像是在忏悔。我不看脸上深陷的双眼，而是直视身体的其他部分：薄如纸片的苍白的皮肤裹在瘦长的骨骼上，迪克西杯大小的乳房硬得像没熟的梨子，乳头同干瘪的豌豆一般大，和我眼里"正常"的女孩乳头一点儿都不像，她们的乳头是暖色调的玫瑰红的，上面有一道光环；她们的乳房丰满圆润，似乎孕育着那种液体，甜甜的、乳汁般珍贵的液体，正是生命的精华。我想起自己曾在初中时看到年长的女孩在衣帽间里嬉笑着脱去外套，然后猛地撩起汗衫，只是那么利索的一下子就露出了她们的身子，而头和脸还蒙着；你可以看出这些女孩是同类，这些女孩是"女性"；一个个正在迅速发育的个体站在那里，或挑衅，或自豪，或漠然。我看得发窘，转身走开了；我发窘不是觉得自己细长的身材有什么不妥或是低人一等，而是因为我是另外一类人。我绝对不属于那类人，一个边缘亚种女孩。

我渐渐长大，亲戚们为我感到惋惜，只是不上前来告诉我。感到惋惜是她们对我一贯的态度。那些女人常常劝我多微笑，别皱着眉头。（那又怎么样，她们就会爱我吗，就会因为我这个人而爱我吗？）这些话触到我的痛处，虽然我没有丝毫表露。但我确实在微笑，不断地微笑，当面嘲笑她们！

我用不着她们可怜我，同情我，关心我。她们为我惋惜，因为为一个如此贫穷,如此丑陋的人感到惋惜是件挺有乐趣的事;她们惋惜还因为我没有母亲,斯特里克斯维尔的同龄女孩中只有我没有母亲;有时候我似乎恐惧地感到我母亲在我出生前,而不是出生后就已经死了;如果真是这样,那么这将是我所受到的最为残酷的诅咒:这个女孩还没出世,她的母亲就死了。

不:我记得艾达。我确实记得艾达。不只是那些照片,真的。

我的三个哥哥。我被他们恐吓,我怕他们,但我崇拜他们,远远的,这是我的秘密。我总是仰视他们,真的! 仰视他们英俊的面孔,仰视他们不可捉摸的眼神。即使我对他们感到畏惧,却依然为他们着迷。"你? 你懂什么? 我们才懂。"他们各自珍藏着一些记忆,母亲去世时,迪特里希十二岁,弗里茨十一岁,亨德里克八岁,而我还是个婴儿,一个无助的婴儿。

我离家去上大学的时候,迪特里希和弗里茨都结婚了,而且都已为人父;他们继承了祖父母的农场,像许多尼亚加拉县的普通农民一样,他们种梨、苹果和桃子;亨德里克像我一样,更喜欢独来独往,不过他从不给我好脸色看,讨厌我,讨厌我在高中成绩优秀,获得大学奖学金,因为他进了奥尔良的一所职校学电子工程,还得自己负担学费。现在他吹嘘自己在拉卡沃纳的通用公司分厂找了份好差事。我清楚地记得哥哥们成长时的点点滴滴:他们关于女孩和女人的粗俗揶揄的谈话,话里总免不了掺杂几个笑话,好像女孩和女人就是笑话;从哥哥们那儿我了解到男人全靠两只眼,他们的性欲是通过眼睛激发出来的,通过眼睛来评估,通过眼睛迅速冷静地做出判断。有时候,哥哥们一边粗鲁地大笑,谈论着他们认识的女孩或女人,一边兴奋地擦自己的裤裆。可见男人的眼睛和他们的阴茎是相关联的,也许根本就是一回事;只不过阴茎藏在看不见的地方。

我明白就算一个男人独处时,他和其他男人,其他男性有相同的感受,而不会像女性那样,独自一人时会有孤独的感受。他敏捷、正确的判断在少年时代已成形,而且这种判断每个男子都一样。他可以透过别人的眼睛,而不只是自己的眼睛来看问题。

我不指望从他们的眼睛里得到怜悯。十三岁时我就已经习惯了避开他们无情的目光。

我知道我的身子并不招人喜爱,所以我也不是一个招人喜爱的女孩。我的父亲不就是带着淡淡的厌恶感避开我吗?十三岁那年,我的腋下似乎一夜之间长出两簇棕色的丝一般的毛发。我纤细但结实的双腿长得不合比例,整条腿都毛茸茸的,上高中和住在卡帕楼的日子里,大家都嘲笑我,逼着我剃腿毛,其他女孩也都大费周章地干这事儿。我一出汗,就散发出刺鼻的腥臭味;关于这味儿有个秘密,一个叫人高兴的秘密;我喜欢这个味儿,它把我变成一只小狐狸,一股狐臭味儿。离开斯特里克斯维尔后,我明白了什么叫只身一人,没有家庭的束缚,周围成千上万的陌生人都不知道我的名字,不认得我这张脸,更不知道我住哪儿,我是谁的女儿,又是谁的孙女;于是我开始把自己的身体视为虚无,一个隐藏在外衣里的躯体,一个不断逃避别人的眼光和束缚的躯体,一个我的哥哥和其他男人都无法嘲笑的躯体,因为他们看不见这躯体;我相信,我敬仰的那些已故的伟大的男性哲学家不会嫌恶这个躯体。一个服务于思想的躯体。

十八岁那年,我一时冲动地剪掉了头发。就在高中毕业典礼和我致毕业演说词后的那个夏天,父亲再次离开我们后的那个星期。父亲离家数年,那次刚刚回来,又匆匆地要走,临走时含糊地答应"保持联系"。我的头发又长又硬,总是打结;已经变成动物的毛,像兽毛;浅棕色和暗红色的头发这儿一簇,那儿一撮,给一头深褐色头发增色不少；它们压在我的背上，又厚重，又呆板；压在我的灵魂上，又厚重，又呆板；梳头时疼得我泪汪汪的，讨厌极了；梳头时刷子从我手里弹出去，啪的一声摔在地上。走在街上，男人们看着我的头发，男孩们看着我的头发，女人和女孩们看着我的头发；我打理不好自己的头发，同时还深深地为它感到羞耻。一个闷热潮湿的夏日，我拿出祖母的裁缝剪刀，那把剪像毛毡一样的厚织物的大剪刀，跑进自己的房间开始剪头发；开始我剪得很慢，后来越剪越带劲，简直到了贪婪的地步，咔嚓！咔嚓！差点伤着耳朵，每一声用力的咔嚓声都让我感到更轻松一点，更自由一点，每一声用力的咔嚓声都让我大笑，像一个叛逆的孩子一样大笑。我把剪下的一缕缕头发像垃圾一样丢弃。我一点儿也不感到难过，我发誓再也不要这个负担。

碰巧，过几天我要去参加祖父的葬礼。他在烈日下开拖拉机时心脏病突发，晕了过去，几乎当即就死了；对家人来说，这事给他们带来的震惊多过悲伤；他和祖母一度感情不和，当然后来他们还是继续生活在一起，甚至同床共枕；在这个公共场合，当别人看着我们，评价我们时，祖母对我，对我的参差不齐的头发的反应是，你不就该是这模样嘛。

葬礼在路德教堂举行。我的祖父母，尤其是祖母，早就在那儿做礼拜了；她虽然是个禁欲主义者，冷静地看待生命，当然也冷静地看待死亡，但还是想"成为"基督徒，像她的邻居们那样，像大多数美国人那样；除了是个基督教徒，你还必须"成为"某个教派的一员。对那些德国人的后裔来说，路德教堂是最理想的选择，而且她的媳妇艾达正是葬在这个教堂墓地里，这就好比许诺我们一家都将在那儿找到归宿。我被迫穿上黑衣服，一条从阿姨那里借来的皱巴巴的黑色尼龙裙，比我的尺寸大出好几码，这会儿反倒适合我,因为我一脸愁闷,像一个十三岁的小鬼,而不是十八岁;祖父的死把我吓住了,我不愿去想这件事,不愿去想死亡、临终,不愿去想他被埋在艾达近旁的那个坟头,墓地不过是一块田,一个杂草丛生的地方。我的女亲戚们惊恐地瞪着我。哦,你怎么能这样!你的头发!借给我裙子的那个阿姨说好歹让我帮你修剪一下吧?我冷冷地走开了。我不准备为自己争辩什么。我的哥哥们看着我,耸了耸肩。这进一步证实了他们对我的猜忌:我是个怪异的人,是个畸形的人,我去读大学只会变得更糟。离开墓地时,我的哥哥亨德里克推了我一把,低声对我说话,语气中似乎带着钦佩你!所有的事你都干得出来。现在,你可真是丑极了,你一定觉得这样很棒,是吧?

6

沃诺·马休斯

  那个冬天,多少次出神地在笔记本上写下**沃诺·马休斯 沃诺·马休斯**,蓝色的墨迹像午夜的天空。**沃诺·马休斯**循着指甲渗入我的肌肤,渗入我柔嫩的前臂,渗入我的掌心。**沃诺·马休斯**仅仅是这几个字的发音就像远方传来的旋律一样让人牢牢记住,即使你并不明白它们的意思。**沃诺·马休斯沃诺·马休斯**我在心里默念着,当我站在大家面前,甚至是在微笑点头,正常地和别人交谈时。没有人知道我是多么心不在焉,我的注意力不在他们身上,甚至不在自己身上。**沃诺·马休斯**:多么奇怪,多么好听的名字!一个美丽的名字!与众不同的名字!**沃诺·马休斯**就像神话故事里谜一般的名字,你不得不猜测这名字,或者猜测它的涵义,这样才能挽救自己的生命,才能成为年轻美貌的公主,他的新娘。

  我没有勇气在伦理课上向别人打听他,那个坐在教室后排的口齿伶俐、能言善辩的研究生。他显然是个"人物"——每个人都知道他,或意识到他的存在。我怕别人告诉他我对他感兴趣。他们会冲着我这边微笑看见那个女孩了吗?她一直在打听你。

  现在每次教授叫他的名字——"马休斯先生?"——我都听得一清二楚,我不明白以前怎么会听错的。

  我在大学的人名住址簿上查找这个名字,就这样记下了钱伯斯街的地址。我告诉自己我没鲁莽到要去造访那里。

7

三月的一个早晨,我第一次壮着胆对沃诺·马休斯说话。没有人盼咐我这么做,也没有人欢迎我这么做,但不可抗拒地,我进入了一个陌生人的生活。

所有的事你都干得出来。现在这句话成了预言,成了鼓舞,而不是羞辱。

到那时我已经不止一次,而是数次造访了钱伯斯街。我曾路过那栋楼,我曾在那条巷子里徘徊,我曾冒险走进门厅去查看信箱,我曾在楼的阴面注视他的窗子。我毫不羞愧,也毫无希望,因为那时候我似乎感到自己和沃诺·马休斯永远不会有什么实质性的接触,只要注视着他就足够了,远远地。

我已经挪动了自己在教室的座位。现在我坐得离后排更近了,在这个位置上,我可以谨慎地转过头看看他,或是朝他那边看;他发言的时候,班上许多人都回头看他,我也是其中之一;我不认为我在吸引他的注意力,我绝不是那种害了相思病的高中女生。

那天早晨我爬上三级台阶走进洞穴般的教室,凝神屏息,满心期待,再过几分钟教授就要来上课了;我好像步入了一个骚动的、危险的地方,一个令人晕眩不安的地方,像游乐场里的一间屋子,倾斜着,倒转着;因为他可能已经在那里,可能不经意地瞥了我一眼,镜片像火花般闪烁(我想象着那种闪烁),那么我该怎么办?沃诺·马休斯一般不会那么早来。我会算准时间,赶在他前面,这样我就可以占据中间的最后一个座,这是我的新座位,具有战略意义的座位;对我而言,教室确实在一夜之间变成了一个寄托情感而不是接受知识的地方。那感觉像小时候在斯特里克斯维尔的基督教女青年会里,我站在一块很高的跳板上准备跳水;我想跳,我要跳,一想到跳水我就兴奋,但又害怕;当我大步走到跳板的前沿,摆好头和手臂的位置,弯下膝盖,就会听见一个恶毒的低低的声音——别!你会后悔的。但是站在高高的跳板上,你不能回头。

伦理课上大约有四十个学生,集中在前排,其他地方零星坐了几个。沃诺·马休斯一个人坐在最后一排,头顶上是个挂钟。他坐在这个钟下面可能是个巧合。一个喜欢看时间的人是不会喜欢那个座位的。这是那种老式的公共用钟,简简单单的黑色数字,黑色时针和分针,单调的圆形钟面上红色的秒针在走动。小时候,我就常常注视着教室墙上的钟。时间不可阻挡地向前进。我的心在跳。教室里所有人的心在跳。与死亡相连。而现在我正看着沃诺·马休斯,同时也看着那口钟。

沃诺·马休斯的脸。我侧着头偷偷地凝视着这张脸。在我眼里,它是美丽的,犹如红木雕琢出来的一般,尽管在那些俗人的眼里,它可能是丑陋的。这不是张让人舒服的脸。这张脸孔因为思考而起皱,甚至扭曲。这种思考是身体的、肌肉的运动,是激情的展现。从年龄看,这是一张年轻的脸,一张三十出头的男人的脸,但好像从来不曾洋溢着朝气。一张面具般的脸。扁平的鼻子,又宽又深的鼻孔像钻入皮肤的洞。他的肩膀窄小,有些下陷,这使他的头显得很大。他的双眼一直藏在书卷气很浓的眼镜底下,只是偶尔忽地摘下眼镜,用右手的拇指和食指擦一下鼻梁。看着摘下眼镜的沃诺·马休斯,我的心一紧。他的脸就这么一下子暴露了,一览无余。

黑人。"黑人。"一个词,一个术语,也让我为之着迷。

沃诺·马休斯的特征是"黑人"的特征,如果你被迫直白地用种族或种族歧视的术语来区分人的话,沃诺·马休斯是"黑人"。因为他的皮肤是潮湿的泥土的颜色,时而色泽暗淡,没有光彩,时而鲜亮柔滑,郁积情感;是一种古铜色,我想这皮肤摸上去应该是火热的(不像我那苍白皲裂的皮肤,让我感到寒冷,而我的指尖常常是冰冷的)。沃诺·马休斯的头发绝对是黑人的头发:深色的,有些油腻,像羊毛一样弹性十足,头发修剪得很短,贴着脑袋,这在我看来硬朗、坚定,非常迷人,是件艺术品。

因为我是通过他的声音,他的语言,他出众的才智来认识这个人的,所以对我来说,沃诺·马休斯的种族并不是他的显著特征。我设想如果我先前在语言大楼或校园里或城里见过他,那么我的眼睛会从他身上一扫而过,我的脑子会把他归为黑人;但是现在他的种族这一事实(如果种族真是个事实)在我眼里已经不如他的其他品质那么值得注意了。相反,这些品质之所以值得注意就是因为它们是沃诺·马休斯的品质。当一个人第一次深陷情网,她的理智就变得脆弱,她就会有一个质朴的逻辑,这逻辑甚至让我觉得是沃诺·马休斯选择了这些品质。在这种情况下,这些品质之所以值得注意,有价值,不在于它们本身,而在于是他选择了它们。

哲学教会你区别什么是必然,什么是偶然,我们也相信在我们身上有必然的品质和偶然的品质。但是沃诺·马休斯如此气度不凡,如此与众不同,他身上似乎没有任何偶然存在,而大多数人却是有的。(我自己的生活在我看来就是一系列的偶然事件。)我不会把他是黑人这一事实从他的其他品质中抽离出来。确实,这是他生命中的一个事实,是我最先注意到的东西,但这并不是一个起决定作用的或是决定性的事实。

我只是个白人女孩,是个白种人。这意味着什么?

如果沃诺·马休斯是个黑人,而他的身上又没有任何偶然,那么就是他出于某种原因选择了做一个黑人。而我没有选择我的肤色,没有选择我生命中的任何东西。

我坚信这一点!因为我已经把这个男人奉为偶像,我永远不能成为他那样,想都别想。

沃诺·马休斯和教授正在进行激烈的争论。可以看出这个聪明的年轻人的关注使教授倍感荣幸;同时,教授又唯恐被他超越,就像一个中年人在和一个小他四十岁的年轻人打网球。他们正在讨论"唯心论",这个词在哲学术语中的意思和它的一般意义大不相同。一般来说:"理想主义"和"现实主义"相对(但在哲学中这个词意为"唯心论")。他们在比较以伊曼努尔·康德①玄奥的唯心论和柏拉图不那么玄奥的唯心论之间的异同。教授说 X,沃诺·马休斯就立刻以 Y 反驳;不是鲁莽,但几近鲁莽;轻慢的口气使教授感到难堪,同时又激起一阵哄堂大笑。教授明显地退缩了,他意识到自己犯了大错;他的权威受到了挑战,即使只在闲谈之间;他已经丢掉了权威,即使只在一时;他必须挽回他的权威,不然就会在班里失去威信;或者他只是看似退缩,在他那个已动摇的自负虚夸的世界里退缩。他脸上泛着红晕,皮肤看上去松弛,好像一下子掉了好多肉似的。他棕色的头发渐渐变得灰白,分布在脑袋的左侧,梳得光溜溜的,贴着头皮。哲学系是文学院里最强的系之一,而这个教授可能是哲学系里最受敬仰的一位;他在爱丁堡大学获得了很高的学位,他的书由知名的大学出版社出版,他为《泰晤

---

① 伊曼努尔·康德(Immanuel Kant,1724—1804),德国哲学家、德国古典唯心主义哲学创始人,主张自在之物不可知,人类知识是有限度的,提出星云假说,著有《纯粹理性批判》《实践理性批判》等。

士报》文学副刊写评论文章(一份塞耶夫人没有订阅的英国出版物)。即使是他给本科生教授的课程也常有研究生去旁听。但是他感到沃诺·马休斯虽有才智,但显得无礼,深深地刺痛了他,于是他冷淡而又简慢地对他说——"马休斯先生!别再用你的诡辩逗人了。"这个宽容的父亲最终呵斥了他的爱子,这可能表露出这个爱子终究也不是那么得宠。

我从沃诺·马休斯的脸上看到了伤害和羞辱。我看到他拉下脸,可能还攥紧了拳头。他迅速又粗暴地把眼镜往鼻梁上一推,没精打采地坐在位子上,鼓出下唇。肥厚的唇。他的肤色如此灰暗,没有一丝光彩,你无法想象这灰暗背后的热血沸腾。沃诺·马休斯痛苦地沉默了一会儿,恭敬地低声道:"对不起,先生。"

其他同学都在旁观,心里头有一种复仇的快感。

即使是我,对沃诺·马休斯痴迷的人,也感受到了那一丝不怀好意的快感。

想想吧,他的心受伤了。他,也会!

我好像一个与他关系密切的目击者,参与了对他的伤害。

下课后,我不知不觉地站在沃诺·马休斯那排座位旁的走道里,他正沿着这条道走来,高高瘦瘦,肩往下塌,轻声哼着略带讽刺的小调。他没看见我,他不可能看见我,他似乎对这个教室里所有的本科生都毫不在意,漠不关心。我想——干吗?——说几句同情怜悯的话,即使我知道(我当然知道)沃诺·马休斯不想听这些同情怜悯的话,他不想听任何人说这些话,当然也包括我。我的耳朵里一阵轰鸣。硬木地板倾斜了。我当然不敢吐出他的名字——"沃诺"。我没有权利叫这个名字,我根本不该知道这个名字。一时间,我注视着他,一个字也说不出来。在这个男人面前,我感到困惑；他至少比我高出一头，屹立在我面前；一阵强大的热量从他体内生起，似乎汗水在他的衣服底下流淌，他的皮肤黝黑，血液在下面涌动；凑近看，他的皮肤比我想象中的更黑，更粗糙。他戴着金属框的眼镜，模糊的镜片下双眼迷离，怒目而视。他身着白衬衫，还戴了领带，都是皱巴巴、脏兮兮的；他一脸愁闷，严肃庄重地举起手，侧过身，穿上肥大的羊皮夹克，然后利索地在脖子上绕上一条深红色的羊毛围巾；愤怒的他似乎想勒死自己，他的手指长得惊人，手却窄小，手掌苍白，略带粉红，很是奇怪，好像摸上去会是柔软的，甚至是柔嫩的。我看他只想逃离演讲厅，和一个看着他当众受辱的人说话是他最不愿意的事；但是在他挤进走道时，我还是跟在他后面，结结巴巴地说着些安慰他的话；我吃惊地看着自己胆怯地伸出手去触碰他的——他的手，但在最后一刻，我只是斗胆碰了一下他那件夹克的脏袖子；如果我碰到了他的皮肤，他可能会出于紧张甩开我的手；我始终保持微笑，试图挤出一丝僵硬可怖的笑容，在期盼和恐惧中寻找恐惧的源头，以求得到慰藉和保护。我能够爱你，只有我能够爱你。我唯一的存在就是能够爱你。除了我，还能有谁？

沃诺·马休斯盯着我。他似乎听见了，他听见的不是我羞怯、犹豫而又乏味的言辞，也不是我摆着怜悯的姿态说的那些善意的话——这种姿态是从那些企图抚慰我的伤痛，弥补我的损失的太太小姐们身上学来的——他听见的是我义无反顾的念头。我，我能够爱你！他没有感觉到，但他看到了我的指尖轻抚他的衣袖，差一点我就碰到他了。他猛然说："有什么事吗？"——他仍然盯着我，好像我是在勾搭他；而就在此时他转身就溜，我想回答他，但他无礼地不给我一点作答的时间；他走向通往后出口的楼梯，消失了。

但是,我做到了,碰到了你。现在你认得我了。

那天早上,我没像往常那样跟着沃诺·马休斯走出大楼,穿过覆盖着白雪的四角楼;我根本没有跟着他。我迷迷糊糊、昏昏沉沉地走下楼梯来到语言大楼的一楼。十一点前的这段时间,走道和楼梯都很拥挤,我就隐匿在这陌生的人群中。现在你认得我了,我们已经有过接触了。我不敢相信自己的鲁莽和大胆,不敢相信我会那样做,真是做梦也没想到。楼梯上都是从教室里出来的学生,一张张熟悉的脸围绕着我,但我们并不知道彼此的名字;大家带着稚气,热烈地谈论着难缠的"马休斯先生"所受的羞辱。就连我这个崇拜他的人也在其中贪婪地微笑着,不想转换话题;一个面孔瘦削的法律预科高年级男生笑着说:"马—休—斯——他到底以为他是谁啊?"另一个男生语气强烈地说:"一个黑人这么关心那些事,真是奇怪。"我仔细听着,没有反驳,甚至想同意这些观点。我们无奈地爱着的那个人也就是我们想背叛的人:任何接触都让人颤抖。

哪怕听到聪明的沃诺·马休斯被人随随便便、不恭不敬地称作"黑人"——就算仅仅听到他的名字——也是令人颤抖的。

我不知不觉地来到语言大楼的地下室,这儿有一些闲置的教室,房间狭窄,灯光昏暗,氛围抑郁;走道的天花板很低,空气里弥漫着冬日里刺鼻的湿羊毛、橡胶鞋和缭绕的香烟的气味。远处的角落里有一个女士洗手间,我经常使用,因为里面总是空无一人;令人作呕的下水道和消毒剂的气味从洗手间飘散出来。这里似乎比上面赫然耸立着的老大楼更为古旧,它深深地扎在地底下,只有一扇小小的窗户,透出苍白、微弱的光。我清晰地记得这个凄凉的地方,就像我清晰地记得那些年里我到过的所有地方;而且,我还似乎觉得我经常梦见这个地方,那些梦在我的灵魂里掠过,早晨醒来时发觉自己精疲力竭,但奇怪的是又神清气爽,似乎我到地狱那个折磨人的地方走了一遭,又还魂过来。因为那是一个藏身的地方,一个流泪的地方,一个存放莫名的耻辱和忧伤的地方,一个使用老式坐厕的地方,用完后拉一下冲水的链条,硬是让上头锈迹斑斑的水槽缓缓地流出黑黑的水来,冲进那个污渍更多的桶里;我在那个地方紧张地检查我的日子究竟"到了"没有——一般总是没到,因为我的体重低于正常体重二十磅,每年也就经历两三次那种日子,很短但很疼。我在一些关键的问题上并不是真正的女性,对此,我极度痛苦,却又自鸣得意。一排水槽上面有一面水渍斑斑的镜子。我看到镜子里自己的脸,怔住了——我在微笑吗?我对沃诺·马休斯所做的一切是我一生都没有做过的:接近一个不认识的男子,还大胆地去碰他;只差一点,我就碰到了他的手背,他的皮肤;我迫使他看我,看见我;我直接和他讲话,表达我的同情("他不是有意的,他说话不经思考,其实他很赏识你,不管怎么说,做个诡辩家不算什么错误——普罗泰戈拉就是个诡辩家,事实上苏格拉底也是")那些话是真诚的,发自内心的,虽然说得有点急促;我没有预先考虑就这么做了,连片刻的考虑也没有,就像是一个人急着去救人于险境。

我似乎感到——而且随着时间的推移,这种感觉可能会越来越强烈——沃诺·马休斯的身体把我拽过去,我无力抗拒。

这些不自觉的行为背后是我的天真无邪。

"但你现在必须就此罢手,不能再纠缠他了。"

这话从我自己嘴里吐出来。我注视着在镜子里浮动的苍白的鹅蛋脸,说不出的快乐——镜子里的脸庞,我的活生生的脸庞,因快乐而生疼。我热血沸腾,用指尖碰了碰双唇,吻了吻这曾经碰过沃诺·马休斯那件夹克的脏衣袖的指尖。我再也不会入眠。那一刻我几乎要死去,我太快乐了。这镜面已经被水槽里溅出的污点弄脏,镜子的铝质后坐正像麻风病一样腐蚀着镜面。自一百多年前这栋楼建成至今,一代又一代,有多少女孩能像我这样看到镜子的深处。在这面地下室的镜子的至深处,直勾勾的渴望的眼睛,女性的眼睛,我们的思绪纠结在一起,像是在布满沼泽的池塘或是坟头的底下。

我还在笑,还在笑——我真的好快乐。

8

"你不是在跟着我吧,姑娘?"

这声音,他的声音——不是恼怒,而是带有傲慢、嘲弄的意味。沃诺·马休斯停在人行道上,忽地转过身来对着我,出乎我的意料,我来不及躲避,很是尴尬;我原以为我的尾随神不知鬼不觉,而且保持着一段距离;有时我紧挨着别人走,就好像和他们是一伙的;当他吹着口哨大步走过时,我只能瞥见他的肩头;我就这样跟着他从大学图书馆出发,穿过四角楼,走下陡峭的山坡,进入教学区;从教学区到阿伦街,这是个商业区,街上有快餐店、书店、杂货铺;从阿伦街出来到大学路,再沿着大学路到医疗中心;当然,我一点都不急着赶上沃诺·马休斯,他放慢步子,我也放慢步子;他一定发现我了,或者感受到了我对他热切的关注,还有我目不转睛的凝视;现在他在人行道边停了下来,转向我,笑着说:"你不是在跟着我吧,姑娘——嗯?"这话是在打趣,是个轻浮的玩笑;可笑的(当然)是他并不是在开玩笑,他很清楚我一直在跟着他,但是他还不确定,没有百分之百的把握(因为我们都知道休姆关于因果关系的无可置疑的论证),但我很可能一直跟着他,但我不能承认——要是承认了多丢脸!沃诺·马休斯又会怎么回答呢?我不得不否定,我的确这么做了,我的脸发烫,就像挨了一巴掌似的。

"哦,哦不——我只是——要走这条路。"

"哪条路,到底?"

我迅速地编造了一个还算合理的目的地:大学医疗中心,离这儿一个街区远。我说我要去那儿交一份表格。

沃诺·马休斯高高地站在我面前,舔着嘴巴,装出一副失望的表情,"只是个巧合,嗯?"

"是个——巧合。"

"只是'原子和真空',嗯?"

德谟克利特是个古希腊的哲学家,他因一句格言而闻名于世——现实里只有原子和真空。我不能确定他是否是诡辩家,在哲学研究伊始,他是巧妙地将生命的奥秘归结为微粒的人之一。这就是哲学的研究方法:要么将生命分解成可怜的微粒,要么使生命膨胀成令人窒息的庞然大物。不管用哪种方法,生命都会变得无法认知。

我局促地笑了笑,没有提出异议。不知不觉中,我们一起走在大学路上;我们穿过宽阔的人行道,大风呼呼地吹,这时一块黄色的指示牌闪现在眼前,上面写着止步!

沃诺·马休斯离我那么近,我深感困惑又为之倾倒。我听着他的声音,这声音曾渗入我的意识,他的声音在我耳边轰鸣。他的身高,他嘲弄的、恍惚的、质疑的眼神,他习惯性的露齿而笑,食肉动物似的参差的黄牙,两个门牙之间还有明显的缝隙。他狡诈地想别以为我看不穿你,姑娘:你的皮肤是透明的。

接下来我得考虑一个问题:我怎么这么快,这么无可挽回地在沃诺·马休斯看见我的那一刻从隐身变为显形,我是如何在这顷刻之间在对他的关注中迷失了自己;我前一刻还是个匿名的隐身人;然而下一刻,我就被迫开口、行动、显形;被迫即兴发挥,胡编乱造,像是在进行一场快速攻守的比赛,比如羽毛球比赛(我在高中时曾赢得县羽毛球巡回赛的冠军)。我的体态,我的表情,我眼睛和四肢的移动,我走路的样子,得赶上男人大步流星的步伐,我展示"自我"的方式——这一切让我惊奇,令我顿悟。好像一盏耀眼的聚光灯射向我,我别无选择,只能表演。

是的,你看穿了我,你了解我,你准是早就看穿我了。

自从那天早上受到教授的侮辱后,沃诺·马休斯就不来上课了。突然地,无法挽回地——他走了。教室的后面是他坐过的那排座位,是他几个星期来用的课桌。但现在他走了,而且不会(我似乎知道,无可奈何地)回来了;尽管如此,我还是在课上时不时地往身后瞥一眼,像是在紧张地抽搐,还不时地看时间,因为十点到十一点间的这一个小时是无休无止而且毫无意义的。没有沃诺·马休斯活跃课堂,欧洲伦理学是多么无趣,多么扫兴啊!——我不是唯一感到失落的人。即使是那些厌恶沃诺·马休斯的学生也对他的缺席深感遗憾。最绝的是,我看教授也显得悲伤,苍老了。他念着笔记,正正眼镜,清清嗓子;刺眼的光透过铝制窗框的玻璃窗照着他,他起皱的、干涩的脸庞在这耀眼的光里清晰可见。他像我一样,时不时瞥一眼挂钟底下那个空荡荡的课桌。我瞪着他,心不在焉地在笔记本上涂鸦。现在你知道你干了什么了,你这个可笑的老头。虚荣心作怪。

我别无选择,不得不对他的缺席说几句,不那么做才怪呢!沃诺·马休斯耸了耸肩,淡淡地说:"我没有注册,只是个旁听的。说实在的,这门课并不怎么对我胃口。"我吞吞吐吐地说:"现在课上很——安静,没有了你,"沃诺·马休斯说:"那好啊。我想,是我打扰大家了,"我马上答道:"哦,不——没有的事,"他坚持说:"是的,怎么不是?就是这么回事儿:我总是多嘴,"我急切地说道:"不,是你让课堂活起来的。"听了这话,沃诺·马休斯的齿间发出奇怪的吮吸声,好像在吸唾沫,这种怪里怪气的嘲笑声像是在表达强烈的怀疑,我从未听见过。他侧过脸对着我,咧嘴笑道:"那么现在没有了我,课堂就死气沉沉了,嗯?"不知不觉中,他富有逻辑性的语言已经把我逼到墙角,我不得不说:"是的。"

沃诺·马休斯并不是想送我到大学医疗中心,而是医疗中心碰巧和他要去的地方在同一个方向(是巧合,是偶然)。我们就这样一起走着,街上的人会扫我们一眼,可能以为我们是一对,不同种族的一对,这样的情侣学校里有几对;不多,因为属于有色人种的学生不多,但有一些。我背着一个行李袋,很担心它会蹭到沃诺·马休斯,但是我又不想换到另一个肩背,因为那样我们就不能保持距离,他就会误解,或全然明白。我们都不说话,他又吹起了口哨。我有时注意到沃诺·马休斯常常吹着口哨在校园里大步行走,穿过缓步前行的一群群学生,学生们像一个个分子一样,向两旁散开,让他过去;他皱着眉,面带微笑,若有所思,目光却不停地移动,没有片刻的安宁——你觉得什么也逃不过他的眼睛。这个男人真高,有六英尺三英寸或四英寸;他也真是瘦,像一把刀片;漂亮的脑袋相对肩膀和身体而言大得不合比例,似乎他身上其他部分的生长都赶不上他智力的发展。他的左肩稍稍突起,好像带着旧伤,负痛行走,却从不放在心上,事实上他精力充沛,神采飞扬,鼓起肉墩墩的紫红色嘴唇,吹着口哨。我这样一个天真的人不会去想这个男人快活是不是因我而起?男人的快活是否总包含着性的因素?紧紧扣在他脑门上的是一顶肮脏的深蓝色的针织帽,上面有白色的星状图案,像是手工做的;绕在脖子上的深红色围巾也有点脏,在风中飘动;土黄色的羊皮夹克敞开着,拉链已经坏了;双手裸露在华氏十度的严寒中——他的手套弄丢了。沃诺·马休斯是那种年纪稍大,有紧迫感的学生,心思全在思考上,考虑一些神秘的紧迫的事情,没时间顾及穿着打扮;我想在别人眼里我可能也属于这种人,很久以来我一直不太注重自己的"个人形象"——也就是我的"外表"——但是最近几个礼拜,我努力地使自己的外形有所改善,因为你得让一个压根儿没有意识到你的存在的人看见你。

在医疗中心大楼前沃诺·马休斯和我挥手道别,然后继续大步流星吹着口哨往前走;我茫然地走进楼里,装作有事要办;在走廊里踱了五分钟,十分钟后,我才斗胆折回街上,时当三月,大风阵阵,一片灰白,散发着珍珠的光泽。我回到街上,踏上大学路,发现沃诺·马休斯还站在那里,等着我,我大为惊讶。

他咧着嘴冲我微笑,眼里闪着俏皮的光芒,露出牙齿,说道:"事办好了吗?"

9

十八岁那年,我离开了纽约斯特里克斯维尔的家,不知道我是谁,又会成为谁,只知道我不是谁,将来不想成为谁:直到那一刻,我就知道这些。在锡拉丘兹,我机缘巧合地用碎片拼凑成完整的个性;就像祖母用碎布胡乱拼接起来的被子。你不会对碎片追根究底,只会关心如何精明地使用它。

我从哥哥迪特里希(高中一毕业他就当了海员,之后才回农场)身上,学到了如何保持尊严,从高中历史老师身上,学到了如何礼貌地质疑别人的话(事实上,我想有时我并不礼貌),从高中最好的朋友琳达身上,学到了如何做"好人"——"宽宏大量"的人——而又不显得傻,从路德教牧师成年的女儿身上,学到了如何用谄媚的貌似真挚的大眼睛,而不用我那双天生迷离的小眼睛看人;从父亲身上,我学会了习惯怀疑,一个失败者对所有比他富裕的人,或是看似比他富裕的人所持的怀疑;还是从父亲身上,我学到了一种矛盾的冲动,父亲好打牌嗜赌,这是不计后果的乐观主义的佐证。赌徒的哲学很简单。既然希望渺茫,不如全拿出来赌一把。

在锡拉丘兹,我有那么多的新榜样。至少可能是新榜样。

吐字清晰,循循善诱的教授(清一色的男性),分散住在大一宿舍里的学生,我只知道他们的名字,还有许多卡帕的女孩,现在她们在校园里看见我时,摆出毫不掩饰的憎恶表情怒视着我。

（想象力比较丰富的会员传播着异想天开的谣言，说我有"先天性麻风病"，"种族背景复杂"，"打扮令人作呕"，"自私"，不乐于助人，在卡帕校友面前"精神崩溃"。在这些骇人听闻的谣言中，最后一条确实不可宽恕。）我所谓的个性只是自己笨手笨脚穿上的戏装，脱的时候也是无意识的，困惑的；它随环境而变，就像船舱里没有固定住的货物。高中时，我会时不时竭尽所能去做一个"乖巧"——"正常"——"招人喜欢"——"受欢迎"的人。高三时，我曾当选为副班长，我怕极了，不敢接受这一职务。我无法解释班上当选为班委的那个好姑娘，阳光公民并不是我，只是一个我没有料到会成功的实验结果罢了。

我拼凑起来的这些个性从来维持不了多久。我就像草草缝制的被子一样，时不时地裂开。有时候，虚脱来得很快，伴随着疲劳、作呕、失眠，我头发晕，却也净化了我的灵魂。有时候，虚脱来得更彻底，而且越来越频繁，伴随着一时的癫狂、紧张，继而就是生理上的衰竭——我把这病称为"流感"，或者是大学生里的流行病"单核白血球增多症"。我十分虚弱，卧床不起，消沉沮丧，无法正确地读写，也不能流畅地思考；尽管我不怎么吃东西，但腹泻还是把我的肠子搅得疼痛不已，一点食欲都没有，浑身发热，头痛欲裂；但是虚脱也带给我一种奇怪的慰藉，一种剧烈的、酸溜溜的快感；因为我不得不去想现在你知道你是谁了，现在你知道了。这想法纯粹、简单、美丽，像是从肉堆里取出的发光的白骨。现在你知道了。但我仍然活在恐惧之中，害怕有一天我会彻彻底底、无可挽回地支离破碎，我会丧失力量、意志、决心，丧失重振自己的信念。

我从不怀疑其他人，那些我钦佩的人，都是一个个坚实的整体，而不像我，是用废料和碎片拼凑而成的。我从不怀疑他们天生优越，我只能尽力追赶。当然也有像我这样的人，私底下，我觉得与他们情同手足。沃诺·马休斯不上伦理学后的一天早上,教授正在伦理课上声嘶力竭地讲授"善与恶这个永恒的主题"——"人性分裂这一悲剧"——还有那些诸如奥古斯丁、斯宾诺莎、康德、黑格尔等伟大的思想家对这个"问题"的见解;对我而言——这个男人的话是那么空洞,那么不连贯;没有了沃诺·马休斯的回应,这一切几乎都失去了意义。耀眼的寒光透过讲台边的铅框玻璃窗如此冷酷地落在这个逐渐老去的男人身上,他的皮肤看上去好像快要碎裂,他勇敢而充满希望的双眼仿佛即将溶解成水。我听着这个老男人的声音,他自己肯定也听着这声音,我的心头涌出一股矛盾的情感,还有怜悯:他的生命正在走下坡路,就算沃诺·马休斯不走也于事无补。

　　为了赢得沃诺·马休斯的注意,我意识到我得在他面前展现自己,使自己"有吸引力"我必须重塑自己,于是我去城里买二手衣服,选了些自己从不想穿也不敢穿的东西:一件老款的莱姆绿麂皮夹克,只是在袖口和手肘处稍稍有些磨损;一件起皱的红色长袖真丝上衣,穿上它,我瘦小的身体就像爆炸了一样;一条比我的尺寸大上几号的格子花呢裙,不过用料精美;一条柔滑性感的黑色亚麻裙,V字领,下摆垂顺,裙边松散。我从三到五美元的衣服堆里拿出一件针织衫、一块纱巾、一条由银饰串联成的腰带。每件东西的价格都是一减再减——比如说,那件麂皮夹克的标价从九十五美元降至四十三美元又跌到十九美元——真是划算;这些衣服质量上乘,如果是新的,我绝对买不起;但是,即使成了现在这样的便宜货,我还是力有不逮,只好向宿舍里的女孩们借钱,我甚至怀疑自己有没有能力偿还——我已经不顾一切,不知廉耻了。而我的头发也长得不太整齐,一团乱糟糟的波浪形卷发披散在肩头,得打理一下:修剪,造型,"做新款";一个星期六的早晨,我不知不觉地来到社区里的美发沙龙,花了十二美元在头发上;我惊讶地盯着镜子里那个变了样的女孩,美发师(一个浓妆艳抹,富有魅力的女人,如果母亲还活着,应该和她差不多年纪)高兴地说:"漂亮些了,嗯?"

10

"'阿尼利亚'——陌生的名字。从来没听说过。"

沃诺·马休斯皱着眉头,像一个怀疑论者一样习惯性地眯起眼睛,说出这个名字,似乎对它有些疑惑。

我什么也没说,那一刻就这么过去了。

在幽暗浪漫的咖啡馆里,沃诺·马休斯谈的几乎都是哲学。这才是他真正的热情所在。这也许是他唯一的热情。如此强烈的投入和专注令我兴奋,因为我也有这样的感觉,或者说差不多有这种感觉。凡是转瞬即逝的情感的东西,我都不再信任;那是一个表面不断移动,不断坍塌的世界;那是父亲烟雾缭绕的世界,消失在祖父母老农舍的天花板里;那是一个用钟点计时的世界。我为我们共用一种语言而兴奋,为我们共有一种信仰而兴奋。我几乎可以认为,我们好似一对。恋人。沃诺·马休斯在这儿很熟,他似乎并不介意别人亲热地叫他的名字;这些人对我来说都是陌生人,听到他们这么随便地叫"沃诺",而沃诺·马休斯笑着挥手打招呼,我感到刺激、奇妙。在一堵铅灰色四方形锡制墙壁旁,我们坐在一个隔间里,桌子黏黏的;沃诺为我俩点了咖啡——口味浓重的苦杏仁黑咖啡,我以前从没尝过这种咖啡;咖啡因穿过我的脉络,快得如同射向心头的箭;我心跳加快,眼球也开始跳动。好似。恋人。很久以前我曾断然地告诉自己对性的向往与个人感情无关,虽然看上去好像有关,其实是无关的;我认为对性的向往是一种盲目繁殖的本能。

对于我的名字和背景,沃诺没有再多问什么。在极度紧张的状态下,我感到他的声音既有侵略性,又具诱惑力,他用这声音就哲学问题向我发问;在他看来"像你这样的女孩"会对哲学感兴趣,可真是奇怪,"几乎没有女孩"会这样。他说到了亚里士多德、笛卡尔、莱布尼兹、斯宾诺莎。他对维特根斯坦和卡西尔特别有兴趣。"万物构造和运作的法则"——沃诺认为这是唯一真正值得人类关心的问题。刚进大学的时候,他曾想成为一名教师,但不久他就发现课程非常空洞、愚蠢,乏味至极,这使他憎恶;于是他退了学,进入一所神学院,希望攻读神学,找到一条通向上帝的道路,致力于发现上帝,这对人类将是多大的贡献啊,可是不久他又发现迷惑的矛盾的上帝——"'耶和华',像人类一个可笑的噩梦的集合体",只是个凡人罢了,这令他更为憎恶。所以他又回到大学,修人类学课程,但不久他又发现自己无法忍受历史——"什么是历史,无非是偶然,是一堆意外。"大多数意外是血腥的,历史主要就是战争,是对人类残酷行为做出的骇人听闻的记录,残酷和无知,要不就是残酷和恶意的伎俩;不同等级,不同信念,不同语言的蚂蚁,无休无止地互相打斗以争取统治地位,争取小小的蚁穴,人类也不比这些蚂蚁理智;什么是政治,不过是疯狂的利己主义和侵略,即使是当今的人权运动,也背离了哲学探寻事物本质的纯正初衷。沃诺说人权运动这几个字时语气完全中立,不偏不倚,好像这是个外国的词汇。"每一年,每个运动都是千篇一律的。"沃诺说,他皱着眉头,似乎在警告我不要打断,也不要反驳,因为哲学家都练就了一身辩驳的本事。"只有超越时间的真理才可能意义重大,才真正意义重大。"沃诺的语气很强烈。一个诱惑的声音,一个答辩的声音,一个富有逻辑,充满理性,信念坚定的声音。这声音有如爱抚，听得我浑身发软，手指不由得紧紧地把住了咖啡杯。沃诺·马休斯的大脑袋，黑脸孔；他的眼里映出彩虹上方苍白的新月。他温暖躁动的体味混着刺鼻的咖啡味涌进我的脉络，汗水在我艳丽的衣服下渗了出来。我在一家自助餐馆有份工作，这次我要迟到了，我根本不会去了。虽然我镇定地想我可以离开。我可以站起身来，扭头就走。随时都可以。

后来我们出了咖啡馆。外面很冷，我眨了眨眼，泪水粘住了我的睫毛。沃诺·马休斯带着我——去哪里？我们一定说过要去哪里。他一定邀请了我，而我也一定接受了邀请。他就走在我身边，靠得很近，不时地轻轻推我。他的手指抓住了我那件绿色麂皮夹克的手肘处，好像我们似曾相识。我们到了钱伯斯街。我们走下结了冰的人行道。我可以转身逃跑。随时都可以。不合时宜的是，我想起了我的卡帕姐妹克里丝；据传，她醉醺醺地走上男生楼的阶梯，你准能想象她当时充满爱意的饥渴模样；楼上发生了什么，多少男生和她发生了关系，谁都不知道；克里丝自己也不会知道，也不想知道；后来她被赶出了学校，杳无音信。我没有理由去想克里丝。我不是克里丝，我不是卡帕一员。我一有溜走的迹象，沃诺抓着我肘部的手指就会稍紧一些。"'阿努里—亚'？是你的名字？"

在那里，那幢涂了灰泥的楼房带着难以形容的猪油色。我不该认识这个地方。我浅浅地、僵硬地微笑着；我确定是我自己想要这么做的，虽然我不知道自己到底想要做什么；当沃诺·马休斯在咖啡馆说出我的名字"阿尼利亚"，在黏糊糊的桌子对面盯着我的时候，我答应了他什么。可以离开，可以扭头就走。可以逃跑。在我们爬楼梯的时候；我不该认得这楼梯，看上去我是不认得；我梦想的楼梯就是这个粗糙的木板铺成的户外楼梯，如果不是有个顶棚,它就会完全暴露在室外,楼梯开始腐烂,在我们的脚下微微晃动。沃诺·马休斯紧挨在我身后,我就在他前面;我觉得他带着我就像牧羊犬在牧羊一样。这种想法让我感到好笑。沃诺正紧张地戏说他的"驻地"——他是一个"住在地上的地下工作者"——令人惊讶的是他冰冷的手抱住了我的右腿,就揽在膝盖下方;我尽力甩开他的手,就好像这是一场游戏;这当然是一场游戏;我们把它当做一场游戏,带劲的有趣的游戏;我想他不会伤害我——不是吗?那里有一股垃圾的味道,一股烂木头的味道。我张开嘴想说些什么却说不出来,我的舌头打了结。我得离开这儿,我上班迟到了,我没有钱,我潦倒至极而且永远还不清我欠那些女孩的钱,一共八十七美元五十美分,简直就像一万美金那么多。这些事我不能说;我不能说我爱他但又怕他;我不能说我从来没有像这样和一个男人或是男孩在一起;我害怕怀孕;虽然我没有一点性经验,可是"怀孕"这个想法令我恐惧;我无法生出违背沃诺·马休斯意志的念头,他的手顽皮地抓住我的膝盖;正如梦中的那些不可思议的意念也是无法违拗的。这可能是(我想)将要发生的事却已经发生了;哲学认为理论上可能存在一个异质同形的宇宙,空间和时间都对称;一个精确界定的宇宙,它可以向前或向后运动;在那样一个宇宙中是不可能产生意志的;没有意志也无可厚非。所以现在我正走在钱伯斯街1183号的户外楼梯上,这与我梦中的情形一模一样;但是这又全然不是我想做的梦;我害怕,我感到不适;我剧烈地颤抖着,好像冷到了极点一样;我只抿了两三口的苦咖啡在我的喉咙里泛着酸味。我在想是那件绿色麂皮夹克把我带到了这里。我在想镜子里抹了口红,微笑着的女孩。我咬住嘴唇以免大笑,我认为这是一个漂亮女孩所做的,是你该知道的时候了。

这是一个"令人渴望"的女孩所做的,这是为了"令人渴望"的女孩所做的。

沃诺·马休斯摸索着钥匙,试图在别人看见我们之前迅速打开 2D 的门,然后把我推进去。这次他一言不发。

11

> 语言的尽头即是
> 我的世界的尽头。
>
> 维特根斯坦

此刻多么孤独。

多么孤单,多么孤独。

以前,每天早上七点宿舍餐厅一开门,我就去了,端个托盘,买了早饭,独自坐在靠窗的桌子旁。在那里,我可以阅读,做梦,完全与外界隔离。而此刻,我爱上了沃诺·马休斯,感到揪心的孤独,伴随着身体的阵痛和恐惧。我不能忍受独处,急切地、拼命地想和那些我几乎不认识的女孩做伴,而我以前曾经瞧不起她们,认为她们肤浅,喋喋不休,一味和善,与我毫无共同之处(或者只是我以为如此)。然而,就像我曾经在姐妹会里盲目地寻找"姐妹"一样,这次又是一个噩梦。而我真正渴望的不是那些姑娘们的陪伴,而是沃诺·马休斯。我害怕再也见不到他了,甚至当我和其他人和平共处(就算这只是暂时的)时,我也无法把精神全集中在她们身上,我当然是想着他了,只想着他;我用指甲残忍地在我手臂内侧柔软的肌肤里刻写沃诺·马休斯沃诺·马休斯。

餐厅里,我的笑声刺耳,像硬币在地上被碾来碾去发出的声音,非常尖厉。可是,我的"朋友们"一走,笑容就从我唇边消失,表情僵硬,眼里狂躁的火花也像灯光般熄灭。一个人,一个人。我挥手想打破这空虚,好似一个孤独的游泳者想在冻结的水里前进。所有的游泳者都是孤独的,在如此痛苦的灵魂深处。

一个年长的姐妹看到我脸上的表情那么痛苦,那么屈辱,交织着绝望和希望,就在食堂门口等我。她犹豫地问道:"出什么事了?你看起来这么……"——口气很得体,带着善意,不像在窥探隐私——"这么难过。"心事被人看出来,我很吃惊,像一根点燃的火柴,发作了,"我不难过,我一点都不难过。看你说的。我一直都在笑,不是吗?"我生气地说。而事实上,我大哭了起来。那个高大宽肩的女孩——我不知道她的名字,或者说我不屑去记住它——站在那儿,替我挡住了别人好奇的目光。热泪从我眼眶溢出,流到了脸颊上,鼻涕也流了出来。难道这就是激情,这就是浪漫的故事?作为一个年长的姐妹,她被我的话激怒了,就事论事地问道:"是因为某个男人吧?"她直呼我的名字,不是"阿尼利亚",而是我的真名。一般人都以为这是我的真名。某个男人!她这么说就好像用她那粗糙的手指挠我痒痒似的,太好笑了。某个男人!多么粗鲁,俗气,平庸的字眼——男人!沃诺·马休斯那么骄傲,那么才华横溢,从本质上影响着我,他仅仅是个男人?我没时间去深入思考这么一个革命性的问题,尽管这可能会拯救我。我把这个试图帮我的人视为仇敌,厌恶地退后几步,结结巴巴地说道:"我——痛恨这种问题。我不认识你,你——你也根本不认识我。"

在这场争论以后,我就不去餐厅了。我在自己房里吃饭或压根儿不吃。

多么孤独。我想去死。不再存在。因为他拒绝了我,他拒绝接受我,把我赶走,他没有爱过我,也不想和我"做爱"。我当时的焦虑毫无缘由,且卑鄙可耻。我太无耻了。我们一走进他的房间他就把我赶了出去。这就是我为了某个男人所受的伤害,一个不为人知的秘密。

  在这么短的时间里,差不多只有几分钟,我看到的沃诺·马休斯的房间是怎样的呢?书架上的书整整齐齐,一张窄小的床,薄薄的深色灯心绒床罩草草掀开,枕头睡得很平,白色的枕套不是很干净。窗上没有窗帘,只有裂了缝的百叶窗,还有点脏。我曾从外面,从楼下注视过它。而此刻,我就在这里,在2D房间,和沃诺·马休斯一起。这奇迹是如何发生的呢?如果这"奇迹"确实发生了,那这到底是否是个"奇迹"?我脚下是磨损破旧的木地板,上面铺了层廉价的脏兮兮的毛地毯,颜色是某种霉菌的模糊黯淡的灰白色。地板凹凸不平,像我祖父那间老农舍里的地板,好像下面的大地移动了位置,显出冷漠、嘲讽的样子。如果把一只小孩玩的玻璃弹子放在上面,它就会毫不犹豫地一直滚下去,直到被墙挡住。房间的后部是个阴暗的凹室,只放了一张桌子。洗脸池也很小,像是给小孩子用的。一只很小的冰箱放在地板上。这房间不通风,散发着烟味、咖啡味、油味,男人身体散发出来的霉味,还有脏衣服、脏床单的气味。在这样憋闷的环境里,我的鼻孔张得大大的,像是要昏厥,晕眩像波浪一样扑打过来。也许我未经允许闯入了禁区,对自己的大胆行为感到震惊。这就是一个"情欲旺盛"的女孩该做的事情,这就是对这样一个女孩该做的事情。我微笑地盯着书桌,这是空荡荡的房间里布置得最精细、最有艺术性的一件家具了。它周身笼罩着神圣的气息,不可触摸,如一个祭坛。桌旁的墙上挂了一幅苏格拉底的肖像画,轮廓分明的头部,凸起的瞎眼;另一幅是一个呆头呆脑的戴着假发的男人,应该是笛卡尔。书桌本身显得冷漠，很有个性，和学校里那些窄小破烂单调的铅桌子截然相反。桌上有一块大木板，架在档案柜上，木板长五尺，宽四尺半，对任何书桌来说都大得绰绰有余。每部分可能由看不见的铁格子隔开，整齐地放着书、杂志和报纸。体积较大的放在后面，较小的则放在前面。书脊一律朝外，以便查找。一只陶瓷碗里杂乱地塞满了钢笔、铅笔，还有些用得很旧了的橡皮。一台好利获得便携式打字机伸到桌子后方，前面就空出了地方。从桌面上的凹槽可以看出打字机经常被推后，拉前，推后，拉前。机子里卷了一张纸，上面密密麻麻地印了一小段文字：

有一种假说，哲学就是通过语言"与智慧的魔力作战"，这种假设以语言的句法、内容和外形为出发点——

后来我才发现这段文字其实是沃诺·马休斯对路德维希·维特根斯坦早期著作的反驳。

沃诺·马休斯可能这时正凑着我的耳朵说话，也可能没有；他似乎在说他要帮我脱掉夹克，又似乎没说；他好像正胡乱地摆弄他那件羊皮夹克——它宽松地挂在他高大瘦削的身上，像个防护支撑物——又好像没有。他现在就要摸我了。事情就要发生了。他紧张地拉下百叶窗，把这已经破损的东西撕裂了。他低声地说了句滑稽的粗话——"他妈的！"这粗鲁、死板、愚昧的咒骂声像是另外一个男人的，不是沃诺·马休斯那富于感情的声音；似乎是另一个人，另一个更普通也更世故的男人在咒骂破裂的百叶窗，而不是沃诺·马休斯本人。可我没听清楚，也许我听到了，但不愿承认；我站在那儿，心跳加速，反复读着那段打在白纸上的神秘的文字，似乎这是个秘密，是段承载着信息的密码，而这信息只传递给我，甚至连它的作者都不理解。就在那会儿,我感觉我听到了沃诺·马休斯的呼吸,气喘吁吁地、像狗的喘气声。我察觉到一种惊慌和恐惧正从他身上如热气般升起。"你为什么跟我到这儿来?"——声音粗鲁、刺耳,有阳刚之气,像砂纸刮着带刺的木头表面;这是惊恐的声音、轻蔑的声音;不是教室里那悦耳的、性感的声音;不是充满逻辑、理性、信念和讽刺的声音,不是我在梦里听到的声音;而是一个陌生人的声音,随便什么人的声音。我盯着他,惊得哑口无言。他皱着眉,鼻梁上的眼镜歪了,镜片透明,反射着灯光(我们一进屋,他就开了一盏顶灯,灯光在脸上投下阴影,遮住了对方的眼睛,我们惊讶地互相看着,像两具受惊的头骨);他说:"瞧,阿尼利亚,你不想干那事;我也不想。"我们仍穿着外套,我还没有解开我那绿色绒面革夹克的扣子,沃诺·马休斯宽松的羊皮夹克似乎比进门前更坚定地挂在他身上。但是他碰了我,他用食指轻轻地把我推向门口,迅速地开了锁,打开门,喃喃道:"——以后吧,下次,阿尼利亚,再见——"他说不出话来。然后我就突然站在门外了,站在一个通向楼梯、有穿堂风经过的厅里。我像瞎了一样,跌跌撞撞地冲下摇晃的木楼梯。而就在几分钟前,另一个女孩曾大着胆子,颤巍巍地走在上面。我不知道我在哪里,也不知道为什么。不知道我是深受伤害还是解脱了,得救了,就像一个人从急流里被拖上岸,筋疲力尽,茫然不知所措地躺在河岸上,但他获救了,安全了。那件事还没有发生。

12

  他叫我阿尼利亚。他记住了这个名字。
  沃诺·马休斯把我从他的房间赶走了,像赶走一只流浪狗。可我却没有勇气让自己离开他。他越是鄙视我,想抛弃我——你不想做那事!——我就越想靠近他。我无法去想别人,也不愿去想别人。我狂热地渴望他愤怒的手指推开我的手臂时的感觉。他那充血、阴沉的脸,狂怒、惊慌的表情。不,你不想做,阿尼利亚,你不想做那事。
  他是在乞求我。他是在命令我。他是在指点我,也指点他自己。而他这么做,不是因为他有原则,而是出于本能。
  我由此推断,像个逻辑学家般肯定:总有一天,沃诺·马休斯会爱上我,这是可能的,确切地说,这不是不可能的事。
  或者,允许我爱他。

  阿尼利亚——这个名字,听起来有点神秘,窜到我嘴边,好像沃诺·马休斯为我起了这个名字,而不是我自己。
  因为我们所爱的人会重新创造我们。重新命名我们。旧的一切全部擦掉,不再提起。
  我自己的名字这么平凡、普通,我大声念它时,会察觉出一丝讽刺。从童年起,我就告诉自己换个名字,你会换个人。
  十九岁那年,我不再使用我的洗礼名字,但我担心,这样一来,我会不经意地否定了艾达,因为这名字是艾达给我起的。

"阿尼利亚"——奇怪的名字。从来没听说过。

是啊。你从未见过我。

我没有再去钱伯斯街1183号。更为明智的做法是我又去了咖啡屋。那脏乱又浪漫的屋子里,烟雾缭绕,还有难闻的黑咖啡味。我穿着一件绿色的绒面革夹克,复古的式样,极具魅力;披了一条又轻又薄的乳白色纱巾;头发刚用香波洗过,梳得光亮柔滑。薄薄的开裂了的嘴唇上涂了深红的唇膏。我已不再是我,而是阿尼利亚,吸引着陌生人饶有兴致的目光。阿尼利亚似乎是一个标致的女大学生,为了讨好沃诺,假装对国际象棋很好奇——"哦不,我不会下,只喜欢看高手下。"恰巧沃诺·马休斯正和一个荷兰化学家下棋(我猜想),他们常在咖啡屋下棋。这样,如果他愿意,他就可以无视我的存在,就像我无视他的存在。一个小伙子和我交上了朋友,他替我端咖啡,给我递烟;我们带着钦佩的语气轻声讨论着几个棋手。当他提到沃诺·马休斯的名字时,我装作不认识地问道:"他是谁?"我的新朋友说:"一个哲学系的博士生,都说他挺聪明的,但——"他做了个含糊的令人困惑的手势,想说明——什么呢?是说沃诺·马休斯太聪明了?还是说他的聪明名不副实?又或者指沃诺·马休斯在某些方面有点古怪?在大多数场合,沃诺·马休斯都是唯一一个深色皮肤的人,但他又必须装作这并非一个显而易见的事实。这么做需要一定的自我,所以人们会误认为他很古怪。我对这个新认识的朋友说道——以阿尼利亚的口吻,天真,戏谑,又带着点讽刺——"不管他是谁,他很漂亮。"

咖啡屋里几乎人人都在吸烟。这是一个吸烟的年代。一个弥漫着烟雾、如梦如幻的年代。墙上的马口铁打得严严实实,上面挂着放大的照片,是英勇的、如传令官似的"法国存在主义者"——

我们这个俗世中的圣人——加缪①,萨特②,波伏娃③,他们手里夹着烟,或嘴上叼着烟,透过虚无缥缈的烟雾看着我们。我不会吸烟,且讨厌烟草;一想到吸烟会污染我的肺——我是个宿命论者,清楚地知道我的肺比别人坚韧的肺更脆弱——我就十分厌恶。可我心里有一股强烈的吸烟冲动。我抵挡不住这廉价物的诱惑,就像我抵挡不住银幕的诱惑。沃诺·马休斯就在那里,点了一支烟,注意力集中在对手刚落的一招上。我看到他全神贯注皱着眉,眼睛眯缝着,心不在焉地抖了抖火柴棍,将它熄灭,随手扔进了烟灰缸。我又看到了我的父亲一刻不停地抽烟。我那不幸的父亲,醉醺醺地眯缝着眼,盯着老农舍天花板上的顶灯,傻傻地咧着嘴笑。他还摆出这奇怪的姿势,给自己拍了一张照片。他给那架老式的柯达照相机调整好快门,数到三,快门就自动按下了。为什么要拍这么一个可笑的姿势呢?又是为谁而拍的呢?这是不是证明了这个男人我从未认识过?上大学前夕,我偷偷地翻遍了祖母的纪念品,想多找一些已不在人世的父亲的痕迹。可除了那些我已经看了好多遍的东西之外,我一无所获。我思忖着沃诺·马休斯的话是对的:我们没有个性,因为我们没有个人历史,所有"个人"的东西都将失去且被否定。我暗中看着沃诺,发现他脸上的棱角比我记忆中的更分明,更冷酷,书生气十足的眼镜闪烁着恶毒的智慧之光。在一阵突如其来的轻微的晕眩中,我又一次感觉到了他的手指压在我的手臂上。在这些人中间,只有我被他碰过,只有我和他

---

① 加缪(Albert Camus,1913—1960),法国短篇小说家、剧作家及散文家,1957年度诺贝尔文学奖得主。
② 萨特(Jean-Paul Sartre,1905—1985),法国哲学家、小说家及剧作家,存在主义创始人之一。
③ 波伏娃(Simone de Beauvoir,1908—1986),法国女作家,萨特的情人,存在主义创始人之一。

亲密地接触过。我天真地祈求沃诺能赢得这局棋,因为如果他赢了,他就会得意洋洋地抬起头,他会看到我,并对我微笑。这一瞬间,阿尼利亚就会应邀分享他的快乐。如果输了,他就会闷闷不乐地笑着对他那荷兰伙伴嘀咕几句,赞美他的棋艺,厌恶地咒骂自己,然后,他会避开所有人的目光,径直走出去。他根本不会注意到阿尼利亚,就算他看到了,那也只会徒增他对自己的厌恶,促使他逃离。然而,沃诺和那矮胖子对手旗鼓相当,他们的棋局似乎永无结束之时。尽管他俩都只剩几个子儿了,但他们仍全神贯注,每下一子都需要好几分钟的深思熟虑。而我必须在十点三刻前离开这儿。事后我想这两个小时我没有浪费,我不顾一切,绝望地待在咖啡屋里,像根细瘦的残烛,无力地燃烧着,无人关注,无人知晓。如果要我证明我已丧失理智,这就是证明。唯一令我失望的是这局棋会结束,我无法亲眼看到沃诺·马休斯赢棋后开心的样子。

"沃诺,晚安。"

这话我只敢轻轻地说出口。沃诺·马休斯愿意听,就听得到;如果他不愿意,则听不到。离开咖啡屋时,我看到他抬起头,在我身后望着,皱着眉,没有笑容,没认出我,但脸上也没有厌烦或拒绝的表情。

我气喘吁吁、兴高采烈地跑回到住处。

他不恨我。总有一天,他会爱我。

我以这种方式显露自己极具戏剧性,就像突然间移开全世界所有晦暗的窗户,明亮刺眼的阳光就带着温暖汹涌而进。

我经常在学校的图书馆里观察沃诺·马休斯,隔着一定的距离。在这样一个繁忙的地方,要观察一个人并非难事,也不会被发现,或者说不易被发现。我有许多很好的理由可以在这图书馆的三楼四处走动。这里是哲学、宗教和神学的领地。在认识沃诺·马休斯之前,我就花好几个小时在休息室阅读哲学方面的杂志。休息室很小,只有一张脏兮兮的长桌和几把椅子,经常被哲学系的研究生占据着(他们很容易识别,因为都比较老成,一副倦容,胡子拉碴,头发灰白,似乎为了探索真理,他们已奋斗了几十年,几个世纪。他们的脸就好像干旱的土地一样,变得干瘪)。每当翻开《伦理学》、《玄学报》、《哲学评论报》,我都会激动不已。没有比这更令人兴奋的了。甚至托马斯主义者也能令我着迷。在爱上沃诺·马休斯以后,这期刊室的魅力就没这么大了。当然,这里能让我更接近沃诺·马休斯,这令我兴奋。我对沃诺·马休斯的座位了如指掌,就在那排指定给高年级研究生的十五个座位中。在这至关重要的晚上,我穿了件淡黄色的安哥拉羊毛衫,一条在我臀后晃来荡去的褶皱格子花呢短裙,它太大了,但很时髦(我这样安慰自己),别人看起来会觉得刻板规矩,但我相信这样穿挺有魅力的。看镜子时,我看到自己那张略带兴奋的脸已变得迷人妩媚,头发虽然已好多天没洗了,但我精心地梳了个极具挑逗性的发型,这还是以前卡帕姐妹教我的;脸部表情也合乎标准,是一种沉思的表情,但不是那种刻意的忧郁,也不是令人讨厌的欣喜快活。似乎有个声音在宽慰我,鼓励我:你值得让人爱,你不是一个小丑,一个白痴,一个捡垃圾的人,一个不知羞耻的妓女,想把自己交给这个男人,却甚至不知道如何把自己交出去。自从沃诺·马休斯把我带到他的住处,又在短短的令人窒息的五分钟内把我赶走的那天起,已经过了十三天了。这十三天充满了羞愧、悔恨、耻辱和希望,那是一种哆哆嗦嗦的希望,像条狗,一看到主人就开心地呜呜低叫。这十三天里,每天早上我都从棺材般的床上醒来,不是筋疲力尽,心情沉重,无法起床,就是处于极度亢奋癫狂的状态,心怦怦跳。

他让我如此快乐。我能生存是因为他准许我生存。在这种神经高度紧张的状况下,我灵感突发,写道:我最外层的皮肤已被剥去,现在,空气把我伤害,将我唤醒。

有一天,这狂热的梦会被记录下来,写成体例严谨的散文,这是我的"处女作"。在这如此激动人心的时刻,这作品就像许多光年外的银河系,遥不可及,无从预见。

我沿着那排座位走着。到了,沃诺·马休斯的位子!当他抬头看我的时候,我故意装作和他是不期而遇的样子。我穿着刻板规矩的衣服,涂着粉色的唇彩。沃诺·马休斯对我微笑,然后我也笑了。微笑在刹那间跃上我俩的嘴角,像一根点着的火柴。

他的声音低沉严肃——"是你,'阿尼利亚'。这么晚了,你在这儿干吗?"

他直勾勾地盯着我。漂亮的睫毛,大得出奇的双眼在书生气的眼镜后面显得疲惫焦虑,却又炯炯有神,似乎那眼球想穿过眼窝跃跃欲出。显然,他知道(他知道吗?)我在找他,但他却没把我赶走,也没有不高兴。我热切地思忖着:他可怜我,因为我需要他。就像一个人正要抬腿踹他的狗,却忽然停住了动作,因为他看到在狗闪亮的眼睛里,有爱的力量,有承受伤害的力量,这力量使他不愿再给它痛楚。我注意到沃诺看我那件褶皱格子花呢短裙的眼神。这条裙子曾属于某个美国女孩,她的父母那么爱她,给她买许多名贵衣服。我也注意到他看那条安哥拉羊毛衫的眼神,它紧紧地贴在我瘦小的胸前,像小孩的衣服,也许它以前确实是某个孩子的。我开心地笑着。我在这儿!让我爱你吧!别拒绝我!否则我将无法生存!我故作平静地告诉沃诺·马休斯我经常到这儿来学习,这是图书馆里我最喜欢的地方。早在大一时我就发现了。

"特别是这个期刊室。我一走进这儿,看到——大概是《玄学报》吧——我就知道我属于这儿。"

沃诺笑了。他没理由怀疑我,但他装作并不相信我的样子。他合上那本正在看的厚书——对维特根斯坦《逻辑哲学论》的评论,把它推到一边。

13

"很晚了,我送你回家吧。"说完,他又加了一句,"你家。"似乎是在提醒我。

"可那不是我'家',只是我待的一个地方。"

"任何'家'都只是'待的一个地方'。这是它的本质所在。"

我们一起走出图书馆。一阵湿漉漉的风迎面吹来,不温柔,也不浪漫。我喜欢这种风,因为它能令沃诺·马休斯有想保护我的感觉。他在我旁边好奇地看着我,似乎饶有兴致。但他没碰我。

我想倾诉,一连串的话。我想说话,好让沃诺微笑,或大笑。可我说不出来。心脏剧烈地跳动着,就像有时候在梦中那样。

我也在读维特根斯坦。不存在哲学上的疑问,只有语言上的误解。是这样的吗?如果是,那为何还要如此长篇大论地去论证它?我知道沃诺喜欢这类哲学,简朴,严密,高度怀疑。没错,哲学家应该持怀疑态度(其他人都不会这样。人类太轻信了,就像一个巨型婴儿,对任何乳头都来者不拒)。在一个像沃诺·马休斯这样的人面前,少说话是最明智的。看得出,沃诺只爱不大说话的女人,因为语言会让我们脆弱,会暴露我们。沃诺之所以喜欢沉默是因为他可以随意地打破这沉默。过了很长时间,他说道:"你真是个奇怪的姑娘,阿尼利亚。可你是知道的。告诉我:你要什么?"

"——我要什么——从生命中?还是——"

"不,姑娘,是从我身上。"

话已出口。

这不是打趣话,也不是性玩笑。这男人正神气活现(我无奈地看到),刀刃般瘦削的身体悠闲自在,头部倾斜的曲线恰到好处。他吹起口哨来,声音轻轻的,不成曲调。你看得出这是个激怒长辈的好办法。或者转转他的眼珠子也不错,那是被白色包围的黑人的大眼珠。一只手工织的帽子低低地压在他的前额上,压出了皱纹。对这张脸的文字说明可能是通缉。

我很吃惊,却不动声色。我像研究问题似的分析自己对这个男人的痴迷:这是个令我俩都无比着迷的智力题。我们都是哲学系的学生,一起追求普遍真理;在这追求的过程中,我们要摒弃神秘的诡计和花招。哲学是什么?不就是永不停歇、不屈不挠地发现问题和"解决"问题吗?我知道沃诺·马休斯的意思很明白,他是在问你能从我身上得到什么你以为我能给你的?而你又能拿什么来回报呢?

那时正值四月初,可是雪还残留在地上,像一条条肮脏的聚苯乙烯泡沫塑料。我们低着头,迎着风走,一言不发。沃诺·马休斯给我提出了这个问题,而我无法流利应对。事实上,我根本无法回答。他的口哨声虽然很友善,但同时也拉开了我们的距离。风在我们周围狂啸,像翻滚的思绪。我微笑着想如果现在那个曾经想调戏我的男人看到我,就会不得不重新认识我了。如果让我的卡帕姐妹们看到,又会如何呢?

沃诺·马休斯没询问我的意见,也没向我解释,就带着我向阿伦街走去,去那个叫唐尼的酒吧。他是带我去那儿吗?我们是要一起去那间嘈杂拥挤的学校酒吧吗?像一对恋人那样?沃诺·马休斯和他身边的比他矮一头的白人小姑娘?在那烟雾缭绕的酒吧里,所有的眼睛都看着我们。很明显,许多人的注意力都转到了我们身上。这是种不由自主的本能反应,并非窥探隐私。当然,沃诺·马休斯毫不在意。他已经习惯被看,或被盯着看。他已经习惯让人注视。

沃诺·马休斯轻轻地把我推到酒吧的后部,来到角落里的小间。古老的木墙上画着橘黄色的锡拉丘兹三角旗,剪贴的报纸,**锡拉丘兹勇士击败康奈尔**。我从没来过唐尼酒吧,但卡帕们是很喜欢这儿的。当沃诺到吧台去拿酒时,我发现几个卡帕在看着我。她们看看我,又看看别处,身边坐着她们兄弟会的男朋友。哦,天哪,看,是和谁在一起啊。我有种冲动,想挑衅她们,证明我是清白的。她们早就认为我是个坏女孩了,现在的情景就是证明。

沃诺·马休斯终于拿着两个盛满啤酒的高玻璃杯回来了。他一直等在吧台,但那侍者很忙。最后,终于轮到他了。他回到座位。这是我第一次知道啤酒的味道,我的嘴有种被烫到的感觉。苦苦的、阴湿的气味。我想起走了的父亲,他从酒精里提取这甜美的毒药。沃诺·马休斯边喝边笑。他咧着坚固洁白的牙齿笑,但不是冲我,而是——"这地方,你知道让我想起什么吗?"我摇摇头,凑上前听他说话。胳膊下的桌子是用旧木材制造的,两块粗糙的木板上了清漆,有暗暗的光泽。桌上刻满了名字的首字母,还有用墨水写的句子和香烟烧过的痕迹。"叔本华①,意志,意志的胜利。"他指指周围的人群,他们尖厉的叫声和笑声刺破烟雾。我惭愧地说,我不是很了解叔本华。沃诺·马休斯耸了耸肩,似乎在

---

① 叔本华(Arthur Schopenhauer,1788—1860),德国哲学家,唯意志论的创始人,认为意志是人的生命的基础,也是整个世界的内在本性,著有《作为意志和表象的世界》《自然中的意志》等。

说,如果我了解的话,那才出乎他的意料呢。沃诺·马休斯真是个天生的老师,牧师。他不是说过他曾经就读于神学院吗?他谈起叔本华以及他与这位哲学家之间的"分歧"。叔本华认为个体只是种现象而并非独立存在,他对此不敢苟同,但是他同意叔本华所说的在斗争、做爱和生殖方面,个体只是物种里的工具——"愚昧无知的个体"。他二十岁时,是哲学开阔了他的视野,哲学是"碎冰锥,是解剖刀",哲学是用来分析、解剖、清理创口和理解的外科工具。我听得津津有味。我从来没有听过别人说话如此激情澎湃。而且是对我说。若我不是已经爱上了他,那么现在,我就会爱上他,就在这几分钟内。我为他着迷,被他的声音,他的才华,他纯洁客观的信仰所吸引。这就是他的声音,在这酒吧最繁忙的时段,夹杂在一片醉醺醺的嘈杂声中。他说,他多么渴望有一种"思想的生活",渴望清晰、纯净、闪光、无畏的思想来照亮黑暗的历史和时间。"宁愿世界消亡,也不愿让自己,或任何人,相信一句谎言——伯特兰·罗素如是说。他一开始是维特根斯坦的导师,后来他们成为对手和敌人。"他沉默了,而我却找不出任何有意义的回答。我试着微笑,也没有成功。我被他震慑住了,就像一个游泳者纵身跳入河中,却不知大地正迅速后退,也未意识到回浪是如此巨大。沃诺·马休斯看我一脸迷茫,就说道,这很具讽刺意味,是吗?他接受教师的培训,却没有教人的耐心,至少没耐心教大学生。要是能找到别的谋生手段,那他也许就不会教书。维特根斯坦就是一个例子。他做过一段时间的园艺工作,手工劳动能缓解长时间思考带来的疲劳。反正,他不在乎贫穷。他——沃诺·马休斯,已经习惯贫穷。父母很早就去世了,家人四海飘零。他自己从不打算结婚,更不想有后代。他说他没有兴趣去保存他那珍贵的基因,或人类这个物种——"没有他的贡献,他们一样能继续繁衍。"

然而,我的第一反应是悲伤。

我说:"哦,我明白。"

他意味深长地笑了,但愿不是在笑我,于是我就跟他一起笑。我看出来,他是很爱笑的男人,只是没有很多笑的机会。因为哲学研究并不好笑,也不会有任何欢乐;对无限和终极的哲学探究容不得尘世死亡的气息,同样也容不得欢笑;这是一个严肃、冷静的职业。我想我要让他笑。此刻的眩晕催生了我这个想法。我大口地喝了几口啤酒,差点吐出来。是的,我要让这个男人笑,我不要成为一个减少而不是增加男人欢笑的女人,我不要让自己一辈子只是个女人。我立即告诉沃诺我的真实想法:我同意他的观点,我不要结婚,也不要有孩子(但是,是这样的吗?艾达结过婚,也有过孩子)。沃诺满不在乎地笑笑说他从没遇到过一个不想做母亲的女人——"如果你能明白的话,她的心肯定是想的,或另外一个器官。"

我激动地说道:"有例外的。"

"任何例外都不能'证明规则',只会推翻它。"

我无法跟上他的思维,就淡淡地笑了笑,举起了杯子。沃诺喝完他那杯,又到吧台去要了另外一杯。我坐在那儿,沉浸在他的话语里,茫然不知所措。他是在夸我吗?他认为我是个例外吗?

现在的我们是一对了。人们都这样认为。

此刻,想起我曾在卡帕楼无意中听到姐妹们说"黑鬼",我很难过。她们说得并不刻薄,也不带恶意,是就事论事的口吻。宿舍里有个杂工是黑人,是"黑鬼"。基督姐妹会都自动排除这些类型的女孩子:"黑鬼"和"犹太人"。

而我,这个微不足道的犹太人,混过关了。

沃诺·马休斯却是这样。我就是我,任何人都无法用语言将我困住。

他回到座位后,就开始换了一种说话方式。似乎,他刚刚站在吧台那儿,回头朝我这个方向看了看,不满意他所看到的。因为现在他变得敌对了,又问我想从他身上得到什么,我这是在做什么,追求他——"姑娘,别怕,就是'追求'。"我感到脸颊发烫,无法为自己辩护。我不能说是沃诺·马休斯将我拉到他身边,我是身不由己。我不能告诉他在见到你之前,我就已经爱上了你的声音,你的思想。因为这太荒谬了,他会因此嘲笑我。他盯着我,眉头紧皱,说我是不是可能太天真了,不谙世事,太轻信了?"有人会占你便宜的,你必须知道。你是个聪明的姑娘,阿尼利亚。"我听见他在说话,听见他叫阿尼利亚的声音。我异常激动,找不到任何回答的话,因为他的话不容反驳。看到自己成了一个亟待解决的问题,我很高兴,脸颊发烫,尴尬却欣喜。这就像我的那些兄弟们并无恶意的嘲笑。仅仅被人注意到,就能令我兴奋。喧闹的酒吧里充斥着快乐愚蠢的笑声。对此,我深表谢意,因为我的声音盖不过他们,不然我会很窘的。我羞涩地对沃诺·马休斯笑笑。是的,我爱你。只有这个问题令别的一切问题黯然失色。沃诺·马休斯又皱了皱眉,仿佛听到了我的想法。他摘下眼镜,用纸币擦拭着镜片。卸了眼镜,他的脸在我眼前似乎突然变得非常亲近。油光光的黑色皮肤上有眼镜的轮廓,凹陷的眼窝,睫毛很长,像孩子一样,鼻子扁得夸张(我情不自禁地想),如果长在一个白人脸上会很难看。沃诺·马休斯戴上眼镜,整理好耳后的线,他边戴边看着我,把我看得更清楚点。

他一言不发地站了起来,我立即跟上。

我迷惑不解,不知道接下去会怎么样,只好跟着他走向门口。

他穿上那件羊皮夹克,压了压头上那顶羊毛帽,也不管我怎么费力地穿大衣。这并不是他不礼貌(我肯定),他只是没注意。是该离开这儿的时候了,所以我们该走了。而穿过人群,到门口,走到外面的整个过程,只是个次要的事情。

而走到门口时,他想起了我。他停下来,让我先走。我感到他的手指轻轻地放在我的肩上,我又感觉他在赶我,对我不耐烦;那时,我并没有想到在这个公共场合,这个手势代表着拥有,就算没人注意到。并不是沃诺·马休斯想从身体上或其他方面拥有我。他是想公开表明,这是个代表所有权的手势。我能感到身后众人的目光像网似的齐刷刷射过来,那是不满的目光。我笑着走出门,来到外面寒冷潮湿的风中。这风吹在脸上,像一记耳光,让有点头昏脑涨的人振作精神。我以为沃诺·马休斯会在阿伦街和我道别,可他一直陪着我走到我的宿舍。它和阿伦街隔着几条街,是一幢古老的砖楼,像一只破旧的鞋,毫不起眼。我们都没有说话。我想不出任何有价值的话语,也不敢说。沃诺·马休斯似乎也无话可说了,可能因为有棘手的问题需要解决。在灯火通明的诺伍德楼前,沃诺·马休斯说道:"我不进去了,就在这儿道晚安吧。我想让你知道,阿尼利亚,我对你并不陌生。"他微笑地看着我一脸迷惑。我有点结巴地说道:"并不陌—陌生?对你?"他后退几步,说道:"我以前看到过你。那的确是你。在莫霍克面包房后面那条街上的垃圾堆里捡垃圾。"看到我窘迫的样子,他笑了。我在想,他是等了多久才决定要将此事告诉我的呢?我羞愧得脸发烫。我无法辩解。

"希望你不是想在我这儿捡到点什么,姑娘。"

沃诺走了。他知道我站在他身后,不知所措,呆呆地看着他大步走远。别的女孩子和她们的护花使者走过来,我无暇顾及。沃诺·马休斯穿着他那件羊皮夹克,大步流星地穿过大街,越走越远,却不回头看看我是如何在他身后凝望。

是的,我爱你,任何事情都不能让我感到羞耻。

14

我曾经想要自力更生。十四岁时,我就想赚钱了。这样我就能像我哥哥们那样宣称我在工作,我有工作了。如果父亲打电话过来,如果他要和我说话,我就会告诉他我的工作。在自己农场干活或帮祖母做家务是没有报酬的,赚不到钱,也得不到随赚钱而来的小小的荣誉感。所以,我帮几户斯特里克斯维尔的女人做家务,按当地的标准来看,她们是很富裕的。我在那儿要干一整天的活。这工作是父亲的姑婆为我安排的,她住在城里,很可怜我们这家卑微的农村亲戚,尽管她有那么点自以为了不起。在我干活的人家里,有个叫法莱夫人的,她是医生的妻子。那个暑假,七月份的每个星期六,我都在她家用真空吸尘器打扫房间,擦地板,拖地板,冲洗她在莫透街上有着六间卧室的寓所。莫透大街是该城最具威望的街道。我以前从未进过那条街上的任何一幢房子。而现在,我的心跳动着,带着怨恨,又有点羡慕和妒忌。我有几个同学就住在这儿。我从不曾清晰地想象过住在莫透街对一个人的灵魂意味着什么似乎生来就应该生活在莫透街。

住在莫透街使法莱夫人趾高气扬,就像母鸡胸前的羽毛。

在打扫屋里时,我能看到修剪草坪的男孩。其实,他并不是男孩,只是个驼背的黑人,五十来岁,咖啡色皮肤,和琼·路易差不多,也是一副鬼鬼祟祟、紧张小心的样子,手臂悬在半空,像个拳击手在练习自卫术。我能从厨房里看到他,从楼上的窗边看到他,从洗衣房里看到他,从后门廊看到他。他在法莱夫人的花床里铲土除草,从不会注意到我。他不会朝上看,专心致志地在太阳底下工作,似乎他知道,就算有人不小心瞥到他,也不会真正看他一眼。你看到的只是个修剪草坪的孩子。

法莱夫人是个挑剔、警觉的雇主。她和别的清洁女工合不来,她似乎知道,她和我之间也合不来。她总担心我可能会打碎某件韦奇伍德瓷器或达尔顿的小雕像。她阴森森地监视着脏乱无聊的我坐在餐桌旁擦拭银器:银制餐具、银制烛台架、滑稽的小奶油碟和糖钵。这些都是法莱夫人口中的传家宝。她和塞耶夫人该多么喜欢彼此啊,拥有这共同的热情。可我并不恨她,直到我从她那薄嘴唇中听到了这个词。这也是我第一次听到它——黑人的情人。她没有说黑鬼的情人,像她这么自命不凡的人是不会说这个词的。她在说到那天早上广播里播报的事情时提起黑人的情人。在佐治亚州,一些白人杀了个黑人,由清一色的白人组成的陪审团判他们无罪,以及随后来自教会领袖和政客的零星的抗议。

在法莱夫人的词汇中,这些人是黑人的情人。黑人在该城并不多见,我们县也没有"名权运动"。几年前,附近的布法罗曾发生过种族暴乱,那是二战结束后。本城不存在任何种族冲突的威胁。所以,当法莱夫人说出黑人的情人这句话时,她的声音令人困惑,就像有人说道垃圾情人或泥巴情人。我听到后,立即以我那女学生式的礼貌伶俐地说道:"基督徒应该爱每个人,不是吗?法莱夫人?"在我的记忆里,那一刻的感觉混杂着亮粉色银器光泽剂的刺鼻气味和橡胶手套的油腻恶心,以及法莱夫人脸上吃惊的表情。似笑非笑的样子,好像不确定我是否在开玩笑。她变了脸色,眼里充满受伤的神色。我用力地擦拭着一只颜色褪尽的小勺,想着怎样才能把这勺柄插进桌子的裂缝,然后使劲一撬,这漂亮光洁的红木桌就会立刻裂成碎片。可我没那样做,也没有再说一句话,也许是我的勇气突然消失了。法莱夫人离开了房间。当我们再次说话的时候,她说得简短、礼貌、冷淡。如果说她曾经试着喜欢我,想对我这个可怜的没有母亲的农家女孩表示友好的话,那么她再也不会这么做了。因为我得罪了她,或者说我吓着她了。从此以后,我再也没有受雇去打扫法莱在莫透大街上有六间卧室的寓所,去赚那每小时八十五美分的钱。

对此,我很高兴,还把这告诉了父亲的姑婆。她对我很生气,说法莱夫人已把这事传遍了整个斯特里克斯维尔,我再也找不到任何家务活了——"她说你这人邋遢马虎,傲慢无礼,还说你聪明过头,这对你自己没有好处。"

这是事实:我聪明过头,这对我自己没有好处,对别人也一样。

黑人情人,黑鬼情人。在那个时候,这个词是下流的,说不出口的,就像口交者一样,是个骂人的词。它是男人们在提到另一个男人或和另一个男人说话时的专用词。他们志趣相投,彼此理解,因为他们是男人。这个词并不是指口交者像男人,其实它是指这男人不像个男人。没有一个女人会被称为口交者,尽管这事(我对这事的概念很模糊,只觉得肮脏)并不只限于男人。那么一个女人会被称为黑鬼的情人吗?事实上,有很多女人是爱黑人的。我也发现在许多跨种族的婚姻里,女方是白人,男方是黑人。那么现在的我是一个黑人的情人吗?一个黑鬼的情人?当沃诺·马休斯的肤色对我来说已如他穿的那件衬衫的颜色或那条围巾耀眼的红色一样,不再重要。

15

奥奈达河峡谷距大学城一英里,在奥本高地的东北两侧。其上有条用粗木板搭成的独木桥,长约五十英尺。而峡谷就在三十英尺以下的地方。朝下望去,层层叠叠的岩石似乎会将阵阵晕眩卷上来。独木桥是属于市政府的,通向一片新月状的荒芜之地。从山的另一侧小路过去,是一个高高的水塔。那年冬天,我一有时间,就会经常爬上去散散步,清醒一下头脑,清理那被沃诺·马休斯占据着的头脑,将自己迷失在对沃诺·马休斯的幻想中,难以自拔地重复我们谈话的每个细节,重现沃诺·马休斯脸部表情的细微变化,记忆中的这些竟比我亲眼所见还要生动。我会恍惚地清醒过来,发现自己站在独木桥上,双手紧握着两旁的栏杆,凝望着桥下的河床;我会经常在桥上想到沃诺·马休斯,想到艾达。是什么将他们联系在一起,这是个谜。将他们联系起来的是他们的死亡对于世界的损失:一个可能死去,一个已成事实。寒冷的清晨,稀薄的雾气如根须般从溪面升起,像是神秘的呼吸。望着这团团水汽,就如望向虚空。有和无之间存在着无限。这是尼采写叔本华时的一句话,非常温柔。这是我所见过的最深刻的一句描写爱和失去的可能的话。

四月,结了冰的溪水终于融化了。黑黑的水在下面滚滚流过,像条愤怒的动脉,河道窄且深。溪流上的我倚着栏杆,不知道它往何处流去。我想我正是面对着那个方向,面对未来。若我不小心跌落,我就能知道我的身体将朝着哪个方向冲去。

16

  在这个让人情不自禁想到死的地方。一个奇迹。
  一天,临近傍晚。这是一个灿烂宜人的四月的午后,飘着细雨。我看到了沃诺·马休斯,我相信我是看到他了。他在我前面不远处,走在通往奥奈达河独木桥的泥泞的小路上。我兴奋极了,也害怕极了,因为我在这儿纯属巧合,可如果沃诺·马休斯看到我,他准会以为我是在跟踪他——不是吗?而我却是无辜的(我相信我是无辜的)。自从上次我们一起去唐尼酒吧,已经过了八天了,我向自己保证不会再纠缠他,跟踪他,像个痴迷的小女生。可事实上,我确实是个痴迷的小女生,不知道自己何时才能摆脱这迷恋。就如同在恶心呕吐的痛苦中,或发烧时浑身无力的情况下,人无法想象任何其他的感觉。我已发誓再也不丢人现眼,不让沃诺·马休斯恼怒或难堪了——我告诉自己要等他来找我,来接近我。可我也知道,他不会来找我,也不会接近我;我就像被判了死刑一样。的确我又去了一两次咖啡屋,看到沃诺·马休斯并不在那儿下棋时,我如释重负。我几乎每天都在图书馆工作,常常情不自禁地来到三楼,可我就像早期摒弃世俗欢愉的苦行僧那样,忍着不靠近研究生的专座,也无从得知沃诺·马休斯是否坐在他那靠走廊的第七个座位上。有一两次,我把持不住,从钱伯斯街1183号的公寓旁经过,可那都是沃诺·马休斯不在家的时间,而且我也没有停下脚步明目张胆地往那儿瞧上一眼,更没有在后面的小巷子里徘徊。所以,我和沃诺·马休斯同时出现在这峡谷纯属偶然,我以前从没在这附近见到他,也从未向他提起我来过这地方(如果说在我的生活中,除了对沃诺·马休斯的关心之外还有别的什么,那么无论是他还是我,都不会觉得有提起的必要)。我看到他悠闲地走上独木桥,撅着嘴巴,吹着不成调的口哨。他穿一件皱巴巴的石灰色运动衫,把肩膀裹得紧紧的,似乎太小了;一条黄褐色的裤子,也有点皱。他放慢了脚步,好像要弄明白他在什么地方。高高地站在迎风晃动的独木桥上。他把手举在额头,遮住阳光,美丽的景色将他吸引。北面,一座小山,凸起的花岗岩迂回密集,神秘莫测,像人类大脑内部的沟壑。我看到沃诺·马休斯倚着栏杆,向下望去;倚着栏杆,向下望去。我感到一阵恐惧——要是他掉下去怎么办?我顿时怕极了,走上独木桥,明知这么做是个错误,他会以为我是在跟踪他,可我身不由己。我告诉自己我可以从他后面经过,装着没认出他(因为他背对着我,正常情况下,我不大可能认出他)。他可能会看到我,也可能不会。那样的话,我们能否见面就全凭运气了。然而,我的心狂跳着,似乎连这独木桥都开始颤动。我一定不会,绝不会开口说话,绝不会暴露自己。风吹打着,似乎在嘲笑桥上的我们。沃诺·马休斯的身体大部分伸在外面,双手扶着他那副金丝眼镜,似乎担心它会掉下去。他不会注意到我的……只是我的影子可能会从他身上掠过。要是有什么人或东西在一座离峡谷三十英尺的摇摇晃晃的独木桥上从你后面贴身经过,你会本能地向后看,沃诺·马休斯回头看到了我。我看到了他忧愁的脸孔,微皱的前额,天真地想他不信任这个世界!我无法深刻地洞察到他不信任的其实是白人的世界。然而,在这令人兴奋的一刻,我们都没空去理会这些事实。我们的目光锁在一起。他认出了我,眼里闪着光芒,像一根擦亮的火柴。"阿尼利亚,又见面了。"

　　我的头发在风中乱舞,有一缕吹进口中,我把它拿了出来。沃诺·马休斯的目光落在我的腰上、臀部、腿和膝盖。他抬起眼,带着男人的坦然,眼神又逗留在我的胸部和脸上,似乎我把自己安置在这座独木桥上,离他几英尺,就是为了让他这样注视。我系着一条由银牌饰品串起的腰带,穿一件螺纹黑棉絮上衣,长长的袖子,袖口很紧,下面是条青紫色的短裙子,皱皱的印度布料,穿在我身上显得松松垮垮,像一件垂到膝盖的长袍。这些衣服都是二手货,是我的戏装。"我——我有时会到这儿来,这里很——"我想说很漂亮,但这个显而易见,不再新鲜的词儿卡在了我的喉咙里。我也无法向他说明我没有跟踪你,沃诺,我只是在我的意识里这么做。总不能因为这个怪我吧?他似乎被我弄糊涂了,也许他并不讨厌我。我们都记得上次站在诺伍德楼前人行道上的谈话,记得沃诺·马休斯初见我时那件令我羞耻的事儿。

　　在垃圾箱里捡食物!

　　可是现在沃诺在微笑,对我微笑,虽然他脸上还有一丝矜持,甚至还有责备。我们在谈些什么呢?——日常琐事。刚才我的心跳快得可笑,现在开始平静下来。仅仅几分钟前的关于死亡的念头也似乎随风而逝。在有和无之间存在无限。

　　我想我穿着这身迷人时髦的吉卜赛衣服,又变得好看了,他会要我的。

　　我想无论这种打扮将带来怎样的结果,我都接受。

　　在离乱石堆中湍急的黑水三十英尺高的地方,时间似乎停止了。

　　沃诺·马休斯脸上的变化细微,但却不容忽视。他的举止变得活泼、警觉,甚至有点不安;声音比平常大,说话的时候,会很急切地皱起前额。那天中午,有人在学校的小教堂前举行了一场要求民权的示威游行。当地报纸认为这是"外部煽动"导致的,并对此事进行谴责;而校报《橘色日报》则做了全面的报道,表示支持。那是个刮着风的春天,一道幻影似的彩虹在蔚蓝的天空中闪亮,草坪上扩音器里传出的声音让人无法集中精神,平时那儿很安静。这声音让某些学生和老师感到不安,却让另一些人激动不已。有些课取消了,这样学生们就能去参加这场游行。然而大多数课还是照常进行。校园里我看到许多黑人面孔,比我想象得多。还有一些明显不是学生的人,他们是这次游行的组织者。我从一间教室赶到另一间教室,听到有人在发表演说,声音洪亮,时不时因掌声而停下来,还夹杂着一些嘲笑声和嘘声。当然,我听说过南方的民权运动,以及马丁·路德·金和其他游行者在阿拉巴马伯明翰的一次和平示威中被捕的被捕,牺牲的牺牲。但要是别人再进一步问我,我也弄不清美国政府是在保护抗议者的权利还是在维护当地政府逮捕他们的权利。两个星期前,学校里有过一场更激进的游行示威。三十个 SANE(停止一切核试验组织)的示威者闹哄哄地纠集在一起,都是白人,且都是年纪较大的学生,故意穿得怪模怪样。旁观的学生向他们起哄,兄弟会的男生们夺过他们手工做的标语,撕成碎片。人们强烈地谴责这些示威者是"共产主义者"或者是"上了共产主义当的人"。最后,校警以逮捕相威胁,把他们轰了出去。我去得太晚,只在泥堆里找到一句标语——**为了全人类,请禁止使用炸弹**——本想把它带走,却被人拿过去撕掉了。这次要求民权的游行示威是由学生非暴力协调委员会组织的,参加的人比较多,也受到较高的尊敬。我在小教堂门前阶梯上集合的人群中寻找沃诺·马休斯,可我知道是找不到他的,因为这种公众集会是和哲学平和间接地改变世界的策略相左的。现在,站在奥奈达河的独木桥上,我觉得我决不能提这个话题,不能涉及到学校里已经发生或正在发生的事情,因为我对时政不甚了解,我很少看报,也从不看电视。和沃诺·马休斯一样,我沉浸在思想的生活中。对于这种漠不关心,我引以为豪,尽管那天我想带走一张示威者的标语以支持民权运动,因为我钦佩那些示威者,他们勇敢,能清晰地表达自己的思想,而那些镇压他们的人则显得怨毒,丑陋。我觉得沃诺不想听这些。现在,他正背靠着栏杆,手臂伸展。在阳光下开阔的地方看这个男人让我有点震动,我看到了他的活力,他的不安,他眼球周围一圈淡淡的黄色,他不大干净的眼镜。他在谈论他的工作,他在研究过程中碰到的一个新问题;他希望能从纯粹的语言学的角度去探讨"本体论证据"这个经典问题。他现在被早期的维特根斯坦所吸引,他那令人困惑的、革命性的《论文》——"被维特根斯坦吸引是件平庸的事情。但也许,他是独一无二的。"我闭上眼,看到了沃诺·马休斯床上那压扁的枕头,我能想象出它的气味,还有他头发的味道。我不记得那天我是否真的看到了他的枕头和床,还是沃诺很快改变了他对我的想法,将我赶出了他的房间,所以我什么都没看到,全凭想象。现在,我有种强烈的冲动,想依偎在沃诺·马休斯的怀抱里,将我的脸靠在他的脖子上。不,你不能这么做。你会让他觉得恶心。

  沃诺看到我在发抖,就说道:"你很冷吗,阿尼利亚?"我点头:"是的,我很冷,"这是事实。太阳被云层遮住了,快要下山;日历上已经是春天了,可在这高高的峡谷之上,空气还那么冷,像冬天。沃诺·马休斯改变了一下手臂的姿势,似乎要保护我。这是在邀请我投入他的臂弯。可我站在那儿,无法动弹,不敢确定。他问了句奇怪的话:"这就是你到这儿来的原因?"我听到自己在说:"是,就是这个原因。"他说:"对我来说,这儿是个危险的地方。你知道吗？阿尼利亚,这儿很危险。"他向下面的峡谷望去,皱起眉头,但也带着一丝满意。我轻声地说:"是的,这儿很危险。有人曾从这儿跳下去。"沃诺脱掉外套,把它披在我肩上。这是我俩之间最亲密的举动。我使劲地咽了一下口水,我的心弦被触动了。沃诺在外套里面穿了件白色的长袖衬衫,皱巴巴的,好像已经穿了很多天。这个关于白衬衫的念头是柏拉图式的。这并非一件真正的衬衫。他没有女人替他洗衣服,烫衣服,烧饭做菜;他也不要任何女人替他洗衣服,烫衣服,烧饭做菜。我明白。因为如果我是他,我也不会要一个女人。然而我心存感激,因为沃诺·马休斯还未结婚。刚开始的时候,当我从一排排的陌生人后面渴求地凝望他时,我似乎看到有东西在他手上闪闪发亮,是结婚戒指。其实,没有什么结婚戒指;他手指上根本没戒指。沃诺·马休斯甚至不戴手表,夸耀说他不是时间的奴隶。他说:"我不是一个喜欢自然的人。自然这个词被抬高了。自然就是你头脑不好使的时候寻求的庇护。我有空时喜欢到这儿来,因为这是个危险的地方。我喜欢这独木桥,喜欢透过木板往下看,喜欢风吹着它摇晃。我在这儿得过很严重的感冒。我喜欢独自待在这儿,知道在我们体内有种本能,想从这栏杆跃下;一种求死的本能,而我绝不会向它屈服。我喜欢有本领不屈服,喜欢知道自己不会屈服。我喜欢知道自己不该做什么,该做什么,如果我愿意做的话。"我紧紧抓着大衣的翻领,它太大了。我和沃诺·马休斯这么近,他说话时那么自信,我不知所措。他说:"你说的对,有人曾从这儿跳下去,但消息被压下了,因为死亡,尤其是无谓的死亡,是能传染的。每年都会有一些人'自杀',他们这么做,似乎是为了要达到某个预测数据,尽管他们对其他人的行为或这个预测一无所知。我喜欢知道,我,沃诺·马休斯,永远不会成为这些人中的一个。我做的任何事,都不会是别人所能预料的。这不是我的性格。"我太爱他了,唯一能做的就只有结结巴巴地说道:"是的,沃—沃诺,这不是你的性格。"我以前敢叫他"沃诺"吗?他盯着我,双手捧着我的脸。对于他,我是个谜。他不能确定这个谜是否值得他去探索。这时,有人上了桥,走过来。我们能感觉到他的脚步,他的重量。很奇怪,我知道沃诺·马休斯对此人的入侵不会有任何反应,或者说不会有一个正常的反应。沃诺·马休斯不是一个会因陌生人碰巧侵犯他的隐私而受影响的人。这个人走近我们,擦身而过。他穿着一件宽大的毛线衫,匆匆扫了我们一眼。沃诺根本没注意他,似乎他并不存在。沃诺吻了我,不是湿湿暖暖,充满渴求和承诺地吻在唇上,而是吻在前额上。风吹打着我的头发,我的皮肤和他的嘴唇都因寒冷而紧绷。

"'阿尼利亚',这名字也是捡来的吗?"

17

我不是一个能让女人依靠的男人,我不是一个希望被人爱的男人。

被人料中不是沃诺·马休斯的性格,同样,受制于承诺,哪怕是最不明确的承诺,也不是他的性格。以他的性格,他不会按惯例行事,哪怕这惯例多么偶然。比如:在图书馆关门之际看到"阿尼利亚",他会陪我走过深夜几乎空无一人的校园,春天浪漫的天空里下着毛毛细雨,散发着万物复苏的芳香。有时候他会抓着我的手,没戴手套的手,用力地捏,捏得我的手生疼,他却毫不发觉,继续谈他的工作,他的想法;他总说他在本体论,维特根斯坦,语言的问题上快要有所"突破"了。不过他甚至不会提前一天安排这样的会面,都是临时决定的,或看起来是这样的。有时他会打电话让我到咖啡屋去见他,可是如果我不在,他绝不会留言,连名字也不留。他每星期有那么一两次会到咖啡屋去下棋,可没有固定的时间,他的棋友也吃不准他什么时候会去。有时,他们看到我,会问,"沃诺来了吗?"我只能笑着告诉他们我不知道。"只有沃诺·马休斯知道沃诺·马休斯在哪里,也只有沃诺·马休斯知道沃诺·马休斯会到哪里去。"不过,我们碰巧见面的时候,他会显得很开心,是真正的开心。也许,我就像那座独木桥一样,并不危险,却带着不确定感。他会问我是否"有空"一起吃顿饭,好像我总没空陪沃诺·马休斯似的。我们会去一间医院旁边黑糊糊的意大利餐馆,沃诺总把手搭在我肩上,好像我需要他的指引。我们也会去唐尼酒吧,坐在后面阴暗的座位上,像所有的恋人那样低声交谈。我总在想是否我们在别人的眼里是一对情侣,他们怎么想,那我们就是怎样的。除了在咖啡馆,在沃诺的朋友中,没人注意我们,别的地方总会有人在观察我们,带着好奇的敌意的目光,这些人全都是白人。他们是情侣吗?他们俩?他们这么想不是因为在当时的锡拉丘兹没有白人和黑人谈恋爱,当然是有的(只是并不多见),而是因为沃诺·马休斯的举动太明显,太让人看不惯。也许还因为我太年轻。

大多数的日子里,我是看不到沃诺的。这些日子有其特征,就像失眠是因为睡不着觉,这些日子的空虚和不安是因为没有沃诺·马休斯。

我没有警告过你吗?别爱我,也别想了解我。

因为,要了解我,不可能。

因为个性是内在的。一个人的自我深藏不露,其他人无法了解。

18

> 爱情往往跟不上肉欲增长的速度。
> 随后,爱情的根基就变得脆弱易碎。
> ——尼采①,《警语录》

一天深夜,当我们手拉着手,心情愉快地过马路时,一辆疯狂的车——满载着醉酒的孩子,不是大学生而是当地年轻的男性白人,他们看到我们这样很生气,大声叫着"黑鬼!"——"黑鬼!"——"黑鬼的婊子!"——突然冲向我们,嘲讽似的喇叭响个不停,啤酒瓶飞过来,啤酒像尿一样溅出来。我情绪激动地记得沃诺·马休斯没有松开我的手,反而握得更紧了。"不要看他们。不要转过脸去。他们不存在。"沃诺冷冷地、愤怒地说。我们沿着石板路快步走,转过了一个街角。车开走了,事情结束了,那些扔过来的啤酒也没有溅到我们。当时我很震惊,根本顾不上害怕。但现在,我开始颤抖。沃诺也在颤抖,但没再多说一句话。稍后,我们爬上了他公寓前的木楼梯,他还紧紧地抓着我的手,低声道:"陪我一会儿。"语气不是恳求也非命令,而是陈述事实。我说,好,我留下来。房间里只亮着一盏灯。他安静地说了句:"阿尼利

---

① 尼采(Friedrich Wilhelm Nietzsche,1844—1900),德国哲学家、诗人,唯意志论的主要代表,创立"权力意志说"和"超人哲学",主要著作有《悲剧的诞生》《查拉图斯特拉如是说》《权力意志》等。

亚,把衣服脱掉。"

他神色还是那么安静,强忍住怒火,摸索着脱掉长裤,不耐烦地用力扯他的白衬衣,把衣服扔在椅子上。我慢慢地脱着衣服,手指麻木,失去了知觉。他转向我,一言不发,拇指按着我的肩膀,似乎要把我抱起来,急促的热气吹在我脸上。他把我推到阴暗角落里的一张床上,那是张窄窄的、草草铺就的床;扁平的床垫中间凹陷,枕头也很平,我曾多少次神魂颠倒地梦见过它,对它想入非非。我呼吸着沃诺·马休斯油光的头发上浓烈的气味和他身体散发出的热气,他那黑黑的弯曲的脖子,腋下浓密、富有弹性的毛,平坦的腹部,他的胯部,他的脚。他的唇第一次紧紧地贴着我的唇,似乎是想让我别出声;他的嘴比我的要大,也更饱满,更肥厚,更难满足;他的舌头猝不及防地伸进我的口中,他不要我主动迎接,他要我被他占据。他的舌尖带着寒意,成了他发泄愤怒的武器,因为那辆横冲直撞载着嘲笑我们的那些孩子的车已经消失了,而我还在。我惊慌失措,无法呼吸。我不能亲吻沃诺·马休斯,因为他弄疼了我的嘴,他的手指揉捏挤压着我的身体。我浑身无力,无法抗拒地吮吸着他巨大的舌头,品尝他带着啤酒酸味的唾液;他的嘴如此饥渴,痛苦地呻吟着。我出神地想现在终于发生了:他会爱上我的。我感到他勃起充血的阴茎抵着我的腹部,它似乎有生命,在不断地探索,渴求;我想轻声说:"沃诺,我——我爱你——"在这样充满情欲的幻想中我曾低声说过这些话,在幻想中这些话是有魔力的,能把急切、生硬、粗俗的行为转变成一种有着深刻意义的行为;这些话是祷告词,能把粗鲁、冷漠、嘲弄的事情变得神圣;我的哥哥们笑着说过这种事儿,话里带着隐讳的笑话和暗号,女孩子是不会明白的,也不允许明白。但我说不出话来,我无法呼吸。沃诺没有听到,也不想听,现在不是听我说话的时候。他弓着身子,颤抖着跪在我身上,窄窄的胸腔随呼吸上下起伏,骨头在紧绷的、汗水淋漓的皮肤衬托下轮廓分明,皮肤上闪烁着一颗颗云母似的汗珠,我想用舌尖去舔,但不能。我被他压在床上,他的一只手压着我的肩膀,使我无法伸手触摸他,更不能将手臂绕在他的脖子上。他心急火燎地脱掉衣服,把它们扔到一边;接着摘掉眼镜,双眼深陷,闪闪发光。摘掉眼镜后,我都不认识他了。那些像尿一样飞洒的啤酒虽然没有溅到我们,但把我们都侮辱了;在我们互相纠缠的时候,那些白人粗鲁嘲讽的叫喊声黑鬼回荡在这个黑漆漆的房间,沃诺·马休斯愤愤地哼了一声,似乎在说:"黑鬼!谁是黑鬼?"他的手在我的大腿中间摸索,以前从没人摸过那地方。在他的抚摸下,我的皮肤顿时收紧,好像突然感到了寒冷,或恐惧。他尖锐的手指不耐烦地戳着我紧闭的身体。无奈我生理上有一种恐惧,不自觉地将身体紧紧关闭。令我沮丧的是,尽管我很想爱他,可我还是紧闭身体;尽管我很想爱他,想向他打开自己,但我做不到。我听到他在咒骂,听到他在笑,他嗞嗞的笑声听起来像咒骂。"你——!"似乎没有更恶毒的咒骂了。"上帝,姑娘——你。"沃诺对我产生了怜悯,放开我。妈的,他别想再强迫我。他跪在我身上,只得自己抓住阴茎,迅速地上下摩擦,直至高潮来临;他的脸不由自主地抽搐扭曲,两眼迷离,看不到我,也看不到任何东西。然后,他倒在了我的身边,头挨着我的头。那会儿我咬着下嘴唇,又鼓起勇气说:"沃诺,我—我爱你。"

沃诺什么也没说。也没有动。他颤抖着,呼吸绵长,散乱。我透过潮湿的睫毛,打量着这个修长的男人,我身旁的他躺在凌乱、被汗浸湿的床上,双腿修长刚健,紧挨着我苍白的腿。我无法说出原谅我,我知道他会笑我,他愤怒的笑声会让我受不了。我们就这样静静地躺了几分钟,耳旁只有他渐趋平稳的喘息,只是平稳的喘息里还夹杂着一丝尖锐的咝咝声,那是紧锁在体内的灵魂那绝望的叫喊声;灵魂只有通过身体才得以解读,得以亵渎。

"去洗洗,从这儿走。"

这是命令,口气不霸道,也不无礼,但不可违背。沃诺·马休斯已经下了床,又变得焦虑不安。他没戴眼镜,避而不看我的眼睛,甚至也不看我的脸,我的身体。女孩的身体很苍白,在昏暗的房间里看起来很不真实。这房间似乎不再是他的了,或者不再归他一个人所有。我像一个受到冷落的孩子,默默地穿上衣服,那些扔在空落落的地板上的散乱而又受冷落的衣服,我的戏装,它们一度曾产生神奇的魔力,为我增光添彩。而现在,这魔力迅速而又猛烈地消失了。我弯下腰,捡起腰带,银制饰品发出轻微的叮叮当当的声响,像是硬币的碰撞声。我头一次想知道是谁曾经拥有这条漂亮且毫无实用价值的腰带,是我失散的双胞胎姐妹,一个有着二十三英寸腰围的女孩。要是她还活着,应该已经长大了。

我走进沃诺·马休斯狭窄的浴室,寻找电灯开关,在水槽上方,一盏没有灯罩的四十瓦灯泡亮了。镜子里闪出一张惊慌苍白的脸,一开始我竟没有认出来。这是一张既憔悴又神采奕奕的脸,带着胜利的喜悦。他的确是爱我的。想爱我。我们赤身裸体在一起。我们的身体。就算他把我打发走,永不见我,这些事实将不会更改。浴室的门是一块廉价变形的木板做成,关不严实。室内有一个积满了灰尘的洗脸槽,一个马桶,和一个淋浴间,用一块破旧的粘了胶带的塑料帘子遮住。马桶水箱上挂着一张中年男子的画像,他神色忧郁、凝重,头发乌黑、拳曲,鼻子窄得出格,嘴唇薄薄的,抿得很紧,说明此人脾气倔强,感情强烈。我认得那是路德维希·维特根斯坦,他有着"锐利"的黑眼睛,军人的作风。他穿着一件粗花呢大衣,衬衫领口的纽扣开着;手里握着一根齐腰的竹棍。维特根斯坦没有发疯,也没有自杀;他们一家命运悲惨,他坚强地活下来,单凭这一点,就说明他是胜利者。我明白为什么在沃诺·马休斯的眼里,这个哲学家是个英雄,因为他否定了命运中的一切前提,使自己重生,成为一个纯洁的、灵魂脱离了肉体的智者。更让我吃惊的是,沃诺把维特根斯坦的画像挂在马桶上面,这样他每次撒尿的时候,就会以这个既恭顺又亵渎的姿势来默想他心目中的英雄。

洗脸槽边上是毛巾架,整齐地挂着两块不怎么干净的毛巾,其中一块用得发硬了。我想沃诺·马休斯把它们挂在这里,并没想到我会看到。此刻我心绪不宁,想到这心下稍稍宽慰。沃诺肯定不会想到这偶然发生的事件,不会想到我闯入了他狭窄的浴室,站在水槽边洗漱,仔细观察白色的、有裂缝的陶瓷水槽,池边的肥皂;马桶盖无法合上,塑料坐垫也坏得不成样子,桶身满是污垢,水微微颤动,仿佛有什么东西碰了它,或者是因为整幢房子在摇晃。还有那淡绿色的塑料淋浴帘子,是从小商品店里买的,用胶带修补过,补得相当精细。我能想象沃诺皱着眉干活的情景,和他研究哲学问题时一样细致和倔强。里面的淋浴间非常狭窄低矮,我想沃诺要是不弯腰,怎么可能进去。(他当然得弯腰,不然洗不成澡)。沃诺·马休斯怎么也料不到我会看到这一切。

我洗得很快,把肥皂涂在手上,没用沃诺的浴巾或别的毛巾。我急急忙忙洗了洗腿和腹部,上面还有他湿湿的黏糊糊的精液,一块块的,成透明状。我带着惊奇和恐惧触摸着它们。男人的精液是怎么从身体里冒出来的呢?似乎能用来架在深渊上面,充当桥梁,就像结成团的棉白杨种子能散落到整个空间。我们之间已有了新的亲昵关系,无法消除,对此,我兴奋极了,尽管我知道沃诺可能会因此而抛弃我。我也知道,就算他的精子没有射进我的体内,我也有怀孕的可能,很渺茫,但我知道这是可能的。我们现在是恋人了。

沃诺·马休斯已经和我做过爱了,虽然并不彻底。我对自己的身体产生了新的柔情蜜意。我用手轻轻地捂在大腿内侧,我为自己尖尖的、硬硬的毛发感到惊奇。多么独特的毛发,多么独特的毛发遮盖的肉体;这是我身体的一部分,以前我不怎么注意,倒不是因为羞愧,而是由于我的冷漠和不耐烦,生殖器和我有什么相干,和我的性别有什么关联?然而,此刻,我对自己多了一份温柔,因为沃诺·马休斯想和我做爱,他也确实这么做了,我们将永远联系在一起。我用纸巾擦干身体。在狭窄的浴室里穿好衣服,因为我知道我必须穿戴整齐去面对沃诺·马休斯。那条镶着银制饰品的腰带很难系,我的手抖个不停。可是,我相信我将不再沮丧,或恐惧。当我回到另一个房间时,沃诺像我想的那样坐在了桌边,坐在那张我很羡慕的、比我自己的大两倍的桌子旁,上面是苏格拉底和笛卡尔高贵无欲的肖像。沃诺也已经穿戴齐整,白色长袖衬衫的纽扣一直系到喉咙,这些都是棉衬衫,他得把它们送到干洗店去洗,去熨,虽然得多花点钱,但显然是必需的。他肯定是匆匆忙忙在厨房洗的,洗掉了我们身体的味道,洗去了汗水、精液、我的绝望。他的脸看上去很有光泽,似乎洗的时候很用劲。两块圆圆的镜片闪闪发光。他又是他自己了,沃诺·马休斯。

为了和我保持距离,他点了一支烟。"好利获得"打字机已拉到他面前,似乎他工作到一半被我打搅了。一张纸卷在打字机里,旁边是一叠笔记。在那里,他才是最快乐的。他现在不需要你了。沃诺经常告诉我他工作到深夜,睡一两个小时,然后醒来,带着新想法回到桌旁继续工作,神清气爽,心情激动。这种工作方法我想想都觉得累。我没有靠近他,我知道他很想和我保持距离。我多想触摸他,将手臂绕在他的脖子上,就像恋人们常做的那样,很简单;我想亲吻他,吻他的脸颊,他肉墩墩的嘴唇;我想把我温暖的脸埋在他的脖子里,再一次呼吸他的气味,他身体散发出来的发酵的、杏仁似的、油腻的气味。当然,我不敢碰他。我知道他会退缩,哪怕我的身影掠过,他也会紧张不安。我静静地说:"晚安,沃诺。"说完我朝门口走去,自己打开锁,开了门;我不希望他觉得有义务送我回去,甚至不希望他挪挪身子。我不想让他感到有一丝内疚,我不想让他因内疚而生怨恨,我不想让他知道我的这些想法,好像我有权利想这些事。我不想惹他生气,使我们的爱陷入危险。

我的行为让他吃惊——是不是?当我正准备离开时,他转身盯着我。我在门口低语,轻轻地,害羞地,他听见也罢,听不见也罢,随他便,"沃诺,我爱你。晚安。"

我逃离了。我下楼走到一半,只听见沃诺·马休斯在我身后低低地抗议道:"他妈的,姑娘,你不爱我。你不了解我。"

19

这个睡着的男人。他的脸并不平静,带着痛苦、折磨;额头紧皱,嘴角扭曲;眼珠子在紧闭的眼皮下转动;黝黑发亮的皮肤一阵颤动,像水面上的涟漪。但愿我认为他是丑陋的、乏味的。但愿我认为他不值得爱。我像一个小孩,将指尖放到火焰上,迎接疼痛,面无惧色,甚至不相信会痛。试想,要是沃诺·马休斯不是我生活中最重要的,将会怎样?要是我不爱他,生活又将会怎样?

心会有个缺口,通过这个缺口,天地间凄惨的寒风会呼啸而过。

奇怪的是,当我凝视着熟睡中的沃诺·马休斯时——我有幸这么做的机会并不多——我仿佛觉得自己是别人,别的白种人(理论上,我属于这个人种)正盯着深刻而复杂的沃诺·马休斯,只想着他是一个黑人,只是一个黑人。多么疯狂的念头!

我渐渐相信,没有观察的人生,没有反复的自我省察的人生,不对流传下来的成见、偏见和"信念"产生怀疑的人生,是疯狂愚蠢的。在文明生活中,我们被各种愚蠢的行为包围,还自以为很开明。

那年五月,在我们这个风很大的北部城市,寒冷的暴雨下个不停,像钉子一样打在我们的皮肤上。清晨阳光带来的快乐转瞬即逝,中午时分,乌云密布,像安大略湖上的大炮朝南部移动,将雨水洒落在我们头顶。大朵浓浓的乌云预示着大雨快要下了。那是自然的孕育,自然的爆发。我爱人的皮肤燃烧似的冒着怒火。他的眼睛看着别处。他说我没有亲人,没有父母,没有兄弟姐妹;我不信上帝,我没有家,有的话,也只存在于我的心中。心安即是家。我问,那里是不是很孤独,沃诺？他只是答道不,这里才孤独。

20

"阿尼利亚！让我们来探讨一下。你说过你曾宣誓加入一个'姐妹会'——"他说这词时带着困惑和鄙视——"当时并不知道它排斥某些人的？比如犹太人、'黑人'？"

这话像砂纸一样扎人。沃诺·马休斯幸灾乐祸、动作敏捷地拿砂纸在我裸露的皮肤上摩擦。

我盯着双脚,望着地面,泥泞的碎石地面。我试着回想:我知道吗？我知道什么？那个去年的我,认识沃诺·马休斯之前的我,已成陌生人。我不能尊重她,只能对她的无知表示同情。我像个做错事的小孩,轻声说:"我猜——我当时不知道。"

"不知道！这怎么可能？"

怎么可能？我那鲁莽、昏头、草率的行为。

"我——没想过要知道。"

"对了！说到点子上了,姑娘。你没想过。"

沃诺·马休斯笑得很痛快,边笑边晃着脑袋。像一个老师被自己宠爱的学生弄得哭笑不得。那笑声就像他的指尖顺着我的身体滑动,痒痒的,疼疼的,只是一点点疼;我的身体渴望着他的爱抚,像一只渴求抚摸的小狗。这时的沃诺·马休斯是幽默的,苏格拉底式的幽默。(所有的哲学家都渴望成为苏格拉底,就算那些在原则上讨厌他,并否认他古怪的形而上学的人,也是如此)。他喜欢看到阿尼利亚这么一个聪明伶俐的小姑娘,也会时常犯傻。

为什么我要告诉他，我在姐妹会那可耻的过去，可怜的过去。大概我想跟他说说我被逐出卡帕分会几乎是全票通过的——仅有一票弃权（谁投的呢？我永远不会知道。哦，这对我不公平，只告诉我这样一个惊人的事实，却没有下文），来博他一笑。我被逐出当地的分会，而且也不能进任何别的分会。我把这些经历告诉沃诺时，隐瞒了我想脱离卡帕的迫切心情；当时我了解所有的程序，向分会官员、全国执行董事和妇女部长（她是这个协会里最有权势的人物）递交申请信，希望能退出姐妹会。我不能告诉沃诺我从不认为我的失败和郁郁不乐是因为卡帕姐妹，这都是我自己的错。她们是迷人的，易受惊吓的，灿烂的正常女人，在她们中间，我是一个怪人。如果有什么魔力能将我转变成一个真正的卡帕（也许在绝望中，我悄悄地问自己——"可能吗？"），她们是不会因为我无法适应姐妹会这种小事而开除我的。当初我出于无知，签了一些文件，并不知道它们都是合法的合同。我以前从没签过这种文件，所以就模模糊糊地浏览了一遍，没仔细看过一行。加入全国性的姐妹会是一个大胆举动，必须在金钱上履行义务；对此，我一无所知。在我恳求退会的申请信中，我说我是犹太人，当初隐瞒了事实；我说我支付不起姐妹会的费用，已经欠了将近三百美元的债；姐妹会附则不容辩驳地规定，我将继续因缺席会议而被罚款，欠债的利息不断增加，但我若不在开会期间去干活的话，我将不能留在姐妹会里，甚至没钱读书。我还说了许许多多别的理由，总之要么让我合法退会，要么让我死掉。

你是在以自杀威胁我们吗，她们惊恐万分地问我。

她们就这样把我开除了，全票通过，除了一张神秘的弃权票，我希望是多恩投的。当初是她诱导我加入姐妹会的，希望我的加入能帮助提高姐妹会成员的平均分（这希望并不是没道理的）。

塞耶夫人也被解除了合同,刚好凑在校友招待会后。

我没告诉沃诺·马休斯任何关于艾格尼丝·塞耶夫人的事。我也再没有想到过她。

不是真理的问题,而是真理的运用问题。该怎么做,才能满足欲望。

我们在奥奈达河的独木桥上散步。那天正好适合这样的散步,连沃诺·马休斯也这么认为。这是一种奇怪的心情,是沃诺式的心情。他有好消息要宣布,是登在校报上的。国家人文科学基金会给四个博士提供研究经费,沃诺·马休斯是其中之一,他将用这笔钱完成明年的博士论文。我向他祝贺,他却皱着眉,避开我的目光。当然他很开心,只是他似乎不满意自己开心。他应该去思考这小小的、不大气的快乐的根源。这种开心仅仅是专业上的,公之于众的"成功"——只和"事业"有关,和真理的追求无关。最让他尴尬的是哲学系的教授们也祝贺他,并和他握手,似乎这样一个意外的幸运也令他们非常高兴。这促使他不得不重新去评价他们。"哦,沃诺,"我说,"别说了,这是个极大的倒退。"

他很严肃地说道:"的确如此。极大的倒退。下礼拜我就三十岁了。"

我看不出这里有什么联系。我不能告诉他我原以为他不止三十岁。

五月一个宜人的下午,在学校的山上,沃诺又恢复了他顽皮的样子。我渐渐地能预测他情绪的转变了,那就像安大略湖上的天空。他认为自己是稳定不变的,是一个像康德那样和时间一样精确的人,就算行为上做不到,至少性情上可以。他认为自己是个一头扎进知识的人,就像维特根斯坦。然而,他其实是反复无常、任性善变的,和那些朝三暮四的卡帕姑娘一样。我怕他。我崇拜他。

我们一起走着,沃诺的手臂搭在我的肩膀上,把我拉向他。这样走路很别扭。我们大笑着,因为我讲这个卡帕故事就是为了让他笑的。我不会告诉沃诺·马休斯我生活里任何不好笑的事情。在被逐出卡帕后,我病倒了,发着高烧,在学校的医务室住了一天一夜,那境况惨极了。我做了一个白日梦,梦见布法罗郊区一间诊所(多年前曾有个亲戚告诉过我它的位置),母亲患了癌症,动完手术后在那儿做化疗。那是幢古老、豪华、令人望而生畏的建筑物,沿着宽宽的石阶梯上去,最顶层立着几根柱子,屋顶铺着湿漉漉的深蓝色石板瓦,大部分墙壁上覆盖着杂乱的常春藤:这是卡帕楼。原本的样子。这惊人的发现和它对我的影响就像一块砸在我脸上的巨石,我不能把这些告诉沃诺·马休斯,他正以苏格拉底式的愉快心情说道:"那么,阿尼利亚,偏偏是你承认你没有想过。"我说:"其实我想过了,沃诺,但却想歪了。""怎么会想歪的呢?""我想要——姐妹。远离家人我很寂寞,"——尽管在家里我一直都是寂寞的,不是吗?——"我想我需要姐妹,需要家人爱我。"沃诺说:"可你并不认识那些女孩子,是吗?"我点点头,"是的。"沃诺说:"你希望被爱,阿尼利亚,被那些你并不认识的人爱?为什么?"我轻声说:"我羡慕她们,远远地。我只是羡慕她们中的某些人。"沃诺说:"为什么羡慕她们?"就像许多上了苏格拉底套的人一样,我知道自己正被赶向何处,但却无法逃脱。"嗯——她们很迷人。有个性。和我有很大的不同。"沃诺说:"你是说她们长得好看?性感?"我很局促,没有立刻回答。最后,我说:"有些人。"沃诺说:"但是她们聪明吗?你尊敬她们的智慧吗?"我笑着说:"不,"他说:"她们看重智慧吗?"我说,在他沉重的手臂下,我热得很不舒服,"我想她们不看重,不会的。除非是对她们有用的智慧。"沃诺说:"怎么有用?"我说,更加不安起来,"有时候,她们有些人会让我帮她们做功课,修改论文,或者写论文——只是有时候。"沃诺轻轻地笑了,似乎他早就猜到看到了,我像瞎了一样,什么也看不到。"你,阿尼利亚,希望被爱,被那些你不认识的人爱。那些没有特别价值或任何成就的人爱。种族歧视者和偏执顽固的人。告诉我为什么。"

哦,为什么他要追问这些呢?他的声音低沉、嘶哑、性感。残忍而又爱抚。这是我最初的梦境中那个模模糊糊、并不相识的男人的声音。这是我初恋情人的声音,是他第一个刺破我的鼓膜。我一生都将听到这声音,就像听我自己血液的流动。你的初恋,他死了,你也不活。经过这场初恋,你永远不会再像那样爱别人。

我无言。沃诺坦率地说:"可是你却是那个欺骗了她们的人,阿尼利亚。你虚伪,假扮成一个并不是你的人。'阿尼利亚'——她却—不是—这样的人。"

这不是控告,而是陈述。有天晚上我告诉了沃诺我的真实姓名。可他仍然叫我"阿尼利亚"——我想他可能觉得再记个名字很麻烦。

现在我们已经离开小路,进了公园。附近有很多声音,可沃诺似乎并未听到。他又一次把我的脸捧在手中,他就这样固定住我,"看着"我。强有力的拇指拉紧我眼睛周围的皮肤,直到太阳穴。我想马上缩回去,把自己挣脱出来,如果他手指戳进了我的眼睛怎么办,如果他把我眼睛挖出来怎么办。我当然知道沃诺·马休斯不会把我的眼睛挖出来,然而我非常害怕地想把他推开。与此同时,我有一种性冲动。他轻柔的触摸,紧贴的身子,亲昵的凝望。还有那强健的拇指的威胁。这就像站在一簇高高跳动的笔直的火焰旁,无论怎样的意志都无法抵挡这火焰。"你为什么跟我到这里来?有什么企图?"沃诺说。他的话是开玩笑的,但表情严肃,好像脸上的每根神经都很紧张。他带我离开小径，可那儿仍是公共场合，在光天化日下。我像着了魔似的脚步踉跄。一阵忧虑袭上我心。我们要做什么。我感到了我们之间的距离，我们和这个地方之间的距离。这个自然的世界。这世界超出人类的语言，哲学的范畴，这里有维特根斯坦所提到的困惑，困惑是有思想的人们注定有的状态。沃诺·马休斯的拇指使劲地揉着我的眼睛，他的力量无法抗拒。我明白了猛兽是如何把猎物赶进洞里，一旦猎物看见自己被咬住，一旦它明白没有逃生的希望，它只能无力地顺从。

头顶，松鸦如丛林中的猴子发出吱吱的叫声。

21

出路。为瓶子中的苍蝇指点出路是路德维希·维特根斯坦一生的希望。而事实是,人类却不愿从瓶中出来。瓶内的一切令我们倾心着迷,光滑如镜的瓶子爱抚、安慰着我们,也禁锢了我们的经历与抱负;瓶子就是我们的皮肤,我们的灵魂;我们已适应被玻璃扭曲的视线,我们不愿失去这层障碍,不愿看个真切;我们无法呼吸新鲜空气,也无法在瓶子外面生存。

我们用瓶子般嗡嗡的声音告诉自己,一切本该如此。

22

　　古代犹太人受到敌人迫害,就从道德的角度来解释历史和自然界的偶然事件,认为一切灾难,甚至是气候或地质方面的灾难,都源自人类的罪恶。所以,当我们忧伤悲痛时,我们往往会将所发生的一切归咎于个人的道德品质。我们不再相信偶然,而是认为一切都是设计好了的。我们不愿相信我们不该受这样的惩罚。我们宁可相信有一个脾气暴躁、喜怒无常的上帝在控制着,也不愿相信其实他根本不存在。我们像孩子一样,试着去影响一切我们无法影响的事物。我们乞求上天的慈悲。我们变得迷信。我们失去了停泊的港湾,我们陷入疯狂。

　　当我爱上沃诺·马休斯后,我相信没有他,我便无法生存。我像几何学家一样头脑清楚地认识到,没有沃诺·马休斯的生活将变得支离破碎,毫无意义,令人无法忍受。那年,我二十岁,永远地告别了女孩时代。那年,我似乎觉得(有时候!)沃诺·马休斯可能也会鬼使神差地爱上我,尽管很渺茫,但不是没有可能。那年,我的生活十分脆弱,像玻璃似的随时都会碎裂。那年,我明白,我所有的愉悦、忧伤、恐惧、希望,都是疯狂的征兆。然而,我不能改变我的行为,我不想改变我的行为,因为那样我就会不再疯狂,不再对沃诺·马休斯的爱抱有希望,那样苍蝇就会放弃囚禁它的瓶子,那样我就会死。

　　我相信,我与沃诺·马休斯之间的关系并非出于我自己的意愿,也非他所愿;这种关系会像野火一样将我俩烧毁。因此,我的每一个眼神——每一个表情——每一句话——每一个动作,无论多么漫不经心——都必须有所控制。我时刻都在留意自己。我时刻都在审视自己。当我还是一个孩子时,我就懂得什么样的行为是乖巧的,得体的,高尚的,无可挑剔的,但我没太放在心上,因为最坏的事情已经发生:我的母亲已死。作为一个孩子,我只知道母亲的死和我有关;我很难知道其实母亲的死和她自己有关。于是,我以为,只要我乖巧,得体,高尚,不犯错误,就能得到沃诺·马休斯的爱作为奖赏。否则,绝无可能。没有上帝会来监督我的言行,犹太人的上帝或斯特里克斯维尔的路德教堂的上帝都不会。而且我也不需要上帝。我已一天天变得迷信。早期的先民相信幽灵和魔鬼生活在无形世界里,过分热衷于人类的事情,近乎荒唐;现在我爱着沃诺·马休斯,也像先民一样,相信有某些无形的力量在支持着我,或对抗着我,我必须要时刻注意平息他们的怒火。我不能忽视他们或者反驳他们,我不敢冒险违抗他们,我必须提高警惕,不能有冲动和一厢情愿的念头。因为在我青春年少的时候,我就第一次认识到你所期待的事便是无法实现的事。比如,我希望沃诺今晚会来找我,我们会在他的床上做爱,一旦有了这样的念头,这件事就注定不会发生。我的思想不能对我的命运产生作用,不过它们却是无所不知的。不可思议吗?但确实如此。为了避免这些无法实现的愿望,我必须严格控制自己的思想;为了避免这些无法实现的愿望,我必须严格控制自己的行为。当我阅读、工作时,我全神贯注,那样,我就是安全的,相对地安全。我学习的干劲从未像现在这样高,因为我从未有这么强的紧迫感。我知道沃诺·马休斯只尊敬聪明的女子,学术成就能与他相媲美的女子。这就是我学习干劲高的原因,取得高分的动机所在。要是我的爱人仰慕维特根斯坦,我就必须尽我所能地去了解维特根斯坦。尽管我依旧不敢奢望他会别无选择地为了我聪明的头脑而爱上我。

我必须做个乖巧的女孩。我要时常微笑,落落大方,彬彬有礼,耐心友善,即使这么做很累人,即使我的心已碎,即使我只求一死,彻底消失,从对沃诺·马休斯病态灿烂的痴恋中解脱出来,从爱情中解脱出来。

怎么了?你的脸怎么了?其中一个问道。她是诺伍德楼的,似乎是我的朋友。我受到了伤害,很生气。我怒视着她,眼里闪着泪光,像玻璃的碎片。你什么意思?我的脸怎么了?然后这个出于一番好意的姑娘尴尬地说,有时候,你的脸有点僵硬冰冷,你只用半边脸笑。

23

"阿尼利亚,躺下。"

那天他就这样催促我。那天他第一次以一个情人的身份进入我的身体。

我们做爱,笨拙地,疯狂地,在草地上,在湿软的土地上。我们就像两个陷入绝境的人,已经无法言语。做爱,只有做爱!青筋突出在沃诺的脖子上,青筋突出在他的太阳穴上;他急促地呼吸,像在奔跑,像在挣扎。他的手指用力地抓住我的大腿,挺身进入我的身体,揉捏挤压我的肌肤,事后好几天我身上肯定青一块紫一块的。以前从没感到这么疼,但我忍住不叫出声。我忍住不叫哦,沃诺,我爱你,因为我知道他期待我叫。他一件衣服也没脱,只是拉开裤裆,手指娴熟地迅速撩起我的裙子,将内裤的裤裆拨到一边,进入我的身体。就这样,就这样,就这样!完了。沃诺和我做爱时是沉默的,做完也一言不发。最后,他轻轻地长长地呻吟了一声,带着点儿惊奇,无助,甚至是怀疑。他倒在我身上,似乎我们是从一个很高的地方掉下来,不知道伤势如何。我很自豪我没有抵抗,没有因疼痛而退缩,这疼痛是明亮耀眼的火焰,我纵身扑入。我被压着,挤着,直至地下,头顶上天空在乱转,我情不自禁结结巴巴地叫着天空,白云,痛苦,爱情。

24

> 我们这些探求知识的人
> 却对自己一无所知
>
> 尼采

现在,我们是情侣了。现在,他对我不陌生了。现在,我们之间可以有沉默了。这沉默让我们忘掉另一个人就在身边。忘掉他(她)的存在。

当沃诺无聊、沮丧、烦躁时,当他无法思考哲学问题,思想像污泥一样堵住时,他就会想要一个女孩,想要一个女人的身体,他想要的人碰巧是阿尼利亚——来吧姑娘,给我唱首歌。他像骷髅一样冲我咧嘴一笑。胡子拉碴,湿漉漉的食肉动物的牙齿,不是很白,也不太整齐。我想拒绝他的要求,是什么让他以为我会唱歌呢?他是不是把我当成别人了?沃诺像一个帕夏①似的盯着我,说道,唱吧,姑娘。如果你唱得好,免你不死。于是我光着脚站在沃诺房间的地板上(满是污垢的百叶窗半掩着,窗子向上打开,好使空气流通),胡乱地唱起来,想到什么唱什么,边唱边闭着眼,唱着小时候从电台里听来的歌,这些歌词儿都记不全了,讲的是女孩子家对爱的直接大胆的渴望。沃诺大笑着,使劲鼓掌道,快点,姑

---

① 古代土耳其和埃及的高级官衔。

娘!加快节奏!把你那雪白的瘦屁股扭起来。我也笑,因为太好玩了。从我嘴里蹿出许多疯狂的歌曲片断,那些我在卡帕楼里不忍卒听的小段,是金斯顿三重唱组那愚蠢得令人发狂的曲调(卡帕里总有几个女孩在重复地弹奏它),还有通俗即兴讽刺歌:

　　嘿,来吧小妞,我们睡觉吧
　　我的小梳子可以让你爽爽——

沃诺听了这种愚蠢下流的小调,笑得更响了。当然,这是首来自加勒比的黑人即兴讽刺歌,内容污秽堕落,很有意思,我又唱起来。

　　嘿,来吧小妞,我们睡觉吧
　　我的小梳子可以让你爽爽——

沃诺起身抓住我,把我拉近,脸上的表情几乎是温柔的。
　　"姑娘,你让我觉得惊奇。有时候。"

　　欲望在男人的眼睛里燃起,如迅速点燃的火焰。
　　如迅速点燃的火焰,欲望在男人的眼睛里燃起。
　　当他无聊、沮丧时,当他心情糟透时(他很坦白地承认这一点)。
　　两种情绪:高涨和低落。他在其间摇摆,像杠子上晃荡的猴。
　　他还想写一篇关于这个的论文:高涨与低落的认识论;未来形而上学的绪论。
　　在原则上,沃诺·马休斯反对情绪。笛卡尔,斯宾诺莎,康德,他们难道会承认情绪?情绪,作为人类精神活动的一种,不存在于严肃的哲学探讨中的。由情绪摆布的人不再是一个哲学家,而是不健全的,低贱的,就像断了琴弦的小提琴手。在这种情绪下,沃诺·马休斯鄙视自己。出乎我意料的是,那时的他似乎变得不认识自己了(我一直满怀同情地观察着他,尽管大部分时间我一言不发)。

无聊沮丧!春天的空气里弥漫着各种气息,连城市夜晚的空气都是如此清新,我不由得渴望长时间的散步。然而,沃诺的思想堵塞了,不想看任何报纸头条。在我们约好见面的咖啡馆或餐馆里,他把散落在桌上的《锡拉丘兹报》推到一边,不想知道那年春天发生在阿拉巴马、佐治亚、密西西比的争取民权的游行、警察的攻击犬、三K党的爆炸事件,以及民权运动参与者的被捕事件。沃诺希望那些参与者都能平安,并取得最终胜利,但他说他可没空去理会政治和激进主义,这种激进主义,他甚至连想都不愿想。时间是一只朝着一个方向走的沙漏,他说。我没有说我认为他们很勇敢,是这世上,或历史上都无比英勇的人,因为这些想法当时还未在我脑海里成形,这些话还不在我脑子里。

对任何事物的爱都是野蛮人的行为(沃诺给我引用尼采的话,并且有所发挥)然而,欲望却更加可耻。而比欲望更可耻的却是习惯于欲望,嗜欲成性。比如奇怪的难以抗拒的情欲,沉溺于另一具肉体,似乎,在另一具肉体里,我们就能找到救赎、意义,以及对自身的认识。那些温暖迸射、充满渴望的精子,孕育着希望(即使沃诺把它们射在我的肚子上,而不是我体内;即使他在他那勃起跳动的阴茎上套好避孕套,希望仍然存在)。还有酒瘾(是的,沃诺承认如今他酒喝得很凶)。还有烟瘾(是的,沃诺确实是越吸越多了。这污浊肮脏可笑昂贵的烟瘾,导致烟灰缸时时泛滥,屋子里时时弥漫着一层淡蓝色的烟雾)。当他思绪堵住时,当他情绪不佳时,他就会喝酒抽烟。他不应该责备阿尼利亚(他是知道的!),可怜温柔一往情深的阿尼利亚。当他不值得爱,甚至不值得尊敬时,当他的工作进展不顺利时,当他得到不该得的表扬时(其中就有来自大他二十岁的导师的表扬),当人文科学的奖学金让他觉得自己工作更糟糕时——是的,他的工作令人满意,他的思想有适度的独创性(如果独创性可以适度的话),但这些创新的论文却不是他想写的;当他对自己失去信心,对哲学作为一门超越自我的学问感到失望时;当他对哲学之谜着魔,对痛苦烦恼的维特根斯坦着魔——维特根斯坦提出那些无法回答的谜般的问题只是一种延缓自杀的策略(维特根斯坦的四个兄弟中,有三个死于自杀),就像《天方夜谭》的叙述者,每晚的故事只是为了拖延讲故事人的死亡;当他不是对哲学失去信心,而是对信心这个概念失去信心时;当他鄙视所有崇拜他的人时,当他鄙视崇拜他的我时,当他鄙视备受崇拜的自己时,他责备她。男人的性欲和任何一种欲望没什么区别,那是一种直接的身体的欲望,他坚信很多年前在神学院时他就已经战胜了这种性幻想,但似乎现在又抬头了。他病态地渴望阿尼利亚,却不愿记住她的真实姓名。他进入她那瘦小的泛着白光的身体,白种女人的身体,就好像掉进一个永无止境的梦魇。他脱去我的衣服,似乎我是一个孩子。他正了正金丝边眼镜,带着学术研究的客观性看着我,眼神里透着一丝顽皮,但顽皮底下是一种奇怪的冷峻,就像中世纪木版画里的一位哲学家惊奇地凝望着一个骷髅。他拉开我交叉在胸前遮掩身体的手臂,我在他的注视下显得窘迫不安。

别装了,阿尼利亚。现在是覆水难收了。

他喃喃地说道,并不想让我听见。这些话有的带着愤怒的爱意,有的是下流话,有的是诅咒。声音嘶哑刺耳。这不是沃诺·马休斯的声音,不是我原本深爱的声音。这声音充满绝望狂暴的欲望,像堵塞的水管的声音,是被欲望及对欲望的憎恶所哽住的声音。但是,很多时候,沃诺一言不发,似乎不相信自己正抚摸着我,只觉得是在测量自己的一件物品,拇指触摸着我发际附近的一根细小血管,双手捧起我的脸,两根拇指靠近我的双眼,略带着威胁。多美的眼睛,阿尼利亚。这也是他感到疑惑的一部分,因为在我们发生关系后的前几个星期里,他似乎根本没注意到有我的存在,似乎他对我是盲的,一无所知,摸不清头脑(但是,这可能吗?)。他说你凭什么相信我,我能在片刻之间把你的眼睛挖出来。但是,当然(当然!),我相信他,虽然被他捏得很疼,直皱眉,但从不反抗。我抚摸着他的头发,我爱的头发,那紧紧粘在一起的油腻的鬈发,只有我才能抚摸。我拥着他那沉重的雕刻似的头,只有我才能拥入怀中。此时,我的情人的思维是缓缓流动的波浪,汹涌的波涛已经过去,现在是轻柔的波浪了,是温暖的浅浅的波浪。我抱着他,从斜上方凝视着他,看到他微微颤动的眼睑,里面透着生命,里面是灵动的眼睛,是活跃的想象,是发达的大脑。我知道,人们只有在如此亲昵的状态下,才会真正了解另一个人。只有这样,只有在和另一人如此接近时,我们才了解自己。赤身裸体的情侣,正如赤身裸体的母亲和婴孩。情侣间的赤身裸体就像生命之始的赤裸,不然就毫无价值,正是因为这个原因,情人们才为它寻死觅活,得到则喜,失去则恼。最后我开始说话了,此时沃诺已平息下来,眼神安详,似乎要睡着了。我轻轻地静静地说着,我带着惊奇的口气说着一些我从未见过,只是想象中的事情:明亮碧蓝的大海,在阳光下轻泛涟漪。白色的沙滩无比广阔,我从未亲身到过。细软的沙子,像糖果店的白糖。我奔跑着,温暖的浪花溅起来,一个鲜艳的呈珊瑚红的贝壳割破了我的脚。母亲从我身后跑过来,将我抱在怀中,亲吻我。我哭起来,不是因为疼,而是因为惊喜,尽管脚上一阵阵地疼起来。母亲抱着我去清洗我受伤的小脚,还亲吻它,我感觉好多了。我还告诉他,母亲还是个小女孩时,就出海远航,我看到她在离海岸一百码远的海浪中,独自站在一艘小划艇上,独自拿着一只桨,怎么会这样呢?为什么母亲离我这么远?为什么我会站在岸上哭喊着叫她?我看不清楚母亲美丽、慈祥的脸,那张脸那么脆弱易碎(也许所有的脸都是如此),像张碰巧毁坏撕裂的薄纸。我告诉沃诺关于我父亲的事。我从未见过他的身体,活着(似乎是),死了,都不曾见过。他有一张通红的阔脸,有一颗沉重的心,这颗沉重的心不堪重负。可是他曾经也有一张漂亮的脸,和沃诺那张僵硬的雕刻似的脸大不一样。他的脸似乎是没有骨头的,只有肌肉。软骨和脂肪,像是一张被故意弄脏了的木炭画里的脸。有一次,我在学校里画了一张父亲的木炭画,是凭记忆而画的。我把它带回家给其他人看,他们对我的画技感到惊奇。我又把它拿给父亲看。他大笑,摇着头带着一种我无法了解的表情说你倒是画得挺像的。那天晚上,他说还想再看看那幅画。这一次,他把它撕成两半。我一直记得父亲把他的脸撕成两半时我的震惊,和受到的伤害;我也一直记得他愤怒的笑声。但是,如果当时我哭了,那么,我的眼泪并不是真心而流,因为,我画之前就想过,我不该画的,不该画我父亲的脸;父亲的脸画得太像,把他的内心世界太逼真地显现在画上,这是一种冒犯。然而,那天在高中毕业典礼上,他似乎是爱我的。别让那些混蛋小瞧了你。我告诉我的情人,在乡间的夜晚,有时候我会突然醒来,听到外面晚秋的风中,玉米秆里有死神的声音。我听到死神进入祖父祖母的农舍,农舍很简陋,挡不住死神的进入。我醒着躺在床上,听着死神穿过楼下咯吱作响的木地板,害怕得不敢呼吸。我祈祷死神不要将我带走,不要把屋子里的任何人带走,我那三个高大的哥哥,我的祖父祖母,我的父亲,如果他在家的话。我明白所有活着的人在那样的时刻都是静静地躺着,担心死神的降临,等待它放过自己,等待它带走别人,就像一群面对捕食者而受惊的野兽只有一个本能的愿望:吃掉别人!别人!放过我!这是一个大人们不会说出口的秘密,这是一个只有孩子们才知道的秘密,却被大人忘记,这是一个连伟大的哲学家都不会说出来的秘密。因它太明显,太简单,没有启迪意义。

　　我把这些那些的事情告诉我的恋人沃诺·马休斯,这会儿他正躺在我的怀里,汗涔涔的,筋疲力尽,安详宁静。暂时的宁静。他温暖而沉重的身子毫不反抗地躺在我怀里,双眼紧闭,脸绷紧。我温柔地抚摸着他的头发,他的头,他的肩,他的手臂。我抱着沃诺·马休斯,这是我一生中最幸福的时刻,而他一度只是课堂上一个虚无缥缈的声音。我想只有那些我们配不上的事物才能证明我们生命的价值。我认为我配不上沃诺·马休斯,我知道我配不上他。我们以笨拙的亲昵的姿势躺在他那窄小的床上,褥子已经被压平了,中间凹下去,像一头承受重物的兽,压弯了背脊。床单被我们的身体浸湿了,上面满是我们的汗水。成功做爱后的沃诺·马休斯很温顺,可对于他,这成功和失败没有分别。我们可以分享这张不太舒服的床,此刻或以后的日子,但我们不能分享睡眠,我们不能分享梦境,因为沃诺·马休斯在梦中飘向何处,我不知道,也猜不到。我漂浮在梦的表面,像水面上的泡沫,渐渐下沉,又升起,又下沉,下沉。睡意蒙眬中,我的手指轻抚着身边男人的头发。终于,我渐渐入睡,明白他去的地方,我无法跟随。

25

　　若那几个月里没有沃诺·马休斯,我的生命将会怎样?若这个广阔无边的世界没有沃诺·马休斯又会怎样?那个让我寄居在她体内的女孩根本不是阿尼利亚,而是另外一人,她又会怎样?透过她那双怀疑的眼睛,看到的是何种联系,何种景象?她没有未来,没有希望吗?没有别的可能性存在吗?
　　有。也没有。

26

　　她不会说出黑人这个词。你可以看到她想说而又忍住不说黑人这个词。你可以看到她眼神如碎冰锥般锐利,想着黑鬼这个词却又迅速避开。她假意关心地说:"你和,和——和那个另一种族的人是什么关系?"她吸了口气,终于,说了出来。皱纹加深,脸上的皮肤松弛下垂,如叭喇狗①的脸,桃红的脂粉不均匀地分布,眼神冰冷,垂首低眉,显得温柔、谦恭与端庄,"他是研究生吧,我想,哲学系的,比你大很多?我听到了心慌意乱的消息,我是说我听到了令人心慌意乱的消息,××小姐——"她叫我的名字,叫得一板一眼,似乎,她以这种方式叫一个完全陌生的名字就能推卸掉她对我的责任。她说时带着一种冷峻和尊严,一副自以为道德高尚的样子。她是大学女生部长并且极重视这个头衔。我听着她的话,惊得只有沉默,一句话也说不出。很久以前,我会对我那德国祖母低声咕哝一句哦,我恨你并马上跑开,那老女人可能听到也可能没听到。然而现在,我已经说不出那样的话,我二十岁了,而且是学校里的优等生。她知道了,她知道我们在一起都干了什么,她怎么会知道的呢?一想到这个,我就感到深深的内疚。女生部已经传召过我一次了,那天是我繁忙工作日里的一天,我在上课与兼职

---

① 又叫斗牛犬,是一种短毛狗,特点是大脑袋,体壮,方下巴带有垂肉,身体结实。

（现在我在自助餐馆里做）的空当被召唤到那儿。我没时间思考，甚至没时间害怕。我已经放弃了思考任何超出沃诺·马休斯及学业范围的事情，这两者不可避免地联系在一起。因为，为了接近沃诺·马休斯闪光的思想，我的脑子也要磨得锋芒毕露；我的论文也要写得能经受得住他严厉的批评。我的专注近乎偏执，但我认为很刺激，就像在深渊上空走钢丝。死神的深渊，我对沃诺·马休斯无望的爱的深渊。就这样，我来不及思考，来不及做好准备来面对这突如其来的进攻。于是，那天我茫然地坐在那里，羞愧万分，并逐渐对女生部长慢声慢气，语带讥讽的教训感到憎恶。这是一种训练有素的语调，专门用来责骂、指责、伤害和羞辱年轻姑娘；语调里带着颤音，显示着威严，以及行使这威严的无法言喻的快乐。这是为了你自己好这声音肯定地说道。你现在这个年龄，往往不知道什么对自己好。这个学期，我已被召到部长室好几次了，每次都是痛苦的折磨。我已经申请过要离开卡帕的专制统治，但部长坚决反对任何姐妹会的成员因任何原因脱离姐妹会，无论她的愿望多么迫切。很明显，学校这样做是因为没有足够的住房提供给高年级学生，而且姐妹会和兄弟会对学校至关重要。但他们从来不提这个事实。所有这一切都被承诺、忠诚、契约、协议、忠于誓言这样的措辞掩盖了。这里盛行的行为规范是*既来之，则安之*。但部长是不会把话说得这么直接，这么坦率的。在与部长的几次极度痛苦的会面中，我试图说服这个女人我是由于经济原因以及与姐妹会的道德观念相矛盾才决定退出的，不仅仅是因为我的卡帕姐妹们讨厌并且排斥我（而且，我知道，她们也向部长抱怨过要开除我），不仅仅是因为我在她们中间感到凄惨，感到水火不容；不仅仅是因为我不是自称的圣公会教徒，而是拥有"犹太血统"，我这个非基督徒是靠谎言进入这个基督姐妹会的。我还要说明因为经济原因我不能再待在会里,并且已经债台高筑。我还要向部长出示最让我难堪的由锡拉丘兹银行公证过的经济报表。我必须为自己辩护,证明我很穷。不管有多困难,我仍然是优等生——这是部长回绝我的申请的理由。我的成绩一直很好,教授们的评语都是一致的优秀,既然这样,我怎么能够说卡帕影响我的学习呢?你,一个在学业上有着超人天赋的女孩,难道不认为有义务去帮助你的姐妹们吗?这难道不是件慷慨无私的事吗?对吗?部长就这样折磨着我,并以此为乐。我筋疲力尽,快要哭了。但是我发过誓,决不再哭。而且我们都知道,除了通过我的申请,她别无选择,因为我的姐妹们已经通过投票将我开除了,我已经不再是其中一员了。而现在,过了几个月,我又一次来到了部长办公室。

我现在被人指责与另一种族的人有染,这是一件令人哭笑不得的事情,因为事实上,我已经三天没有沃诺·马休斯的消息了。说不定我再也不会有他的消息了。我们上次分开得很尴尬,当时,沃诺突然心情很糟,懒得起床,赤身裸体地躺着,一只手臂搭在前额上,两眼盯着天花板。我从卫生间走出来,正犹豫着要不要离开,沃诺用一种既严肃又滑稽的语气说道,叔本华说过:生命是一场与睡眠的斗争,而以我们的失败告终。那天早上,我违反了我们之间心照不宣的协议,来到了沃诺的住处,因为我想我已经有一段时间没他的消息了。我决定去找他,就是惹他生气也在所不惜。他说过如果他想见我的话他会来找我,我知道(我以为我知道的)他这是在惩罚我,因为我对学生的非暴力合作组织和学校里的游行示威表示赞赏,并且不同意沃诺对政治、激进主义和历史置之不理的态度。我令他失望了,于是他就惩罚我。然而,我终究还是鼓起勇气去找他,装着什么都不知道的样子。他在家,并且让我进去了,我们最后还做了爱,虽然不尽如人意。然后,我离开。接下来的三天又没有他的消息。这三天里我就像行走在深渊上空的钢丝上,拼命不让自己掉下去。然后,女生部长就召见我了。我别无他法,只有遵命。我即将满二十岁了。二十岁!这年龄对我来说似乎已经是很苍老了,我无法想象自己还能再活二十年。部长有权将我开除出学校,也许是我自己这样以为。这个女人,五十五岁上下,硕大下垂的胸部,厚厚的桃红脂粉抹在脸上。这张脸上的表情是不懂装懂,懂装不懂。这绝不是张母亲的脸。充满了鄙夷恶毒及幸灾乐祸。"——这个研究生,这个——有着不同背景的人——"她焦虑地撅起嘴,冰冷的眼神盯着我,"——你有没有认真想过——有没有想过这样做是否明智——你家里人知道你这种行为吗——我这个部门的责任就是——是——"我越听越羞愧,越听越生气。我想这肯定是我的宿舍管理员告的状,尽管我想不出为什么她要这样做,她是如何知道沃诺·马休斯的。我听着部长的话,愈加愤怒,这愤怒让我自己都感到害怕。从沃诺·马休斯那高度紧张的身体里,我汲取了愤怒,那低沉的呜呜声,那加速的脉搏,那充满愤怒的心跳。我暗自思忖,她认为白皮肤的人是神圣的,你玷污了这颜色,也玷污了她。我本该为自己辩护的,但我沉默地坐在那儿,心里就是不服。部长的语气变得更加强硬,对我的行为表示反对,"——你的档案记录似乎不太光彩,小姐——"她眼神严肃,打量着桌上摊开的文件夹,"——你在卡帕有段不幸的经历——你'同伴关系糟糕'——'很难与他人合作'——你有'反社会倾向'——"听到这里,我发话了。我用和沃诺·马休斯一样尖厉的声音打断她,"对不起,你说什么——'反社会'?你是说——'反社会'吗?"部长立即坐直了身体,她那张像叭喇狗似的脸因充血而泛青,"是的,我想是的。有人向我们反映,说你有'反社会倾向'——'适应能力差'——'不断地作对'——"我说:"你没权利监视我,"我越说越急,越说越快,"——我想见谁就见谁,想爱谁就爱谁,别人管不着。"部长听了我这番突如其来、狠狠然的话,一点儿也没有淑女的样子,皱着眉头说:"够了。你的行为将被如实地记录在案,"我说,颤抖着,"我和黑人约会,我爱上了黑人,关你什么事儿,关别人什么事儿?"部长盯着我,似乎我说了什么淫秽的话。显而易见,她还不习惯有个年轻女子在她的办公室里表现得如此反叛,"小姐,你太过分了。你不能这样和我说话。你——"然而,我已经从椅子上跳起来,从她的桌子上一把抢过文件夹,说道:"宪法规定我有权知道我的评语,"部长惊吓过度,不能言语,她脸上的脂粉在极度的恐惧中渐渐溶化。我快速浏览这一叠文件,有三个学期的成绩单、复印件、高中的推荐信和考试成绩,以及来自奥尔巴尼的纽约州董事会的一份授予我州奖学金的文件,上面写着——沉默、早熟、聪慧过人——还有我的大学教授的评语——才华横溢,但是年轻,不成熟——是一个很优秀的学生,有幸(或不幸)具有怀疑精神和丰富的想象力。然后在艾格尼丝·塞耶夸张的向左倾斜的字里,我一眼看到了这些谴责我的字句——任性、讨厌、不讨人喜欢的女孩,粗鲁,有反社会倾向,适应能力差,不能与别人相处,不尊敬长辈。不同意推见到任何领域里任何需怒力工作的岗位。这些句子从我惊愕的眼前迅速掠过,但我还是发现两个别字推见,怒力,并且能够感受到塞耶夫人的愤怒。而此时,部长已经挣扎着站了起来,这个体格魁梧,大声喘气的中年妇女,尽管体形比我大多了,但似乎很怕我。作为一个有如此疯狂的反社会倾向的女孩,我接下来该做什么呢?我尽量装出一副自信的样子,把文件夹丢回桌上,说道,"你怎么敢监视我?你和塞耶夫人——你知道她是一个心理不正常的女人,你知道她的经历。不管我是否爱——爱上了一个——-"这时,我也开始颤抖了,我不知道该怎样称呼沃诺·马休斯,因为任何一个形容他,把他的个性归于某一类,某一阶级的词儿都是错误的,不只是错误,这该是一种背叛,就算用一个中立的词来形容他,在现在这种情况下,也是一种背叛。我说道,结结巴巴地,"——不管我爱谁,他有什么背景,你都无权干涉。你无权威吓我。我已满二十岁,是成人了!我的朋友沃诺·马休斯是美国公民自由协会的会员,我们要起诉你,你还有这个学校,如果你继续这种种族歧视,我们很清楚我们作为——美国公民所享有的权利!"说完,我走出女生部长办公室,迅速穿过外间的办公室,正气凛然,部长那张目瞪口呆的脸还模糊地如梦似幻地留在我的脑海里。我冲下伊利厅的楼梯,异常兴奋,血往上涌,心里想,如果沃诺听到了该有多好——他就会爱上我的,不是吗?我还沉浸在胜利的喜悦中,飘飘然地想我反社会吗?我是社会的病原体吗?这是不是就是我——我的本质?

我一路狂奔,引来不少注意的目光。我没哭,我的脸洋溢着浩然正气。病原体。病原体!这是生物学上的术语,一个很有用的术语。我从未感到如此地充满力量,如此自信。沃诺·马休斯与我:病原体。我有一种不法分子,社会弃儿才有的兴奋感,觉得自己成了被人唾弃,让人忌讳的对象。我的皮肤是"白色的",我将一生都带着这个伪装,就像身上穿的戏服,就像"女性"这个性别。别人认为是弱点的事物,我却把它当做优点来培养。我认识到了自己,多么容光焕发!我穿过一片宽广、倾斜的草地,刚下过雨,草地有点湿软。下午的天空暮霭沉沉,雷雨云遮住了太阳,闪烁着奇特的灿烂光芒,如一道彩虹。我为自己内心深处的另一个我暗自得意,没人(甚至是沃诺·马休斯)会知道这另一个我。空气里袭来一阵硫黄的味道。雷声大作。一股强烈香甜的紫丁香味突然从音乐系旁的树篱间飘来,于是,我又看到那些杂乱的丁香丛,长在祖父摇摇欲坠的马厩后面。我战栗着深深吸进一口气,开始在大雨里奔跑。泥土溅在我的腿上,我那光滑白皙的腿。我对自己放声大笑,脸上闪烁着愉悦、愤怒、伤害、决然的泪光。我是黑鬼的情人,一个病原体。这就是我。

27

我不敢告诉沃诺·马休斯我在女生部长办公室里的经历。我没这个勇气,但是,我仍然天真而固执地认为如果他知道这事,他就会爱我的。我是为了我们俩才这么勇敢的。

但是真是这样吗?如果他知道此事,就真的会爱我,甚至仰慕我吗?如果他已经无意中得知了呢?对于我盗用他姓名的行为,他会不会感到屈辱、愤怒、憎恶呢?这是我第一次夸口说我的朋友沃诺·马休斯,也将是最后一次,我竟然在他人面前说出了他的名字。

但我从未告诉他,他也就不知道了。

据我所知,女生部长也不再骚扰我了。我以诉讼相威胁,争取"民权",这是黑暗中鲁莽的一击,但冥冥之中如有神助;在那个民权运动的年代,这是保护自己、抵抗学校管理人员的有力武器;人权运动让我们从全新的角度来思考种族、个人、公民自由。那一年,女生部长没再找我谈话,毕业前一直没再找过我;具有讽刺意味的是,后来我竟作为一九六五届的学生代表在毕业典礼上就民权问题发表了理想化的告别演说,现在回忆起来,确实幸运得很。演讲过后,我站在毕业典礼的讲台上,接受了来自校长和一群身着礼服的管理人员热情洋溢的祝贺,这其中自然少不了女生部长;我发现她是毕业典礼上为数不多的女性之一,置身在许许多多身材高大、仪表非凡的男士中间,她有着一种女性的局促,脸上施了很浓的胭脂,棕灰色的头发上夹着一顶不敢恭维的黑帽子。我走近时,她撅着嘴,湿润的眼睛盯着我的脸,好像突然之间很害怕我会说出一些嘲讽的、无礼的、谩骂的话来让她的男同事们听到。但是,我们这次见面——其实也是道别——是友善的。我可能还在为我的演讲和得到的掌声而感到紧张,激动,兴奋;虽然我冲着每一个人微笑,但我谁也没看清,只是见到女生部长慢慢出现在眼前,像一顶黑帐篷似的。她柔软的、摸不着骨头的手握着我坚硬的小手,我们这两只手就像被抽干了血一样冰冷;女生部长微笑着说:"祝贺你,亲爱的。你越来越有出息了。"我说:"谢谢你,部长。再见。"

但这是两年以后的事情。哪怕我的想象力再丰富,也无法预见到这个未来。

28

我不是女人可以依靠的男人。不是渴望被人爱的男人。
但是:爱我吧。

我想给我的爱人惊喜,让他快乐。让自己爱的人快乐就是让自己快乐,否则,自己也不快乐,觉得天地空空落落,像是深不可测的墨水池。

多少次在书店闲逛时看到沃诺·马休斯喜欢的书,我都想偷来给他——我会吗?我是决不会为自己偷这些书的:莱布尼兹、黑格尔、海德格尔作品的注释版;对维特根斯坦的新评注;柏拉图对话录的新译本;基尔凯郭尔和雅斯贝尔斯的传记;恩斯特·卡西尔关于语言的虚构性的文集。我手里拿着一本这样精致、昂贵的书,想着如果沃诺·马休斯拥有这本书,他会多么高兴啊。希望您不会认为这是为了得到他的爱而施的伎俩,多么显而易见的伎俩。

我一本书也没偷。虽然我早就被人称作不法分子、反社会的人,但我从来没有为沃诺·马休斯偷过书,正如我从没为自己偷过书;我有如此强烈的自尊心,我不能自甘堕落;我不知道如果沃诺·马休斯发现这些书是偷来的,他会有怎样的反应;而且他很清楚我没有钱买这些书。他经常表示憎恶任何形式的欺骗,尤其是学问上的欺骗;他蔑视哲学中非原创的思想;他鄙视任何形式的小罪。

"小人犯小罪。"

虽然我没什么钱,但有时我还是一时冲动给沃诺·马休斯买礼物。我这一生直到这时才感受到狂喜,那就是给心爱的人买礼物。买的时候心里一阵冲动,想着我是可以买这份礼物的人。只有我才有这种特权。

这些礼物都是从廉价商店淘来的宝贝。我耐着性子,搜遍放着旧货的大箱子。我发现一支漂亮的旧钢笔,黑色,镶着金边,还很好用;一对雕刻着微型斯芬克斯像的仿玉链扣;一个水晶镇纸(只有细小的裂缝,仍然很漂亮),还能作放大镜用。他三十岁生日时,我送给他一件丝绸背心,烟灰色的薄纱底料,上面有雅致的犬牙花纹;他拆开包装打开盒子,并没有马上拿起盖着薄纸的背心,而是低下头注视着它,我担心送衣服作礼物是不是太不见外了,也许会惹恼他的;但是沃诺拿起它,穿上身,皱起眉头挑剔地端详起镜子里的自己,他只有这么一面镜子,放在卧室的衣柜上——"嗯。不错。"这件丝绸背心是从锡拉丘兹市区的一家寄卖店买来的;已经降价了好几回,最后跌到了九美元九十五美分。这件衣服在我眼里美极了,老式的裁剪,一排黑色的小木扣;适合绅士穿,适合沃诺·马休斯穿。我告诉他这是二手货,衣服上的标签不露痕迹地撕掉了,他笑了。"毫无疑问,这是一个死人的背心,回收利用又转给了我。""但只是逻辑上说得通,"我说,"因为你还活着。"沃诺又笑了,还问我为什么给他买东西,这已经不是他第一次问我了——"你根本没钱,阿尼利亚。"我不理会这个,而是得意地说:"你穿着这件丝绸背心真是漂亮,沃诺,太合适了。"沃诺责怪地说:"我并不'漂亮',这衣服也不'太'适合我,而且我确实不需要背心,但还是谢谢你,阿尼利亚。"他对我微笑,我心花怒放。

"一个特殊的日子,我有一些特殊的事要告诉你。"

沃诺穿着犬牙花纹的丝绸背心,外套那件灰色法兰绒的旧夹克,这夹克把他的肩裹得紧紧的。他穿着这一身衣服,带我去城里的一家很好很贵的餐馆布拉斯·雷尔饭店吃饭。这是他头一回带我出去吃饭(很可能也是最后一次)。他的脸刮得光光的,棱角分明,就像雕刻过的红木桌子;头发很久没剪了,毛茸茸黑糊糊地竖在头上;眼镜的一个脚断了,用胶带粘住,这使他看起来既凶悍又不乏书生气;他英俊、傲慢,一副惯常的嘲讽神情;他穿着背心、夹克,戴着一条看上去很油腻的领带,黑裤子皱巴巴的,棕色的皮鞋破破烂烂的,还有水渍。我穿着一条黑丝裙,这裙子仿佛有它自己的生命、身份和语言,四十年代的款式,展开的裙摆,细长的袖子,下垂的V字领露出一部分窄小而苍白的胸膛和一点点同样苍白的乳房;这条裙子有腰带,有点卷曲,底面露出来了;它过去的主人(这当然是二手货)腰比我细,因为腰带上坑坑洼洼的,好像用碎冰锥多凿了几个洞,这样可以扣得紧些,再紧些;沃诺觉得这条裙子"撩人"——"散发着坟场的泥土的气息";我戴了一条细小的、失去光泽的金项链与之相配,这条项链原是我母亲的,这是我小时候祖母告诉我的,祖母不要,就给了我。由于紧张,我敏感的皮肤起了疹子,但脸上还是容光焕发,因为我抹了好几层化妆品,当然也抹了胭脂;我的眼里露出疯狂的光芒,觉得这是我有生以来最幸福的一天。但是,我可以相信幸福吗?我不知道沃诺在用餐时会对我说些什么,心里头忐忑不安,难以忍受;很快,他就开口了,只是随口说了几句。我不记得我是不是在听,眼睛看着别处,躲躲闪闪,害怕极了。

这样公然地和沃诺·马休斯一起露面,真让人头晕眼花。我们俩都为今晚打扮了一番:他木雕般的脸庞,我光彩照人的面容;他穿着潇洒但不和谐的装束,我穿着妖里妖气的黑丝裙。我们沿着人行道走着,穿过一条条街道,像磁铁一样吸引着所有人的目光;我猜测他是不是想让别人知道我,既而知道我们是一对;有时我们手牵着手,有时沃诺似乎忘记了我的存在;不管怎样,我们到了有着华丽门面的布拉斯·雷尔饭店,我的卡帕姐妹常跟着父母来这儿就餐。沃诺为我打开门,我颤抖着走进去,就像要走上舞台或是陷进坑洞一样。沃诺预定了座位,当餐厅领班皱眉看登记时,沃诺冲我眨眨眼,说我像那种人,我紧张地问是哪种人,沃诺说:"就是那种庆祝处女作问世的年轻作家。"我的心失望地紧了一下,因为我满以为他会说些别的。

（我们正在庆祝的特殊事件就是我的短篇小说刊登在了一本知名的文学杂志上,是我罕见的好运气中的一个;早在十二月时,我就完成了故事的初稿,可怜的我在卡帕楼的地下室里被失眠困扰;因为我过得太不快活了,所以我把这故事写成喜剧;苍凉而狂野的喜剧;这是一次通往疯狂的旅程,疯狂的火焰吞噬着我的手、脚、头发。发表文章就像中了彩票一样令我局促不安,我羞怯地把这个好消息告诉了沃诺,他一脸惊讶地看了我一会儿,然后笑着吹起祝贺的口哨,并告诉我无论我做什么,他都"不会惊讶"。我希望他想看这篇小说,但他始终没有。)

在凉爽的、色彩柔和的饭店里,身穿燕尾服的餐厅领班带我们入席;餐厅里有轻微的骚动,顾客没有出声,而是立即安静下来,齐刷刷地吸了一口气;领班像殡仪员似的表情僵硬而凝重,把我们带到餐厅的尽头就座;这张小餐桌挨着通往洗手间的走道;尽管如此,这仍是一张漂亮的餐桌,桌上有一支点燃的蜡烛和一个插着康乃馨的小花瓶;餐厅很美,像在海底一样昏暗;我们刚一落座,沃诺就伸出手来抓住我的手,然后抬起它,吻了我的指尖,他过去从未这么做过。我想这个动作只是做做样子,闹着玩儿的,但我还是很感动,同时觉得有些不自在,因为我发现别的顾客都在看着我们。当我环顾四周,那些眼睛就立刻转向别处。过了好一会儿我们的侍者来了,我茫然地从他手里接过一本巨大的菜单;这时蜡烛灭了,给我们添了点乱,沃诺坚持要把它再点起来。邻桌的一对夫妇公然地盯着我们,他们俩是中年人,衣着华丽,而且是白皮肤的(当然是);我开始感受到来自白人的压力;无处不在的白人;在这里就餐的都是白人,除了穿着白色(耀眼的白色!)制服的杂工,这些打杂的是黑人。(只有他们的视线如此坚定不移地避开我们。当我们不自在地吃着这顿饭时,他们自始至终没有看我们一眼。)

你! 不觉得自己羞耻吗! 我听见空气里涌动着轻轻的不满声,来自旁边那桌的女士,还有那个机器人似的侍者,我心想不!不,我不感到羞耻。又过了好一会儿,我们的饮料上来了,沃诺的酒和我的苏打水(我还不到饮酒年龄),这期间沃诺压根儿不去理会众人的目光,这就是学校酒吧和餐馆里那个视他人如无物的沃诺·马休斯,这就是在奥奈达公园里游人往来的小道旁不远处和我做爱的沃诺·马休斯,这就是教室里的沃诺·马休斯,只是今晚他笑得更多,有时也更大声;他看上去很轻松,虽然他的笑声有时有些勉强,有些疯狂,我还是与他一起欢笑着;我想着这是我认识的那个男人,还是一个陌生人? 不管怎样,和这样一个陌生人在一起多么令人兴奋。饭桌上大部分时间,沃诺用他那种看似戏谑实则严肃的苏格拉底风格盘问着我,无情的质问就像难忍的瘙痒;我不禁大笑,甚至扭动起来,下巴的疹子也在抖动;沃诺像教授一样侃侃而谈,声音清晰得连旁桌的人都能听见;他说到海德格尔[①]的

[①] 海德格尔(Martin Heidegger,1889—1976),德国哲学家、德国存在主义先驱,认为只有意识到人的存在的暂时性才能领悟存在的真谛,著有《存在与时间》《形而上学导论》等。

《存在与时间》，一本他正在阅读的"无法翻译"的德语书；海德格尔认为语言的分量绝不亚于意义；但是语言的自相矛盾之处（沃诺争辩道，或是海德格尔如是说）就在于语言并不单一，而是多种多样的——"我们每个人所说的和所听到的语言都是独一无二的，这就是不幸的自相矛盾之处。"我笨嘴笨舌地说："但是人们总能相互理解；至少，大家能相处。"沃诺说："你怎么知道？——你深信不疑的'理解'和'相处'或许只是一种错觉。"接着，他说起柏拉图关于洞穴的著名寓言。虽然我学过这则寓言，但沃诺对此与众不同的阐释我似乎不太明白；随后他说起了自家的"老巢穴"——他的"祖先"；这一刻之前，沃诺·马休斯好像是个根本没有来历，没有"祖先"的人。他就事论事地告诉我，他可以追溯到的祖辈是作为奴隶被带到北美的非洲人中最幸运的一批。十八世纪八十年代初他们被贩卖到北部的康涅狄格；而康涅狄格在一七八四年就废除了奴隶制度；因此沃诺的家庭背景中并没有显著的奴隶史；"马休斯"这个姓氏是他的曾祖父照着一个陌生人墓碑上的姓取的（家史上是这么说的）；沃诺说，正因如此，他生来就是自由的灵魂，而不是奴隶的灵魂。他告诉我这些，好像我在无声地与他争论，而他必须说服我；他微笑着，啜了一口酒，然后挑衅似的说，"所以，凭什么我要为别人做一辈子'黑奴'？我有更高尚的职业。"沃诺竟会向我吐露这一切，我很感动；他从没有这么明明白白地说过自己，也从没有问过我的私事；虽然他对我的课程、我的研究、我的文章有些兴趣，但对我的过去却毫无兴趣；我也没兴趣告诉他，比起现在的自己，我对将来的自己更有兴趣。我问沃诺他的祖辈来自非洲的什么地方，他迟疑了一会儿说："达荷美——事实上，我对这地方一无所知，连它所处的位置也不知道。"我觉得这不太可能，或者说不太实际，但我也不想与他争辩。他换了个话题,于是我们说起了家庭,说起了身份,不是具体的,而是抽象的概念;我意识到,从我认识沃诺以来,他从没离开过锡拉丘兹也没提起回家乡的事,而且从没有人来探望他;就我所知,他从未收到过私人邮件,也没有接听过私人电话;他在哲学系有几个普通朋友,就是那些教授和研究生,这些人偶尔会邀请沃诺去他们家,但沃诺从没想过回请他们,他们也一定没这么指望过;他曾经告诉我,他的家在他的头脑里,现在我明白了,确实是这样。他的头脑就是他的家,里面只住着一个人。"只要选择一种思维方式而排除其他,你就可以自由地选择身份。"沃诺说。他又一次一反常态地伸过手来,抓住我的手;紧紧捏住我的手指,好像觉得我又笨又顽固,必须强迫我接受他的观点。"我会努力去相信这些的。"我说道。沃诺严厉地说:"但是你还不够努力,阿尼利亚,就是维特根斯坦也在专门研究思考。思考不是吃喝,聊天,性交这样的消遣。"我被这话刺伤了,因为我知道他说这话就是为了伤害我,但沃诺还是说下去,"阿尼利亚,你的思考令我失望。"我说:"对不起,沃诺。"他露出粗短的牙齿,痛苦地笑着说道:"阿尼利亚,有些事我得告诉你。"我知道这不会是什么好消息。我甚至想你认为你配听到什么好消息吗?——当然不配。他是要和你说分手。我们吃着饭,却食之无味;沃诺为我们俩点了那份昂贵菜单上最便宜的一种——鸡肉,不过,这一餐仍然贵得惊人;沃诺带我来这家饭店似乎是个讽刺,因为这是他平时不屑一顾的地方。我知道我必须问沃诺他到底是什么意思,我就像卡夫卡寓言里那个必须看着自己被处决的人物,多么残酷啊;但是话却哽在喉咙里,和我正在吃的或者说正在尽力吃着的东西一样。沃诺带着他那种教授的口吻说:"这么说吧,有些事你可以告诉我了吧。"我疑惑地抬起眼睛,什么事?沃诺说:"你想从我身上得到什么,阿尼利亚?"

我想从沃诺·马休斯身上得到什么!

我思考着这个问题。我本该微微地笑一笑。一个穿着黑丝裙的女孩,裙子的领口露出了她苍白平坦的胸部,一个白皮肤的女孩正在接受一个黑人男子的说教,他脸孔硬朗,穿着灰色夹克,丝绸背心,戴着油腻的深色领带。我希望自己的声音听上去就像在挑逗引诱他。在周围的顾客偷偷摸摸的目光中,我是个神秘的女孩。"我只想和你在一起,沃诺。如果——"他更用力地捏紧我的手指,好像觉得我很可怜,也很烦人。就像挥动着粉笔,在黑板上用三段论法介绍逻辑一样。"阿尼利亚,那是不可能的。"他的口气像是在说天气,说一个不言而喻的事实,一个毋庸置疑的事实,一个无从修饰的事实;他和平时一样言简意赅,好像每个字都是用钱买的,他对用字很吝啬,而且精明。他喝下最后一口酒,并不让我尝一下这深红色液体的滋味。我不习惯在众人面前展示微笑,笑得我嘴都疼了;我的耳朵里又响起了咆哮的声音,有点像那个支离破碎的梦里海浪的声音,我听不见沃诺还说了些什么。沃诺黑色的手紧握着我的手,好像要保护我,指节轻轻地蹭到了我的左胸,这种触碰带来的震撼袭遍全身,我感到我的乳头硬了起来,那个在死女人(原来的主人)的黑丝裙里可笑又可怜的乳头;这样的爱抚只是宽慰,而不是挑逗;更不是胁迫;这个动作与性无关,只不过看起来像是,而且这动作可能是无意识的;我仍然感觉到陌生的眼睛看着我们,目光冷酷而愤怒;我不敢看他们,并且缩了缩身子,避开沃诺不经意的触碰;我想这就是生活:这些微小的感觉和情绪。我又想我可以过这样的生活吗?我够坚强吗?我们的侍者走开了,很久都没有再靠近这张桌子;他准备好了账单,放在沃诺胳膊旁显眼的位置;此时,穿着燕尾服的领班站在我们面前,神情傲慢,皱起眉头,一副不乐意的样子;他敷衍地向我们道歉,说我们这一桌已经预留给下一批客人，他们定了九点，现在时间已经过了，我们必须尽快离开，账单可以在前台支付；沃诺睁大眼睛，假意很关切地看着领班，领班是五十多岁的白人男子，略胖的长脸，眼神侮慢；沃诺看似要抗议，但什么都没说，他从容地推开椅子，突然站了起来，领班见状向后退了几步，沃诺并没有威胁他，虽然沃诺看起来身材修长，肤色黝黑，脸部轮廓分明，手握拳头；我迅速站起身，只想逃离这个鬼地方，因为这家餐厅开着冷气，冻得我要死，这种温度适合穿西装的男子，不适合身着低领丝裙的女孩；吃饭的时候，我一直冷得直打哆嗦。沃诺拉起我的手，拖着我走，边走边用极其冷淡但有礼貌的语气对领班说："好吧。我们这就走，不会再回来的，你不用担心。"

我们走出饭店，顾客都注视着我们，想知道是不是发生了争执，领班和那个傲慢的黑人是不是吵起来。我试图看清我们俩，但我视线模糊，眼前一片轻柔的薄雾；就像身在迷梦中；灰色的丝绸背心，黑色的丝绸裙子；一张愤怒而僵硬的脸，一张狼狈不堪的脸。我可以过这样的生活吗，我够坚强吗？沃诺·马休斯在支付账单，我在门外等他。

后来。在沃诺的床上，在沾满了我们身体气息的床单上，在沃诺的怀抱里，他没有抱紧我，只是轻轻地抱着我摇着我就像哄小孩一样；我不想无理取闹，不想在爱人的怀里哭泣，这既老套又没用；沃诺的语气异常温柔，他说："难道我没有警告过你吗，姑娘，我不是女人可以依靠的男人？嗯？"然后，他更温柔地说："我想给你这样的姑娘应得的爱，但是我不能，你知道我不能，我从没有欺骗你，误导你，阿尼利亚，不是吗？"这些真诚的话就像宣判死刑一样，但我仍然乞求："沃诺，我一个人的爱对我们俩而言足够了。请给我机会!"我可笑的化妆品开始溶化在我菜色的小脸上。我下午刚洗的,而且梳理得整齐光亮的头发现在蓬乱得像刚睡醒的样子。沃诺温柔而坚定地说:"阿尼利亚,也许你现在该走了。也许这一切该结束了。"

我呆在那里,一动不动,什么也没听见。

去彻底地净化我自己,怎么净化?无欲无求,最后化为一堆白骨。然后我就自由了。

29

　　一九六三年六月十二日,也就是我们在布拉斯·雷尔饭店吃晚饭三天后,一个叫做迈德加·埃文斯的年轻人踏上了历史舞台,他是 NAACP(全国有色人种协进会)的地方秘书,在位于密西西比州首府杰克逊的寓所门口,被一个白人种族主义者从背后开枪射杀。尽管沃诺·马休斯像躲避恶臭一样躲避新闻,但还是不免对这个消息有所耳闻。

　　他妈的。混蛋。

　　这就是沃诺的损人话,这些从他口中迸出的脏话很普通,可以说是陈词滥调。

　　刚过中午,他就开始喝酒。有时中午就开始喝了。第二天很晚才起,昨夜的酒劲还没消,拖着身子摇摇晃晃走到桌前工作,或者说想工作;又是不断地喝酒,喝啤酒、劣质酒和廉价的威士忌;他不愿意离开寓所,甚至不肯洗漱,换套干净衣裳。他发着高烧,没有胃口。未经处理的污水把他的身体堵住了。走开他对我叫道,但我不走。我要好好利用他生病身体虚弱的日子接近他,一天一次,一天两次,我从沃诺·马休斯那栋楼背面的户外楼梯爬上去。有时候门锁着,不论我怎么恳求,沃诺也不开门;有时候门没有锁,我一推门就开了,一股失败和愤怒的气味充满了我的鼻孔,使我本能地想要逃跑,但我还是倔强地留下来。为什么?我不需要你,你为什么要来?这是沃诺无声的责备。默默地,我一边恳求一边拉起他的手,把他出汗的脏手掌放在我的脸颊上。我告诉过你:我一个人的爱对我们俩而言足够了。

那年纽约州北部有一场流感,漫长的冬天一直在肆虐,到春天才停歇。沃诺曾夸口说他对这种病是有免疫力的,但还是传染上了。他开玩笑说他是在布拉斯·雷尔饭店中毒了。一个星期里,他消瘦了许多,肋骨像铁锹似的突起,仰面躺着时,肋骨就会从肮脏的衬衫上凸出来;颧骨更突出了,眼睛深陷,闪着邪光,就像万圣节上疯狂的南瓜人那蜡烛点的眼睛。我为他担忧,我怕他因为心里头怨恨,不吃不喝而饿死,就像我小时候在老家听说的那些隐士,他们没有足够的食物过冬,也可能因为太窘困,或太骄傲,或太顽固,或太疯癫,而不向邻居求助。暗杀迈德加·埃文斯的凶手还没有找到,沃诺说,走上历史舞台的人就是这样:历史的鞋跟会将你踩扁。说完这话,他似乎显得很高兴。

他时而神志不清,时而怒吼咒骂。有一次,我拿着从他那里偷来的钥匙打开门,看见一幕令我震惊的景象——他一怒之下,把书啊纸啊扔得满地都是,还撕破了苏格拉底和笛卡尔的肖像;在臭烘烘的浴室里,他用"神秘的竹茎"把维特根斯坦的肖像尿湿了。他拉窗帘时用力过猛,把帘子从横杆上拉了下来,扯碎的布条挂在那里,我也没法修补,只得把帘子拿了下来。脚下满地都是碎玻璃、烟蒂和烟灰,房间里散发着啤酒、廉价威士忌、烟雾和烧焦的织物的味道,床单上这儿那儿全是烧焦的痕迹,我担心沃诺会在床上纵火,烧死自己和别的房客。

让我爱你。让我的爱抚平你的伤口。

沃诺·马休斯清楚地听见我说的话。然后一阵咳嗽,头枕着手臂,躺在餐桌上。

在凌乱的书桌上,手提式打字机被推到墙边,墙纸上有凿过的痕迹。一张纸好像是从打字机上扯下来的,上面有许多XXX,只有一段文字可以辨认——

公理:如果(根据LW)一个命题与客观世界的某事物有对应的"关系",那么这是不是意味着运用这个可感知的命题(口头或书面)就能反映某种情况呢?(见LW,3.11)

我知道"LW"就是路德维希·维特根斯坦,这段论证很可能是沃诺博士论文内容的一部分,但我看不懂。我也不敢问沃诺,如果他发现我看了他的论文,一定会怒不可遏的。我的任务是照顾他,我干得劲头十足,无怨无悔,乐此不疲。我可不能也病倒了,我要成为他的护士,他会看到我多么爱他,而且不数落他,你怎么能数落一个病人,你应该照顾他,让他恢复健康,神志清醒,找回真正的自我。我弄了点吃的到沃诺的住所,给他下厨;病重的那几天里,他一点胃口都没有,食物令他作呕,唯一能下肚的只有汤,那种清淡的蔬菜肉汤,我在他的小厨房里乐呵呵地做开了。欧洲有一个古老的传说,说的是爱情剂和食物相混的故事:一个少女把自己的血滴在她爱的男人的食物里,他吃了以后就和她终身相爱。我笑着想我要用刀子偷偷地割破手指,滴一两滴血在沃诺的汤里。我的念头这么疯狂,甚至感到我已经干了这件离奇的事,也许我真的这么做了,不过任何粗俗的、想入非非的魔法都不能在沃诺·马休斯这样一个男人身上灵验。他能容我和他待在一起,我就该知足了;他肯吃我煮的食物,我就该骄傲了。我劝他吃下了一片全麦面包,喝下了半杯橘子汁。在厨房的小餐桌旁,我紧挨着他坐下来,看着他吃,紧张得像一个焦虑的母亲。沃诺面色憔悴,形容枯槁,看上去像一个遭受忧伤折磨的男人,忧伤中掺杂着愤怒,愤怒中掺杂着忧伤。他穿着一件被汗水浸透的汗衫,肩膀耷拉着,坐在那里,上臂有几块坚硬的小肌肉突起,下巴上长出了几簇难看的黑胡须;他每一声粗粗的喘息都让我着迷,我扶他起身或行走时,他心跳得厉害,我很是担忧;我惶恐不安地想他也许病得很严重,于是我提议带他去看医生,或者去距离这里一个街区的医院急诊室,他就骂开了,一边骂一边摘下眼镜,粗暴地举起前臂挡住双眼。我病得快死了,我肚子疼,他妈的,你别管我,你看不出来吗,我不需要你,不想操你,我讨厌你的肤色。

我期待自己和沃诺一样得病。在他浴室的镜子里,我的眼睛闪着黄色的光,这是黄疸病的症状,我的嘴里有一股黏糊糊令人作呕的甜味;他的病缓慢地转移到我的身上,就像黏糊糊令人作呕的甜味一样转移到我的嘴里;我没有抗拒,我走进了他错乱的精神世界;如果他不排斥我,我就躺在他的身边,握紧他瘦骨嶙峋的手,这是一只大手,指关节突出;我把他的手指弯过来,绕在我的手指上,看上去就像他握着我的手;我仿佛又回到了布拉斯·雷尔饭店,感受到他的指关节冒失地蹭着我的胸脯。我的呼吸随着沃诺的呼吸,时快时慢。我俩像葬礼上雕刻的人偶一样,一起躺在悬架上,在一个远处的陌生人眼里,我们或许安详又平静,像刚刚做完爱。

为什么,为什么这么做?

因为我够坚强。因为我一个人的爱对我们俩而言足够了。

沃诺·马休斯穿着柔软而肮脏的睡衣躺在沙发上,像是躺在肮脏的被单上的落难王子;他抽着我买来的香烟——我虽然不赞成,还是不得不买——烟灰像种子一样撒得满地都是。六月的一天,房间里弥漫着初夏的热气,他起身,摇摇晃晃地走到浴室去洗澡,不要我帮忙,我想他的病好转了,他又恢复自我了(好像我并不惧怕他那个恢复了的自我)。沃诺发病至今已有六天六夜了,迈德加·埃文斯被刺至今已有七天七夜了,刺客的身份仍然没有确认,因为像这样的刺客在南方和其他地方到处都有。针对民权积极分子的残酷行为和暴力事件不断升级,一九六八年四月小马丁·路德·金遇刺将这种暴行推向顶峰;未来像黑暗的、肆虐的狂风,向我们吹来。当你踏上历史舞台,历史的鞋跟就将你踩扁。那时候我没有想过如果你没能踏上历史舞台,历史会将你消除,因为当时我只牵挂沃诺·马休斯和他的健康。当他在浴室里洗澡的时候,我马上开始打扫房间,从床上拿下脏铺盖,想拿到自助洗衣店去;几天前,我已经把沃诺的一些东西拿到了医院旁边的自助洗衣店里,然后又偷偷地带了回来。等沃诺洗完澡,我要把他的毛巾也洗了,在经得他的同意后,我还要尽量多洗一些他的衣服。我在厨房的柜子里找了一把扫帚,把地板扫干净,然后把畚箕里的烟蒂、灰尘、纸团、干掉的食品、泥土、毛发统统倒进一个已经装满垃圾的废纸篓里,然后又捡起啤酒罐、酒壶,最后把所有的垃圾都运到楼房后的垃圾桶里。我好像是住在这里的。我现在住在这里,和沃诺·马休斯一起住在2D。沃诺似乎信任我了,我现在可以和他一起过夜;我有他房间的钥匙,可以随意出入;我希望我可以遇到这栋楼的另一个房客,我们可以像邻居一样互相问候,我希望她是一个年轻女子,一个年轻的妻子,或者是留学的外国研究生。正午的烈日当头,我的头发像是要烧起来;我不由得想起尼采笔下疯狂的预言者查拉图斯特拉和他炽热的白昼。人是什么?查拉图斯特拉大声叫道。一群野蛇。尽管烈日炎炎,我还是精力充沛,兴致勃勃;我从运垃圾、扫地、拖地这些简单的体力劳动里得到了快乐。我仿佛看见那些鄙视我的人露出牙齿嘲笑我。黑人的情人!黑鬼的情人！我大笑,然后跑上楼,门开着,是我下楼时开的。

　　沃诺还在洗澡。我在浴室门外听着,听见水声下面轻轻的不着调儿的口哨声,我想他恢复自我了。我开始整理他的书桌,我曾经羡慕的书桌上杂乱地堆满了纸头,除了手提式打字机,别的东西都乱作一团。我想把这些零乱的纸张(是沃诺的论文吗?)按原来的顺序排整齐；但是我理不出一点头绪,只好作罢。我打开一个档案柜,很想知道里面会放些什么；这些柜子是金属做的,漆成浅绿色,上面有许多划痕；沃诺自豪地说这是他在火灾后办公用品清仓拍卖会上以五美元一件的低价买来的；抽屉里塞满了吕宋纸文件夹,文件夹里有打了字的纸张和一些笔记卡片；一些文件夹一尘不染,奇怪的是,另一些却很脏,像是被踩过一样。你不该,不该这么做,这是不对的一个受惊的小声音警告我,但我看不出翻阅这些文件夹会有什么害处；这些陈旧发黄的纸张像是财宝一样,上面整齐地打着《圣经》的提要,除了《新约》的大部分章节外,还有《耶利米书》《何西阿书》《腓力比书》《帖撒罗尼迦书》那样晦涩的章节；一些手写的名字纵向排列着,字迹很大,而且富有激情,一下子还看不出是沃诺的笔迹,这些都是具有神力的圣经人物的名字——摩西,雅各布,约书亚,以利沙,约伯,耶稣,马克,保罗,抹大拉的马利亚——好像他们都是沃诺·马休斯认识的。在抽屉更深处的另一些文件夹里,还有更多的笔记和摘要,是关于神学、哲学、伦理学的,笔迹大多很粗,而且利索,一页纸上不过十几行字,好像思想从沃诺丰富的脑袋里直接迸射到了纸上,不受语言的束缚。我微笑地看着他大学里的论文,字打得很清晰,一个锈迹斑斑的夹子把它们夹在一起；论文的题目有《弥尔顿〈失乐园〉中的"邪恶问题"》《伊壁鸠鲁学说中"德行"的概念》《伯特兰·罗素"思维"的概念》；论文有些地方有红色的记号,表示老师对此极感兴趣,十分赞赏,他的成绩一律是 A 或 A$^+$。我试图想象着一个年轻的、脆弱的沃诺·马休斯,一个希望得到教授赏识的本科生,把高傲的沃诺·马休斯想象成一个甘拜下风的人确实不易。接着,我又随意翻开一个文件夹看起来,里面是从杂志或书刊上剪下的文章;一篇关于柏拉图的法则的文章是从《哲学探索杂志》一九六一年秋季刊上剪下来的,还有一个章节是从某本斯宾诺莎评论上剪下来的,再有一章是从某本康德评论上剪下的,最后是一篇关于数理逻辑的论文上的几张图表。沃诺·马休斯是从图书馆的藏书里剪下这些的吗?沃诺不会做这种事的。他不会的。抽屉的最深处有一个文件夹,里面装着一捆捆叠起来的信件和褶皱的照片,有些是黑白照片,其余是彩色的;我不自觉地注视着这些棕色皮肤的陌生人,这是一张全家福,年少稚气的沃诺·马休斯站在中间,十六七岁,高高瘦瘦、面带笑容;别的照片里的他年纪明显要大,有一小簇胡子,还是高高瘦瘦的,但是面无表情,站在一个比他矮了一大截的丰满的年轻女子旁边,她幸福地微笑着,手里抱着一个婴儿,还有一个两岁左右的男孩紧挨着她的裙子站着;我知道这个年轻女子是沃诺的妻子,二十多岁,面容姣好,嘴唇丰满,鼻子扁平;那个小男孩皮肤呈可可色,继承了沃诺漂亮的睫毛长长的眼睛和狭长的面孔;这张照片色彩鲜明,背景是户外的草地,后面有一栋小屋,被盛开的果树、山茱萸和连翘围绕着;沃诺穿着紧身黑西服,长袖白衬衫,系着深色领带,眼里流露出一种陌生、刻板,传教士似的神色;这条领带就是沃诺在布拉斯·雷尔饭店吃饭时戴的,用来搭配那条新丝绸背心;眼镜不是金属边的圆形镜框,而是黑色塑料边的椭圆形镜框;他站着,和他欢笑的小家庭保持一点距离,他心绪不宁地看着镜头,他的目光甚至越过了镜头,似乎已经慢慢地移出画面,计划逃跑。一九五九年五月。他结婚了,已经结婚了。有家庭,孩子。他撒了谎。

我打算把这些照片放回原处,但是我的手颤抖了。有几张落到地上,我想拾起来,可视线模糊了。我对沃诺·马休斯的爱收缩了,像一个伸出的手掌紧缩成一个又小又坚硬的拳头。

我的身后突然响起了急促的脚步声,那是沃诺光着脚走在地板上的声音。我还没转过身看他,就从他的脚步里感觉到了愤怒。他只穿着裤子和汗衫,就向我冲过来。他抓住我的手臂,把我从打开的文件柜面前推开,然后砰地关上抽屉,开始骂我——"他妈的,阿尼利亚!滚出去!"他气歪了脸,懊恼不已,我会记住这懊恼的样子。镜片上还留着洗澡时的水汽,模糊不清。他一副凶神恶煞的样子,血气上冲,脸色铁青。我为了保护自己,推开了沃诺的手,他又反过来推我,他的拳头打中了我的头,我撞上了文件柜,感到文件柜坚硬、锋利的边沿刺入我的大腿;我连滚带爬、跌跌撞撞地向门跑去,门向小厨房那边敞开着;沃诺没有追我,在我后面骂着,我喘着气,呜咽着跑下楼,羞愧难当,又怕沃诺会对付我。我跑下户外楼梯,听见他在上面喊,声音愤怒而低沉,像哀号,我用双手紧紧地掩住耳朵——滚出去,别再回来,他妈的!

30

> 宇宙以空间来包围并淹没渺小如原子的我;我以思考来理解世界。
>
> 帕斯卡尔①

木楼梯脚下。我的思想斗争着,像扑打着屏风的飞蛾。我蹲着,弓着背,抱着双膝;凝视着雨。沃诺·马休斯把我赶了出来,就像赶走一条狗那样,但夜幕降临时,我还是蜷缩在钱伯斯街1183号的木梯脚下。

我在那儿坐了多久,我也说不清。现在是夜里了,雨还是不停地下。一阵水雾从人行道上升起来。忧伤和悔恨折磨着我。我从沃诺·马休斯的家里逃出来,徘徊在雨中,最后又回来了,雨水从头发上滴到脸上,衣服湿透了,我晕眩,我难受,但还是不断地想,你指望什么,你不就是想要摆脱他嘛。远处音乐学院的山丘上传来洪亮的钟声;钱伯斯街地势偏低,处在峡谷中;这里气压较低,空气更黏稠,更压抑;人行道上升起的水雾变成了大雾,我的脸和嗓子都很疼,我好像一直在哭,但我忘了自己哭过;眼泪是小孩子绝望时的把戏,不管用的。我想我再也不哭了,谁也没有力量再伤害我了,一定要这样。我感到沃诺坚硬的手指抓着我的手臂,拳头猛

---

① 帕斯卡尔(Blaise Pascal,1623—1662),法国数学家、物理学家、哲学家,概率论创立者之一,写有哲学著作《致外省人书》《思想录》等。

地打中我的头;我又看见了那个男人愤怒、厌恶,但又愧疚的表情,像是为自己感到羞耻;我对他灵魂的窥探过于深入,所以他不能原谅我,我做得太过分了;他已经爱上了我,或者就快爱上我了,或者(我告诉自己)他已经开始考虑以他的方式爱我,至少他已经开始认为他可以允许我不带嘲讽地爱他;但我毁了这一切,我毁了自己本来就渺茫的幸福的未来,我毁了我对他纯洁的爱,我毁了阿尼利亚,她真是个傻瓜。崇拜别人的人总是傻的。阿尼利亚头发上的雨水滴在她的脸上,阿尼利亚瘦弱的臂膀,瘦弱的双腿紧靠着颤抖的身躯;时令虽然已到夏季,但空气凉丝丝的,雨水凉丝丝的;阿尼利亚的灵魂在颤抖,即将消亡,即将被空虚吞噬,那是一种无,幸福的无;正如沃诺·马休斯曾诙谐地宣称,世上除了人类诞生时,也就是人类开始思考时所存在的原子和空间,以及人类徒劳的努力,即所谓的哲学,究竟还有什么呢。但我十分清楚自己会做什么:我会回到我的房间,把我这身戏装——我怀着一厢情愿的希望买回来的便宜但诱人的二手货——扔到一边,用剪刀把这些东西剪碎,就像当年我剪掉乱糟糟的长发一样;伤害自己有时是一剂良药,伤害自己有时是治愈自己的唯一方法;清创术是沃诺·马休斯的常用语,现在对我也是适用;甚至连那条银腰带,我也不会放过,不把上面的银饰撕裂,掉得满地响,我就不停手;我决意要这么做,而且绝不后悔,想到这儿,我的心怦怦跳;我要踏上历史舞台,这是沃诺·马休斯曾经嘲笑过的事;我要参加示威,游行,唱歌,挥舞手做的标语;我要加入争取种族平等大会,我要加入停止一切核试验组织,我要找到一条出路,把我热切的内心,求索的人生融入历史,以求自身的平衡;我将无所畏惧,或者说给人留下无所畏惧的印象;我将无所畏惧,虽然心底惊恐不安;我会和黑人、白人一起游行,直面白人对黑人的种族仇恨;我会交出我的心,也会交出我的身;我将忍受伤害,我要赎罪;我要重塑自己,从失落和悲伤中汲取力量。我不再是阿尼利亚。等着看吧,告别阿尼利亚,我将会是谁。

　　终于沃诺·马休斯的声音从我的头上传来。一个清醒的不带有责备的声音,一个带着低落的情绪的声音;一个生硬的声音;一个受伤后沮丧的声音。"阿尼利亚,是你吗?"他停了一下,我的心跳了一下。我的心仍然平静地跳着,十分清楚自己想要做什么,不要做什么,永远不会再做什么;我没有转过身,顺着陡直的阶梯抬头看沃诺·马休斯。我听见他嘀咕着,"天啊!"我听见他慢慢地下楼来,像一个刚睡醒的人,急促又大声地喘着气。他在我上一级台阶停了下来,我像孩子似的害怕他会踢我,他的脑子里很可能也闪过了这个念头;但是他说:"阿尼利亚,你不该在这里。你在这里只会受到伤害。"我本来可以说我已经受到伤害了。但我什么也没说。沃诺走下来,坐在我身边,叹了一口气,这叹气像颤抖似的;这个男人绝对是清醒的,而且还在颤抖;我不得不往边上挪一挪,腾出地方来让他坐。夜幕中,雨水下,我们俩坐在一起,这似乎是天底下最自然的事了;沃诺点燃一支烟,从鼻孔里喷出烟雾来,过了一会儿,他若有所思地说:"我没有黑人的灵魂。因为我没有黑人的灵魂,所以我根本没有灵魂。"我说:"沃诺,我想你并不把'灵魂'当回事。我想你也不把一个人的身份和来历当回事。"他说:"是的,就像一个色盲不把颜色当回事,因为他没有体验过颜色。"他的语气有些茫然,而且哀伤,我以前从未从沃诺·马休斯的口中听到过这样的哀伤。我说:"我想你有家庭?还有孩子?"他说:"已经没有了。"我说:"什么意思,'已经没有了'?"他耸了耸肩,没有回答;我气得声音发抖,我没想到自己会发火,因为当我看到照片上那个骨骼很大、面带微笑的女人时,我的第一反应是嫉妒,"你丢下了你的妻子和孩子?丢在哪儿了?他们在哪儿?你怎么能做出这种事呢,沃诺?"沃诺平静地说:"我丢下谁,丢下什么,我是谁,又是什么样的人,还有你和别人对我有什么期望,这些都不用你操心。"我无言以对,因为我确实管不着,这是事实,没什么好辩驳的;我不说话,但并不是默认;沃诺抽着烟,吞云吐雾,刺鼻的烟雾里透着愧疚;一个念头闪过我的脑袋,我记得这味道——这烟,这香烟难闻的气味,我可怜的父亲对香烟的嗜好,他神秘的死亡,反常又浪漫的嗜好——这一切我都记得。我们看着一辆车在雨中经过,车顶上有红灯闪烁,一定是警察的巡逻车,它在钱伯斯街飞快地行驶,溅起许多泥水;雨水汇成小水流,从校医院开始,顺着山坡一路流下来,直到钱伯斯街。最后沃诺的语气变得很平静,没有了往日的自负,"我的祖辈来自达荷美,他们过着氏族生活,十八世纪八十年代,他们被当做奴隶抓了起来,运到北美;但是他们自己也贩卖过奴隶。他们抓来其他部落的黑人,然后作为奴隶卖出去;这是我二十一岁那年,我母亲的祖父偷偷告诉我的秘密,他是牧师。这是代代相传的秘密,又传到了我这里。我的祖辈,祖辈的祖辈,他们贩卖其他黑人,其他部落的人,卖给欧洲的白人奴隶贩子。"此刻,我转过头看着沃诺,目光中带着惊讶,因为他的嘴里总是吐露出秘密,令人意想不到的秘密。我曾经以为我终于可以预料到他的所思所想,但我怎么也想不到这些,我怎么也料不到他的声音里会有这样的悲伤和无奈。他似乎也感到有些事完结了。但他还摆出一副鬼脸,歪着半边脸发笑,斜眼看着我,好像我和他(毕竟)是陷于同一困境,面临同一问题的盟友;好像沃诺·马休斯是一块智力拼图,我们俩要像同事一样一起思考,将它解决;我们就像潜心于逻辑分析的哲学系学生,一门心思地追求真理就是哲学家毕生的工作。他痛苦地说:"但为什么要责备他们?我那些假定存在的祖先们?他们都是人,和所有人一样残酷,剥削他人,惧怕外族人;他们是生活在部落社会里的原始人,在那种社会里,一个部落的人并不完全把其他部落的人当人看,你可以杀了他们,你可以把他们当做奴隶卖掉,你可以像德国人在第三帝国时期那样进行种族屠杀,你会得到开释——这是'合情合理'的,这是'天性',这是本能。所以我的祖辈把他们的非洲同胞卖出去做奴隶,而且因此富裕了一阵子,直到他们自己也沦为奴隶。白人的商船从利物浦启航,来到非洲西海岸,用纺织品、武器和其他货物交换黑人男女,然后船只穿过大西洋到达牙买加,他们再以黑人男女换取糖,最后把糖带回英国出售;因为英国人的茶和馅饼里没有糖,就没法过日子;白人的血管里没有糖,他们的文明就没法继续;随后,船只又从利物浦出发,来到非洲西海岸,装上黑人男女;如此循环往复;这是个赚钱的买卖,那时是鼎盛时期,人人都发了财,除了那些不幸被贴上'奴隶'标签的人。"沃诺的话语里有些许讽刺,这是讲述事实,交代历史,然而每个字都在咒骂,每个字都是痛苦的呐喊。我犹豫地碰了碰他的手臂,说:"沃诺,你不是你的祖先,就像我不是我的祖先。"我的声音在颤抖,因为事实不一定如此;沃诺就事论事地说:"那么我就什么都不是了。我不知道我他妈的到底是谁。"我说:"那又有什么关系呢?事到——如今?"我们坚信的难道不是纯粹的理性、纯粹的逻辑和排除一切情感因素及部落历史的语言吗?哲学的梦想能实现吗?沃诺说——即使是在这个时刻,依然是沃诺·马休斯说了算——"是的,这又有什么关系呢?但这就是有关系。"多奇怪啊,在这个时候,和这个男人坐在这种散发着淡淡的腐臭味的木楼梯上,凝视着雨,两个人坐在一起凝视着雨,他们住在楼上,现在出来呼吸新鲜空气,男人在抽烟,女人紧挨着他坐着;哗哗的大雨拍打着路灯下的人行道,像是在嬉戏狂欢。我们又一次听见洪亮的钟声从远处音乐学院的钟楼传来,敲了多少下我数都数不过来,现在一定是午夜了。一九六三年六月十八日风雨交加的夜晚,我二十岁生日的前夜,我和沃诺·马休斯一起坐在纽约锡拉丘兹钱伯斯街 1183 号破旧的灰泥房子后头的楼梯上,多么怪异,多么离奇,多么美妙,我小小的饱经风霜的心头涌起多么大的欣喜。

也许你正巧经过,注意到这一对,想着他们是谁,那就是我们。

III

出 路

1

给瓶子中的苍蝇指点出路?那就打破瓶子吧。

哥哥亨德里克的电话让我大吃一惊。那是一九六五年六月的一个黄昏,我在靠近佛蒙特州伯灵顿的地方租了一间小屋子,一个人在那儿过暑假,埋头写作。电话铃响了,竟然是哥哥亨德里克!他告诉我一条意想不到的消息,起初我还有点摸不着头脑。

亨德里克低沉沙哑的嗓音,还有他纽约州北部特有的鼻音,我听着有点刺耳,因为我很少和他说话,也很少和别的哥哥说话。你也许以为我和他们有点疏远,或者他们把我抛弃,遗忘了。所以,亨德里克的声音吓了我一跳,似乎他打电话是要我解释为何我不履行责任,不履行对家庭的责任,而是一个人坐着飞机,急匆匆地离开斯特里克斯维尔,去追求所谓的事业,命运。我用低沉微弱的嗓音结结巴巴地说道:"嗯?亨德里克?什——什么?"我没有听明白亨德里克心急火燎地说了些什么,原本我们彼此相隔约三百英里,但由于好长时间没见面,似乎我们之间的距离更加遥远。自从十八个月前,我们在路德教墓地祖母的葬礼上见过一面后就再也没碰过头。我站在湖边一间租来的陌生的小屋门口,陷入一片迷茫,努力回想着成年亨德里克的面孔,因为他年少时的面孔已经消失。我知道,我想起来的不再是那张活泼的、无忧无虑的英俊面庞,而是一张下巴变宽的成熟的脸。亨德里克今年三十了,尽管是家中三兄弟中最小的一个,也不再年轻了。三兄弟中,只有他还未结婚,还没有做父亲,但是,对我来说,他和其他两个一样,神秘,难以接近。在祖母的葬礼上,他的视线在我身上扫了一眼,眼神里有一种令人疑惑的喜爱之情,也许不是喜爱,而是带着一丝佩服的淡淡的不满,因为亨德里克觉得我拿着奖学金,离开斯特里克斯维尔去名牌大学读书,而他,和我一样聪明——或许更聪明,至少在数学方面——一样有资格拿奖学金的人,却不得不做下贱的工作,来完成学业。这不公平,天大的不公平。现在,他在纽约州特洛伊的通用电气公司工作。在我们为数不多的几次会面中,我们作为成人彼此都带上了别扭的新面具,我可以感受到他作为兄长的不满、妒忌和厌恶,似乎想把我推开,避开我。虽然他在我面前强作欢颜,我还是能看出他眼神里的不满。我曾想恳求他求你了!求你别恨我,亨德里克,我们的生活都是命运使然。但我知道这话只会使他难堪,就像现在,电话里的他不知怎么显得很尴尬,恼怒——"天哪!真是个骗局,这些年来我们以为他早就死了。"

"亨德里克,什么?"我应该听见,却没有听见,呼吸也变得困难了,"谁——死了?"

"说是死了,结果还活着。"

"谁?"

"除了那老头儿,还有谁?还有谁死了找不到尸体?还有谁他妈的会让我打电话找你?"

除了我们的父亲,还有谁、还有什么是我们所共有的?我们一直挂念的父亲?

除此之外,亨德里克和我形同陌路。

我轻声问:"我们的爸—爸爸还——活着?"

"还有一口气。一个大概是护士的人打电话说的。这一次他真的要死了。"

"但他还活着？我们的爸爸？"

我们以为他早就死了，消失在西部。我想不起来，在我成长的岁月中，哥哥们和我是如何称呼他，这个永远神秘、不见踪影、曾经是我们父亲的人。还有我那些高大英俊、经常不在家的哥哥们，也都不记得。我们从未叫过父亲，没错儿。我们从未叫过爸爸，爹。

亨德里克说："对，他住在犹他州一个叫克莱森特的地方，盐湖城以南大约两百英里。他曾住在盐湖城的一家医院里，不过现在出院了。根据他自己的要求，他们让他出院等死。我没有和他说话，据我所知，他已经说不出话了。是那个女人打电话给我的。她是谁，我也不知道。也许他们结婚了。你知道，他五十六了吧？得了什么癌症，快死了。"他说这话时的语气和一分钟之前说骗局这个词一样。

"癌症！"

刚才我提起话筒时，绝没有想到会听到这么令人震惊的消息。很少有人知道我住在那里，很少有人会给我打电话。要是什么人打电话来，那我一定认为他打错了。谁？对不起，没有。这里没有这个人。

亨德里克越说越快，想早点结束通话，也许他说着说着就动情了，也许这个话题让他感到恶心。他告诉我那个女人的电话号码、姓名和她在克莱森特的住址，要我自己和她联系。没有更多关于父亲的消息，因为亨德里克自己也不知道，也不想知道。我摸出一支笔，在一张小纸片上写着，眼里闪着泪花。活着！我们的父亲居然还活着，他没有死。这是我成年之后，受到的最大的震动，就像他突然神秘地死亡是我少年时代受到的最大的打击一样。难怪亨德里克要说骗局了，因为这震动中带着一丝欺骗，欺骗中带着一丝残忍。

在哥哥急促的声音背后,隐隐传来一阵吵闹的哭声,很可能是孩子的哭声,还有一阵咳嗽声。亨德里克和什么人住在一起?亨德里克的生活是什么样子?在三个哥哥中,亨德里克和我年龄差距最小,只相差七岁,但在小时候,这是个巨大的代沟。对他现在的生活,我一无所知,也不能问。在祖母的葬礼上,亨德里克高高地站着,表情忧郁,双眉紧锁,和他的两个哥哥都站得远远的,神情中有一丝淡淡的不满,好像老太太死也罢,活也罢,和他没什么关系,和他自己的生活也没有什么关系。祖母是一个情感冷漠的人,她只爱自己的儿子,我们的父亲。她把自己所有的情感都倾注在自己的儿子身上,而他也许伤透了她的心,他伤透了我们所有人的心。除了他之外,没有人能伤祖母的心,也没有人想这么做。在葬礼上,亨德里克偷偷地瞅着我,对他的注视,我感到不自在,也很不满。如果我在一个他根本就无法进入的世界里取得成功,我有什么错,他有什么资格责备我。我不会因为别人的妒忌而感到负疚,我也不会因为别人的嫉妒而感到自豪,或觉得自己高人一等。我不会根据家人对我的评判来评判我自己,因为他们不了解我。像父亲和我一样,亨德里克灰褐色的眼睛里没有笑意。当他难得一笑时,眼里闪过转瞬即逝的顽皮,你能察觉到他内心深处的热情和信任。

但在你做出反应之前,这微笑就消失了。

我多么想对他说:"哦,亨德里克,他为什么要这样对待我们,你说呢?请别挂,告诉我。"

我多么想对他说:"亨德里克,和我一起去犹他好吗?去看他好吗?不然就来不及了。我们可以一起开车去。"我多么想恳求他,"你不会让我一个人去的,是吗?"

但我知道他会怎么回答。于是,我谢过了亨德里克,挂上了电话。

2

别让那些混蛋看扁了你。

最后一次遇见父亲时,他一下子猛地抱住了我。这么多年他都没有碰过我,现在却和我抱在一起。我会很多天,很多年记着这一刻。

那是四年前,他来参加我的高中毕业典礼。

观众席中见到他的身影,让我大吃一惊!我不知道他会来,也不知道他在斯特里克斯维尔。(他是前一天晚上到的,住在城里的一家汽车旅馆里。)在我成长的岁月里,父亲给我的印象既简单又直接:要么在家,要么不在家。在一个地方待久了,他会憋死的,哥哥们这么取笑他。但是,他出人意料地出现在学校的礼堂里,穿着白衬衣,领口敞开着,外面是配套的外衣和裤子。所剩无几的几缕头发梳得整整齐齐,扁平的鼻子活像葱头,胡子拉碴。我是致告别词的学生代表,穿着睡衣一般的黑色轻纺羊毛学位服,头戴硬纸板似的黑色学位帽,帽穗垂在我的左眼旁,很不舒服。我虽然已到十八岁,但看上去更像一个十三岁的早熟男孩,骨骼纤细,尖嘴猴腮。当我登上讲台时,感受到来自观众的一股抵触情绪,那是一种不失礼貌、有所收敛、但又可以察觉到的抵触情绪。我既害怕,又无所畏惧,飘飘然像伊卡洛斯①,只不过我靠的只是自己的嗓音,自

---

① 据希腊神话传说,伊卡洛斯是代达罗斯的儿子,他乘着他父亲做的人工翅膀逃离克里特时,由于离太阳太近以至于粘翅膀用的蜡熔化了,他掉进了爱琴海。

己的语言,勇敢的表现和倾诉的热情。倾诉自己从未说过、只有此时此地才能说的话。听众们吃惊地听着,吃惊地鼓掌。接着就是一阵怀疑,真的发生了?他们真的听了,鼓掌了?他们鼓掌意味着什么?毕业典礼结束后,我云里雾里地和他们微笑,握手,接受他们的祝贺。这时我看见父亲向我走来,他比在场的任何人都更高大更强壮更引人注目。他昂首挺胸,身子略微有些摇晃,胡子拉碴,脸上因喝酒而泛着红光,充血的眼睛里闪着得意洋洋的光芒,那是一种作为父亲的毫不掩饰的自豪感。他一把抓住我,紧紧地搂住,嘴里喷着浓重的热热的气息,毫无顾忌地大声嚷道不要让那些混蛋看扁了你。

这条忠告我曾经试图记住,即使我已经违背了它。

3

我独自驾车前往犹他州的克莱森特，行程二千五百英里。

估计父亲还能活三到四个星期。我非常害怕坐飞机去看他，倒不是怕坐飞机（尽管我从未坐过），而是怕太快抵达目的地。

在几天几夜的时间里，我开着一辆大众汽车，行驶在州际公路上。那辆大众是我去年花五百三十五美元买来的，刹车失灵，消音器失效，引擎嘎吱作响，变速杆也不大好使。我得把大部分车窗都打开，不然从仪表盘下会冒出一股一氧化碳。但是你闻不到毒气，新鲜空气把它们赶跑了。这是一辆一九五九年的大众，当然没有热气或空调，有的只是从引擎通风口排出的阵阵"热气"，吹到我的腿上。但是，我喜欢它，这是我的第一辆车。我喜欢它的小巧玲珑和经济实用，真够幼稚的。它的外形像甲壳虫隆起的背，又有点像胎儿；它原先是紫红色的，但风吹日晒，现在已是锈迹斑斑，斑驳陆离。旅客席前的挡风玻璃已经破碎，像蜘蛛网一般，似乎哪个倒霉的幽灵乘客猛地被抛起，迎面砸了上去。

我要驾着这辆二手车横穿纽约州（亨德里克打电话过来的时候，我在佛蒙特州的北部），然后经过斯特里克斯维尔，行程五十英里；接着我会沿着伊利湖的南岸向西行驶，穿过俄亥俄州、印第安纳州、伊利诺伊州、密苏里州北部、堪萨斯州、科罗拉多州，最后沿着I-70公路，来到位于犹他州东部，人口一千六百二十人的小镇克莱森特。这是我生命的旅程，我一定会按时抵达！在纽约、伊利诺伊和科罗拉多,我打电话给那个嗓音柔和的女人,我只知道她叫希尔迪·珀默洛伊,向她询问父亲的情况。她说他"病情稳定""正等着你"。为了省钱,我常在车里睡觉,不在晚上,而是在早晨或是下午,把车停在喧闹的路边休息区或者餐馆的停车场里睡觉。我没有躺在后座里睡(因为路过的陌生人会看见我张着嘴呼呼大睡时像婴儿一样柔弱的模样),我这一生有个挥之不去的念头,我曾经试图把它写下来,只是不知道如何抓住这个念头,这个形象,这个谜,把它连贯地写出来。这个念头就是:我们从来没见过自己睡觉的模样,我们从来没有看见自己睡觉时张着嘴,像熟睡中的婴儿一样柔弱的模样,就像我们从来没有见到过自己一样,我们对自己没有清晰的了解,镜中的映像只是我们希望见到的,或是能够忍受的,或是惩罚自己时所看到的。我们也不能相信别人能看到我们,他们也只能透过他们不完美的眼睛看到他们期望看见的我们。睡觉时,我时常坐在驾驶座上,双手假装抓着方向盘,这样(尽管我睡得很沉,靠着座背,低着头像中风病人)我就能做好准备,一旦出现意外,立即逃跑。我在公共厕所里洗漱,甚至还在里面洗我那汗滋滋、被风吹乱的头发。我不大在餐馆里吃饭,那太贵了,而是在商店里买些包装食品,再用纸杯倒点热水带回车上喝。我凑了一笔钱,供路上开销。自己花得很省,对加油和车的保养却毫不吝啬。第一天,开了八小时之后,我就昏昏欲睡,眼皮耷拉,很想睡一觉,要不就直接做一个梦,不用睡觉。这辆车太小了,别的稍大一些的车过去,一边超车一边像是发着蔑视的嘘声,它就禁不住颤抖起来。别的大众车也将我甩在后头,只是那些司机超车时向我挥着手或者鸣喇叭,表示友好。要是时速超过五十五英里,这车就上下抖动,阵阵大风吹打着我的脸颊,我觉得这辆大众车像是我自己,或者说,它伤痕累累的,像我父亲。在车流中,我脑里不太有异想天开的念头和令人犯困的景象,而在开阔的高速公路上,左边是中央隔离带,右边是碎石路肩,还有辽阔的田野和一望无际的天空,我不禁恍恍惚惚,昏昏欲睡,这是很危险的。我感到一阵刺痛,因为亨德里克拒绝陪我来。我好像想起来了,我确实要他陪我去,但他说不。他再也没打电话来,我告诉自己不指望他再打电话过来。我没有他的电话号码,所以没法打过去。大哥迪特里希和二哥弗里茨也没打电话来,我也告诉自己不指望他们打电话来。我并不失望,也不伤心。对他们来说,他已经死了。他们不能像我那样爱一个死人。我养成了在车里大声自言自语的习惯,风声和引擎的响声盖过我自己的说话声,这样,我就不会感到尴尬和自责。我自言自语地构想着未来。除了构想未来,我还能做些什么,因为生活里有太多意想不到的事情。我好像又见到了父亲,他出现在我高中毕业典礼上,更多的时候是在那座旧农舍,他常常坐在厨房里,抽着烟喝着酒,直到深夜。他望着我,和我说着话,我可以随便问他什么问题。但突然我感到很害怕,说不出话,因为除了一个问题,我没别的好问。我或许语气急促地问他未来都比过去好吗?我们只生活在时间里吗?我努力回想沃诺·马休斯是怎么看待时间的,但我不能同时想着他和父亲两个人。我不想沃诺与父亲见面,甚至不希望他看见父亲;我也不想父亲与沃诺见面,甚至也不希望父亲看见他。所以,沃诺·马休斯消失了。在途经无边无际的堪萨斯州时,我睡眼蒙眬,依稀见到了平原,我幻觉中的景象与周围的景致一模一样。真真幻幻,在我眼前交替出现。我会下沉,会被淹没,会死去。在途经无边无际的科罗拉多州时,睡眼蒙眬的我又仿佛见到了地平线以外的群山,幻影似的群山如日本水彩画里的山一般精致。但是,这些山不是幻影,没有消逝,反而更加清晰了;它们没有随着地平线渐渐退去,反而不断靠近。突然,我清楚地发现地平线上的群山正向我靠近,我也正沿着高速公路向它们开去。突然,我发现,它们很快就要包围我了。我睁大眼睛,向四周望去,周围都是山。这惊人的发现让我笑了——"落基山!是真的落基山。"

地平线越发起伏不平。连绵不断的中西部平原上的牧场和懒洋洋吃着草的牛群在我身后退去,迎面而来的是另外一群更有生气的牛儿,它们正在另外一片地势更险要的平原上吃草。这里的风景呈深褐色,似乎被烈日晒得褪色了。远处,银色的山丘上点缀着各种奇形怪状的巨石,山顶上闪着白光,像是涂了一层漆。在这里,你不禁意识到风景是有生命的,流露着生机,映入你的眼帘,吹进你的心灵。在西部,我不再是东部的那个年轻女子,那个在犹他州的克莱森特这个陌生的地方正焦急地等着我的年轻女子,那个不同的我。在克莱森特,我决心成为这个女子,父亲的女儿。但是身处在这样的景色里,你很容易相信,美与你有着某种深刻隐秘的联系。你很容易相信自己是第一个完全领略这种美的人。我看见,辽阔的天空中,光线瞬息变化,下面的荒漠也在不断地变换颜色和模样。不像在东部,树木繁多,天空显得渺小,有时压根儿看不到。我看惯了东部局促的景象和地平线,面对如此广阔的空间,不得不眯缝着眼睛才能欣赏;面对如此广阔的空间,你不得不体会到时间的存在,那无穷无尽的时间,存在于人类历史,人类语言出现之前,存在于人类给这些无声的山脉,河流,峡谷,高原,冰山槽,还有那些岩石,沙滩,盐滩,孤山,阶地,悬崖,崎岖地命名之前。我驶过了科罗拉多河,进入大峡谷,继续西行,驶往犹他。这时,一个荒凉凄美的世界呈现在我眼前,我心跳加快,心中充满了希望。我忘记了此行的目的是去探望一个垂死的癌症病人。我会为自己的漫不经心付出代价,但不是现在。我的小车激动地不断颤抖,我听到了浪漫、充满异域风情的诗一般的地名:杂色崖,桑拉法尔谷,沙子河,邋遢鬼河,绿河,美莲草峡谷,德里斯峡谷,死亡谷,地狱山,牛犊溪瀑布,中国草地,废墟峡谷,死马峰,空中之岛。

还有克莱森特,我要去的地方。

开了这么长时间的车,我累极了,不禁想我也许会住在克莱森特。车子行驶在高速公路上,我的一只穿凉鞋的脚长时间踩着油门踏板,已变得麻木,烈日不依不饶地当头照着,恍恍惚惚给自己编了一个故事,父亲出于某种目的召唤我去克莱森特的故事。他在克莱森特这件事本身绝不是巧合,不是么?

"爸爸?我用一本书的部分预支稿费买了这辆车。一本小说集,我的第一本。"我尝试着说出这些令人吃惊的话,嗓音开始颤抖。一个据称是我父亲,但我从未叫过爸爸,爹的人听到这个消息,会有什么反应?他会为我骄傲吗?还是毫不感兴趣?一本小说集,还有那些难以捉摸的"诗一般"的小说,对一个干粗活的人,对一个据我所知,除看报之外很少读书的人来说,有什么意义吗?对于一个出身半文盲农民家庭,家无半本藏书,除了默默地照看牲畜,没有一点精神生活的人来说,有什么意义吗?(唯一的例外是祖母客厅里的一本《圣经》,一本备受尊敬的书,出于好奇和怀疑,我曾经翻看过,除此之外,再也没有人看过。尽管没人看,这本《圣经》却放在铺着花边桌布的桌子上一个显眼的地方。祖母出生在德国,这本《圣经》可以说是她对美国、对基督教的无奈的妥协。一到潮湿的夏天,这本《圣经》的仿真封皮和许多页码上都长满了难闻的淡褐色的霉粒。)

现在,在迄今为止仍难以想象的犹他州,在通往克莱森特繁忙的I-70公路上,我希望找到一家便宜的汽车旅馆。我还祈求(我既不相信《圣经》里的上帝,也不相信斯宾诺莎的上帝)父亲至少能够看到这本书的出版。只要再过六个月！他就能看到我的名字,这名字里有他的姓氏,出现在那本书的护封上。他可以拿着那本书,对我说这本书有多漂亮,还有他爱我。

4

"是的,艾略克想见你。但他不想让你见到他。"

这个陌生人说着我父亲的名字,好像他俩很亲密。

这是一个驼背的小个子女人,娃娃脸上浓妆艳抹,说话时喘着气,少女般的嗓音里透着坚毅。她自称希尔迪·珀默洛伊,父亲的朋友。在铁道大街三号,她打开了那间木板平房的前门,像是已在屋里等我多时了。看到我,她脸上有一丝淡淡的惊异,因为我看上去和父亲所表述的那个女孩大不一样。而希尔迪·珀默洛伊,身高不过四英尺十英寸,脊梁骨有些弯曲,也不是我想象的那种女人,我父亲的朋友和保护人。我俩眨巴着眼睛互相注视着。我已在那家便宜的汽车旅馆(单人间每晚六美元)的大澡盆里洗了一个热水澡,这样洗澡印象中还是第一次。我洗了头,梳整齐,湿湿的波浪形的头发随意地垂到肩膀;换上了一件干净但皱巴巴的长袖棉衬衣,一条全棉宽松裤,全身上下散发着一股香皂、洗发水和牙膏的混合气味;我看上去很不安,肯定不像父亲所说的那个很有学问的女儿。而眼前的这个希尔迪·珀默洛伊穿着一身白色护士服,人造纤维的衬衫和裤子,一双好像刚刚漂白过的橡胶底帆布鞋。她麻利、能干,只是妆化得太匪夷所思,像个歌女。脸上的胭脂浓得化不开,深红色的嘴唇油光锃亮,睫毛上缀满了黑色的睫毛膏,还有她的头发!——染成了吓人的黑色,又长又乱,用几只塑料的花形发夹随意地盘在头上。这个女人看上去就像一只化了妆的玩具娃娃,装着发条,背却给人折断了。她看到我脸上惊讶的神情,便挺直了身子说道:"你可以跟他说话,但他没法回答。我会替他说的。"

"可是他——他——清醒吗?他不是——?"

"你父亲病了,亲爱的。去年他因为喉癌和食道癌动了三次手术。"希尔迪用沙哑的嗓音说着,她顿了一下,接着说,"他瘦了五十几磅,而且他——被手术折磨得不成样了。亲爱的,他每天只有几个小时是清醒的。大多数的访客他都不见,再也不见了。我是例外,因为我是他的朋友,他相信我。"希尔迪挑衅的目光在我眼前一闪而过,"我是他唯一的朋友。"

这话是对我和哥哥们的一种指责,我觉得她指责得有道理,所以没有反驳,"电话里你说他知道自己快——死了?"

希尔迪难过地摇摇头,"哦,他知道,又不知道。或者说他不想知道。病人和我们常人只有那么一点点差别而已。他们的脑子和常人的一样,也会让他们产生假象,只是更悲观罢了。像你父亲这样的病人,有时虚弱得连头也动不了,想看东西睁不开眼,想说话又说不出来,不知自己身在何方,同谁在一起,发生了什么事……我学过护理课程。"希尔迪说,好像我对她有所质疑一样,"我在盐湖城接受过护士培训。"

"我明白。那真是太——幸运了,对于我父亲而言。"

我傻傻地冲着父亲的这位白衣朋友笑了,不知该对她说些什么,来减轻她对我的忧虑。

希尔迪嘲讽地大笑一声,这笑声显得阴郁,让人吃惊,"噢,是啊!他会比现在好得多。"

希尔迪·珀默洛伊比我矮了一大截,站着时脖子伸得长长的,大脑袋吃力地向上仰着,看上去和她矮小的身子不太协调。我觉得我这么站在她面前,低头俯视着她,让她很不舒服。我的存在本身就是一种障碍。这可怜的女人一边气喘吁吁地说着,一边摸着自己的头发,摆弄着脖子上那金质小十字挂件(她的脖子也搽了粉,但不如脸上效果好,你可以看见上面一道道纵横交错的皱纹)。在我看来,有些话希尔迪·珀默洛伊一定事先排练过,她重复着在电话里对我说的话,她需要和我父亲建立一种绝对的不容怀疑的联系,尽管这种联系十分诡秘,难以详述,我这个入侵者也无从怀疑。希尔迪用她明亮、水汪汪的深褐色眼睛凝视着我,那是一双睫毛浓密美得惊人的褐色眼睛,我明白,哪个男人见到这双眼睛,都会爱上她。

在希尔迪看来,我一定吓呆了。我没有悲痛伤感,反而一直在笑,这微笑像是钉在脸上似的。耳畔响起了一个遥远、充满讽刺的声音我大老远赶来了!希尔迪就事论事地说道:"亲爱的,你父亲告诉过我,你记住的是他从前的模样。他也希望这样。我会把你带到他的床前,在后走廊,白天他喜欢待在那儿,电视机也放在那儿,那是一台便携式电视机,搬起来很方便,他醒来时,不知道自己身在何方,后走廊是个很舒服的地方,可以起到安慰的作用。你知道,你父亲日子一直过得不容易。在这以前,还没动手术时,他就过得不容易。假如你得了重病,有点神志不清,你的腿,有时甚至你的胳膊都好像不是你的了,这时你最需要的就是安慰。所以你父亲要我把你带到这儿来,亲爱的,他整天都在等着你。但你必须闭上眼睛,要不我就想法蒙住你的眼睛。这样他就能看见你了。你可以转过身,背对他,或者,你可以坐下来,亲爱的,我给你带了一把漂亮的椅子。我还能帮你跟他说话,因为他现在已经说不出话来了,至少不是你能懂的那种话,只有我能懂。但你只能和他聊几分钟,不然他会精疲力竭的。每天的这个时候他通常在睡觉。

下午很热,他一直在睡觉,然后,天黑的时候,我喂他吃特别为他准备的食物,吃完再睡。你看,亲爱的,他这样子,你很吃惊,可这是他的心愿,是为他好。"希尔迪停了一下,笑了笑。"对你也一样,亲爱的,也是为你好。"

这是警告。我明白。一个将死的人。死亡。你是不会想看的。你还太年轻。

其实,自从四年前见到父亲以后,我一直想象着他的样子。他虽人到中年,却仍然精力充沛,相当年轻;一般在户外干体力活的人都这样,不知怎么的,总不见老,除非凑近看,才能发现脸上满是皱纹,粗糙不堪。我曾设想过父亲会在犹他州的克莱森特这个地方等我,他老了一点,更沧桑了,却急切地想见我,周围环境和现在的不一样:一间通风的卧室,屋顶很高,透过窗户,能望见群山和那深蓝色的天空。犹他州的克莱森特。西部。可是这铁道大街却只是条狭窄且路面不平的小街,与镇上那条狭长的大街相交。这间棕色的木板平房,斑驳的墙面渐渐剥落,前院寸草不生,附近还有一排样式差不多的平房和车拖的活动房屋;后院通向铁路路堤,抬高的路堤上满是煤渣和杂草。屋子四周蔓生着棉白杨,看上去病恹恹的。附近什么地方有人正在使用链锯。这就像是斯特里克斯维尔,靠在铁路边上。克莱森特这个小镇实在平凡,只是名字既好听又有诗意。我在寻找汽车旅馆时,发现克莱森特小得令人吃惊,社区生活这么贫乏,只有零星的几座木结构的教堂,镇中心只有两个街区。除了几家较新的仿砖门面的商铺外,一切都是陈旧的,都有几十年的历史了,尽管这个小镇建造得要比斯特里克斯维尔晚得多,看上去却古老得多。远处的州际公路两边是一堆杂乱的普普通通的加油站、"免下车"餐馆、体育用品商店、废弃的 A&P 店铺、特价地毯店、盖着破旧的大帐篷的"免下车"剧院、小酒馆,还有小旅店。千里迢迢居然到了斯特里克斯维尔！我童年时居住的那个纽约北部小镇和这地方太像了,只是那儿有一家好得出奇的图书馆,还有基督教女青年会馆,我曾在那里游泳;我看犹他州的克莱森特的确太小了,不会有这样的设施。你只要步行几分钟,就来到镇外空旷的原野,平坦而又光秃秃的荒野。一股热风刮过,即使是这山峦,在我的地图上称为杂色崖的浪漫的地方,在迷蒙的热气中,如橡皮擦过的一样,一片模糊。

我对希尔迪说是的,我当然会顺着父亲的心愿,还有她的心愿。

"我——我带了份礼物给他。我是说——给你们俩。"

我递给这个身着白衣,长着娃娃脸的驼背小女人一个包装得花里胡哨的柳条篮,里面都是水果,用沙沙作响的玻璃纸包着。这份送给垂死之人的荒唐礼物是我在科罗拉多的大章克申一家食品店里买的。我当时还不知道父亲得的究竟是什么癌,我一直以为是肺癌。这个可怜的人还能吃水果吗?能吃苹果、橙子、芒果、猕猴桃、香蕉吗?这么一份考虑不周的礼物难道不是一个残酷的玩笑吗?我当时是怎么想的?希尔迪咕哝了一声谢谢,一把接过篮子,放在一边。她问我在见父亲前想不想喝杯水,我马上说要;我的嗓子快冒烟了,说话很吃力,好像满嘴的沙子和碎石。希尔迪把我带到里屋,来到一间狭小的厨房,里面有一台嗡嗡作响的老式冰箱,一架煤气炉和一块用旧的油地毡,厨房里弥漫着一股发酵的燕麦味。透过那唯一的一扇窗户,我看到了杂草丛生的铁路路堤,离这儿三十码远。当火车驶过,那里将是多么的震耳欲聋!我可怜的父亲。希尔迪像一个不苟言笑的护士,不紧不慢地打开水槽上的龙头,用食指试了试水温,确定水够凉,才倒了一杯给我;我谢过她,用颤颤巍巍的手接过杯子,还没喝先把它贴在自己发烫的前额上。这是一个炎热的午后,气温有三十几度,烈日下,让人觉得异常干燥,直冒火星,不像纽约北部那么湿润。我害怕。真的很怕。帮帮我。希尔迪·珀默洛伊一直盯着我看。在她身上,阴柔与坚毅相融合,这使我想起了在斯特里克斯维尔的同学,这些女孩没考上大学,只是留在当地成了美容师、牙医助手、护士、护工。希尔迪看着我苍白紧张的面容,几乎有一种冲动,想抚摸我,安慰我;我希望她来抚摸我,安慰我;奄奄一息的父亲让我感到惊恐,我不知道对他说什么。"谢谢你,"我说道,边说边舔了舔嘴唇,"这——"我的声音有些颤抖,不清楚自己到底想说什么——"对我很陌生。谢谢你。"希尔迪·珀默洛伊皱了皱眉。我发现自己对她的第一印象是不完整的。这个身穿白色的人造丝衣服的女人像一个结实的小精灵,她也许只有三十多岁,也许已经五十多了;两腿虽短却很健壮,脚踝粗大,肩膀宽厚,前臂粗壮有力。人造丝衬衣紧紧裹住了那线条清晰、优美匀称的胸部,她的头发染成了非常古怪的颜色,像乌鸦一样黑,毫无光泽,还有那张浓妆艳抹的娃娃脸,那双迷人的水汪汪的褐色眼睛!我父亲的情人?他的妻子?我尽力回想艾达的脸孔,可就是想不起来。我离家太远了。我凝视着希尔迪·珀默洛伊,说不上驼背的她是一个美得令人不安的女人,还是一个丑得令人毛骨悚然的女人;我也说不上她那张涂脂抹粉,试图展示女性的温柔、顺从和魅力的脸蛋让我同情地报以微笑,还是轻蔑地掉头不看。

  希尔迪看出了我的疑惑,我的惶恐,轻轻地碰了一下我的手腕。她的手指上带着几只闪闪发光的廉价戒指,指甲像是利爪,涂了一层刺眼的深红色,正好与她的嘴唇相配。"你开了这么长的路,亲爱的。是你自己开的吗?"她疑惑地摇了摇头。"对一个女人来说太危险了。你到底怎么回去呢?从地图上看,太远了。"

我出于恐惧,像孩子似的伸出小手,从哲学中寻找慰藉。尼采承认事物不灭。此生此时我们已经历了多次,我们还未被击败,我们有足够的能力忍受,我们只要说是。希尔迪领着我来到屋后的走廊,到我父亲那里。

她看了一下,是的,他醒着——"只是不像你我这么清醒,亲爱的。但对于他来说是清醒的。"他最多能见我几分钟,不能再长了。希尔迪轻轻地牵着我的手,她那温暖干燥的手指紧紧地握住我又黏又湿的手指,迅速把我领到走廊,找个地方站下,父亲看得见我,但我背对着他,看不见他。"你——你好,爸爸?你好。我是——"我说着自己的名字,好像生怕父亲不知道;我大着胆子叫他"爸爸",好像童年时我就一直这么称呼他。我的膝盖在颤抖,目光茫然地停留在半空中。现在天黑了;白天,这个木结构的门廊原本是沐浴在毒辣辣的灿烂的阳光下,现在却被一大片盘根错节的藤条遮住了,那些也许是葡萄藤,或是紫藤,上面无花也无果,只有密密麻麻的叶子,叶子上面满是虫子;遮住阳光的还有一块钉在屋顶和围栏间的廉价屏风,这块屏风是一幅日本水彩画的复制品,上面画着树叶和蝴蝶,这幅画色彩快要褪尽,但构图却十分精美。几码外,希尔迪为父亲铺了一张白天专用的床,那是一张弹簧吱吱作响的沙发。我立即感觉到了他的存在,尽管我的头纹丝不动。我知道他正看着我,生病后,他的视力减退了,可他仍在贪婪地注视着我。我听到他喉咙里发出一声费力而低沉的声音"呃——呃——呃——!"希尔迪赶紧为他翻译——"'你好!'你父亲说。他很高兴你能到这儿来。"我擦了擦眼睛,说:"哦,爸爸,我也很高兴能来这里。我只是希望——"希尔迪捅了我一下,要我注意接下去要说什么;对一个将死的人,什么样的话是可以说出口的呢?父亲在床上扭动着,嘴里叫着"呃——呃",喘着粗气,希尔迪翻译道,"他要你闭上眼,转过身,让他瞧瞧你的脸。但你必须紧闭双眼,因为如果你看见了他,一定会为所见到的一切感到难过的,况且他也不希望你看见他。"我合上了眼,眼皮跳得厉害,希尔迪让我转过身,面对床上的那个人,这个人我相信就是我父亲,他就是"死亡",但却是我父亲。"别害怕,亲爱的。"希尔迪说道,轻轻地帮我遮住双眼,用她的手掌轻轻覆盖在我的眼睛上,这样我大半的脸都露出来了。希尔迪对父亲说话吐字清晰,好像不这么做他就听不见一样,"她真是一个勇敢的姑娘,自己开车来看你,那么长的路!如果是我也会最疼她的。"父亲一定惊讶地看着我,因为他没有出声,也没再说过一句话。他的呼吸越来越吃力,听到这呼吸声你会有强烈的冲动想让它停下来。生活在这种声音里真是恐怖,然而我想对于希尔迪·珀默洛伊而言这就是生命之声,声音不止,生命不息。

5

　　那么他们是情人吗？我永远不能问。

　　我在这个女人面前，觉得很窘迫，就像我在任何一个与我父亲关系密切的神秘女子面前一样。她知道我父亲的许多秘密，而我却无从得知。能够护理我的父亲，希尔迪是那么的自豪：她每天用海绵帮他擦身子，轻柔地清洗他所剩无几的头发，替他刮胡子，喂他流质食物，让他吃一大堆药片，每天帮他测好几次体温，清除沙发下废物袋里的粪便。她就睡在离父亲不远的房间里，夜夜都被他翻来覆去的声响和痛苦不堪的呻吟吵醒，然后立刻来到他身旁，细声安抚、宽慰。"他的愿望就是要死在家里。现在，这里就是他的家。他知道的。"希尔迪说这番话时的语气是如此骄傲，我的胸中泛起了一阵醋意。

　　希尔迪是在一九六四年的深冬认识我父亲的，地点在一家名叫"缘聚阁"的咖啡馆里，她在里面做收银员。父亲经常和当地的一个熟人一起去那里，这个人是镇上沙石公司的卡车司机。而当时，父亲也正好在寻一份卡车司机的差事。他刚刚从位于戈申的犹他州州立男子监狱获得假释，他在里头蹲了十八个月。一九六一年，他因侵犯他人人身罪被判三年监禁。对于此事，希尔迪只是一笔带过，随即，她又气愤地说："当时他们在邓切斯尼干活，那个和他打架的家伙，他才是起因，是他先动手用铲子打艾略克，艾略克只是自卫罢了。他自己也说，当时他失控了。你知道的，男人就是那样子。'像一场大雪崩,'他告诉我,'一旦爆发,你就不知道怎么收场,你就是停不下来。'"希尔迪情绪激动,压低嗓门对我说着,好像我是她的同谋犯。她不断拉扯着脖子上那条细细的金链子。"是证人撒了谎,那些狗杂种!除了他一个,其他人全都在撒谎。在法庭上,一面手按《圣经》发誓,一面还说谎!就这样,艾略克被判有罪,尽管他所做的一切只不过是自卫。"

犯罪!监狱!我父亲曾经坐过牢。虽然事隔多年,这一真相仍让我很震惊,却又不感到意外。只有一种令人悲哀的原因可以解释这一点:父亲想让我们相信他已经死了。死了总比沦为阶下囚好。他不愿我们一起受辱。也许他觉得,他的家人更能忍受悲痛,而不是耻辱。

我擦了擦眼角。这不公平!他没给我们选择的机会。他没给我选择的机会。

希尔迪眯着眼,狐疑地瞧着我,"你知道这事,对吧?你家人也都知道吧?"

我说是的,我们都知道。或多或少知道一点。

"但你们就没有一个人去戈申看他,是吗?"

我说是的,是这么回事。

"一个无辜的人!你们的父亲。"

希尔迪厌恶我们,不住地摇头。不管发生什么事,她都会去看望她亲爱的艾略克。这是毫无疑问的。

我凝视着自己那双洁白无瑕的双手,这是一双纤细的手,躁动不安的手,而且我想还是很迷人的手。我没戴首饰,不像希尔迪那样戴着闪闪发光的戒指,只是在左腕上戴了一块廉价而松松垮垮的宝路华手表。十指的指甲剪得又短又平,这还是我临出门看望父亲前,刚刚在汽车旅店修好的。别人义愤填膺时,我却不为自己辩护,因为这从来就不是我的个性。在那些自认为道德比我高尚的人面前,我往往保持沉默。你爱怎么想就怎么想,愿意怎么想就怎么想,我只是不说话就是了。尽管我和哥哥们都不知道父亲在犹他州坐过牢,但是很有可能,不论发生什么,我们都不会去看他。也有可能,在我们的灵魂深处,我们更乐意相信父亲已经死了,而他也早就读懂了我们的心声。这都是完完全全有可能的。我不能与希尔迪争辩什么,这个陌生人竟口口声声说比我更了解我的父亲。

希尔迪又咄咄逼人地说道,"你父亲他是个很有自尊的人,不管谁羞辱了他,这个人都会得到应得的报应。懂吗?"

我说是的,的确如此。

"他说,在那次斗殴中,他的喉咙受了重伤,这就落下了癌症的病根。在牢里时,他就开始一阵阵地咳嗽,他们才不管呢,还说是吸烟导致的。最后,他们还是让他假释了。这帮混蛋!"

我把食指轻轻按在自己的双眼上,没有作答,没说一句话。我俩坐在"缘聚阁"咖啡馆的一个靠玻璃台面的收银台很近的包厢里,希尔迪已经几杯啤酒下肚了,大声说着话,咖啡馆里的人都能听得见。他们很可能都在听,对于我,这个陌生人,他们十分好奇。似乎希尔迪的言辞愈激烈,我父亲愈不会死。

"一个清白的人,别人却当他是狗屎,我告诉过艾略克,他可以上诉。我们可以上诉。我在盐湖城有个舅舅,他认识一位律师,专门打这类'意外事件'的案子。"

我本想问希尔迪,她怎么一口咬定我父亲是"清白的","清白"对她究竟意味着什么?一个女人怎么知道那些她渴望相信的事呢?真相就是愿望,我们渴望相信,于是我们就会把那些我们相信的东西虚构成真相。而一旦爱掺和进来,真相就不复存在。我想起了沃诺·马休斯,那个我爱过的人,或者自以为爱他胜过爱生命,当然胜过爱我自己的生命;我想起了这个男人的欺骗、谎言和背叛。我知道,自己可能会相信任何一个我所爱的人会做天大的恶事,无论我对他的爱有多深,因为一切都是可能的。我可能相信父亲是个暴徒,甚至是个杀人凶手,然而这些都无法改变我对他最根本的感情。这是不正常的,难道不是吗?至少对一个女人而言,一个充满激情、"女人味十足"的女人,就像希尔迪·珀默洛伊。身为女人,你应该否定一切丑恶的事实,你必须真诚、忠贞。希尔迪这会儿正喘着粗气、愤愤不平,她似乎无法了解我的感受,无法了解我对她这种自以为正直的样子很反感。她轻轻地碰了一下我的手腕,似乎想安慰我,"不过现在有我照顾他。他知道他可以完全相信我。我拥有那栋房子,那是我的。五十年来它一直属于我父母,现在,它归我了。"

希尔迪邀请我去"缘聚阁"咖啡馆,她每周在那里工作五个晚上。老板是她的一个老朋友,也知道些我父亲的事。咖啡馆里所有认识希尔迪的人似乎都很同情她的处境,并且总要向那个叫艾略克的男人问好;希尔迪向他们中的几个人介绍说我是艾略克的女儿——"眼下她是来看他的。她是个好姑娘。"希尔迪已向我道过歉,说她不能在家给我做饭,她大都是在咖啡馆里吃晚饭,她早就没有在家给自己做饭的习惯了,只给我父亲做。以前,她曾在"缘聚阁"咖啡馆做服务员,后来改做收银员,一做就是二十年;高中毕业后,她在盐湖城待过一段时间——"但还是没混出什么名堂。"

伤感的话语中带着一点令人心痛的激情。还是没混出什么名堂。

在这家"缘聚阁"咖啡馆待了二十二年!周围只有一排靠墙

的仿皮包厢,十二张桌子,黏糊糊的油毡地板,墙上交替悬挂着镜子和烟酒广告,一台老是开着(开电视时除外)只收当地节目的收音机,播报新闻、体育比赛、天气预报和广告。油迹斑斑的前窗有些地方贴着铝箔,用来抵挡阳光;一台空调,发着单调的隆隆声,一直伸到后墙外;屋里弥漫着啤酒、香烟和油炸食物的气味。屋外有一块"缘聚阁咖啡馆"的粉色霓虹灯招牌。在这个地方,希尔迪舒适自在:一个娃娃脸的驼背矮个子女人,涂脂抹粉,一头染过的黑发盘了起来,上面还缀了花哨的仿钻石发夹。晚上,她常穿一条向日葵图案的褶裙,勾勒出胸部丰满的曲线。希尔迪举止夸张,看上去多像一幅蜡笔画。她坐着时,头抬得高高的,显得身材适中,要是从正面看,你根本看不出她的脊椎是弯的。

我问希尔迪我父亲在克莱森特有没有大夫,她生气地耸耸肩,又喝了几口啤酒,口中含糊不清地骂着"混蛋!"我不大自在地说道"真谢谢你照顾他。这一定很不容易——"

希尔迪突然火冒三丈,好像受到了羞辱。"'谢谢'!说什么'谢谢'!艾略克是我亲爱的朋友!"

"噢,我知道。我——"

"告诉你,在他的病还没恶化前,我们还计划要结婚呢。"说这话时,希尔迪脸上带着怀疑的神色,似乎现在也不相信这一计划竟然不能实现。"事情发生得真他妈快!最后一次手术后,他就已经——已经——不省人事了。"

希尔迪一口喝干啤酒,水汪汪的亮眼睛似乎透过杯沿,对我眨着。结婚?为什么不呢?我没有权利怀疑她的话。

一位顾客到收银台付账,还要买包烟。希尔迪迅速将自己苗条小巧的身体挪出包厢,蹬着高跟鞋,踉踉跄跄地攀上了收银台里面的一张凳子。沐浴在异性的目光里,希尔迪高兴地微微颤抖,就好像有一台摄像机正对着她拍。"你好啊！彼特！最近还好吗？"随意的打趣，冗长的笑话，调情。在"缘聚阁"咖啡馆，希尔迪·珀默洛伊是一个固定成员，一个"人物"；多年来，她和罗德、加利、厄内斯特、塔克都谈过恋爱；也许还有这个彼特，他逗趣地向她诉苦，用牙签剔着褪了色的牙。希尔迪不住地点头，很有同感的样子。你倾听、你点头、你微笑，然后哈哈大笑，你就得这么生活。不然，还能干什么？

　　那天晚上，在我回汽车旅店之前，咖啡馆经理，一个名叫罗德的男人——此人身材魁梧，五十来岁，油腻腻的皮肤坑坑洼洼，眼睛湿润，上面的衬衣扣子敞开着，露出一长片灰白色的胸毛，这性感的胸毛和男人的年龄或他是否对女人真感兴趣没有关系——俯身靠近坐在包厢里的我，压低声音（以免坐在收银台后的希尔迪听见）对我说道，"现在有你陪希尔迪真是太好了，这可怜的姑娘受的打击太大了。"

6

  我三次被带到父亲那里，三次被警告不许回头看他。
  我三次被带到死亡那里，三次都脱身逃离了。
  陪伴在死亡左右的是一个身着白衣的女子，用爪子似的手指紧紧拽住我的手，一再要我相信："他现在的样子已经不是他自己了，是他经历的一些事把他变成这样的。哦！上帝啊！"
  她从没在我面前痛哭过，只是偶尔因愤怒迸出几滴热泪。这眼泪来自一个被生活欺骗的人，被骗了这么多次！

  在犹他州克莱森特逗留的这七天里，我和希尔迪总是在一起，但奇怪的是，她从来没叫过我的名字。即便是在通电话时，她也不叫我的名字。她通常都叫我"亲爱的"，就像在咖啡馆里，她用一种漫不经心、打情骂俏的口吻称呼顾客们亲爱的，甜心一样。有时她根本不称呼我。我曾不止一次告诉过她我的名字，但她却只当没听见。对她来说，我不过是一个陌生人，一个入侵者，一个目光暗淡、神情忧虑的女孩，对痛苦的自然反应是沉默，而不是交谈。在希尔迪认为我不适合见父亲的时候，我就拿出随身带的几本书读读画画，希尔迪也会拿起来翻几页，脸上顿时露出顽皮、奚落的表情，"这本书不会拍成电影吧，嗯？"或是，"你读的这些书里怎么没人说话？只有思考？"希尔迪要么嘲笑我，拿我当笑柄，要么就盯着我，寻思着我这个人。

我是这个垂死之人往昔岁月的见证。我是他的女儿,我有权赢得他的心。我的名字是很久以前由另一个女人取的。希尔迪又怎么可能相信我呢?

我坐在平房门前的台阶上,凝望着美丽、空阔、无情的天空,突然,希尔迪急匆匆上气不接下气地跑过来,说道:"他醒了,亲爱的!他状态很好。眼睛那么清澈!他想见你!"我放下手中沉甸甸的书,站起来,在期待中瑟瑟发抖。希尔迪用明亮的、泪汪汪的眼睛贪婪地看着我,好像我是她准备送给爱人的礼物,是她深情厚谊的明证。

"别怕,亲爱的!来吧。"

希尔迪说干就干,像所有穿着刺眼的人造纤维白大褂,脚登白色橡胶底软鞋的护士一样,她动作轻快敏捷,十指紧紧地抓住我的手,不容我不从。"记住,亲爱的,一定不能转过头看。要尊重你父亲的心愿!"她带我穿过了阴暗的房子,来到后走廊。在那里,那个重病人像死了一样安静地躺着。我跨过门槛走进去,不得不背对着自己最想看的方向,与受命运驱使的欧律狄刻①和罗得②之妻正好相反。希尔迪用少女般的声音,喘着气叫道:"我们来了,艾略克!她在这儿呢!"

当然,这第二次的见面我更有心理准备。我已经习惯了那刺耳的喘息声,似乎每吸一口气,这喘息就会停下来;我也习惯了那甜甜臭臭的气息,闻上去好像潮湿腐烂的叶子;我还习惯了那痛苦

---

① 希腊神话中的歌手奥菲士之妻,新婚夜被蟒蛇杀死,其夫以歌喉打动冥王,冥王准她回生,但要求其夫在引她返回阳世的路上不得回头看她,其夫未能做到,结果她仍被抓回阴间。
② 《圣经》故事中的人物,据传在带领妻子逃离即将毁灭的城市所多玛时,其妻因回头探望,即刻变成一根盐柱。

的呃——呃——呃,感觉像是小溪里的流水冲刷在鹅卵石上。在疑惑中,我意识到希尔迪为了去除臭味,在走廊四周洒了散发着花香的古龙水。

"爸爸?早——早上好!"我的语气欢快,就像女天气预报员;笑容里透着无望和天真,但谁也看不见。

一声低低的呻吟传来,像弹簧在咯吱咯吱作响。希尔迪激动地解释说:"他说天气不错啊?是不错!"希尔迪在我身后用力按住我的肩,让我坐在一张藤椅上,几步外的沙发上就躺着我的父亲。希尔迪一直在我身后站着,一手搭在我肩头,一手抓着父亲的手。她是我俩的中间人,没有她,我们就无法交流。她欢快地与我俩闲谈,帮我们翻译。我试着将父亲的"呃——呃——呃"当成一个个单词听,而不仅仅是喉咙里发出的声音。这呻吟虽然有点像说话,但竟然扭曲变形到这副样子,一想到这儿,未免令人痛苦。有时,我觉得自己快要明白他的话了,可片刻之间又糊涂了,就像是一个梦,你刚醒来就烟消云散了。我盯着走廊顶上一角的蜘蛛网,盯着那张日本屏风,一片茫然。那可怕的声音!就像被巨蟒缠住的拉奥孔①,正在痛苦地低吼。

对我父亲的勇气,我感到十分敬畏。我无法想象将来自己会这么勇敢,或这么坚强。到那时,我会这么苦苦挣扎着去跟谁说话呢!

"亲爱的?他要你谈谈自己的生活。"

希尔迪弯下身子,在我耳旁喃喃道。

"我的生——生活?"

---

① 希腊神话中的特洛伊祭师,因警告特洛伊人勿中木马计而触怒天神被巨蟒缠死。

"你住哪儿？你现在的家在哪儿？"

但我不住在家里。我没有家。

我的生活就像玻璃杯里的水，清澈透明，了无生趣。我已经厌倦了这种生活，对我而言，它不过是一辆破旧的大众轿车，锈迹斑斑，斑驳陆离。透过车窗，我能望到西部。无形的东西叫我怎么形容呢？"我——我——"我坐得笔直，盯着希尔迪家的后院，盯着杂草丛生的铁路路堤，听见远处有火车的轰鸣声。我羞愧难当，像一条被抛到地面的大鱼，喘着气扑腾着。"——我很高兴能来这儿。我很想——想你，爸爸。我们都很想你，亨德里克、迪特里希、弗里茨，还有——"叫这个陌生人爸爸多奇怪，叫"死亡"爸爸多么有悖常理。我的声音充满了热切的渴望，像个孩子，一个为了招人爱什么话都愿意说的孩子。我不知道自己的话是不是真的，也许不是，因为你怎么可能去想念一个一直躲着你的人，但这些话听起来却很像真的。在希尔迪的指令启发下，我终于能说些什么了。火车疾驶而过，这是一辆很短的货车，我盯着飞驰而过的车厢，看见**圣菲—圣迭戈—菲尼克斯—盐湖城—博伊西**，这些名字我从未在驶经斯特里克斯维尔的货车上见过。我等着雷鸣般的火车呼啸而过，对这巨响心存感激。简直是震耳欲聋！但我似乎觉得希尔迪和父亲没听到。

在西部，周围都是群山、红石谷和银色的荒漠，人们对这样的环境习以为常，就像人们自然而然地接受一部戏的舞台布景一样。在克莱森特的一家商店里，我看到了一个顽皮的小男孩，约摸十岁，身穿一件T恤衫，上面印着**星星有多高，梦就有多远。**"

我听到自己急促地喋喋不休地谈论着哥哥们，谈论他们的生活，知道的，就如实谈，不知道的，就信口胡编；我说他们很幸福，他们工作很努力，他们很出色。我还提到了祖父母，我父亲的双亲；

父亲和他们之间到底有什么口角,失望的事儿,伤心的事儿,我一概不知;我充满柔情地谈论着这些已故的人们,在他们生前,我从没对他俩产生过这种柔情,我想他们也从不指望从我这儿得到柔情。我这个老小,唯一的女孩,小东西,刚一出生就夺走母亲的生命,又将悲痛的父亲逼出家门,走上绝路。我并没有提及祖父母晚年的痛苦和失去儿子的悲伤,这种悲伤随着时间的推移,渐渐变得麻木,成了一种郁积在心头的无奈,他们也是怀着这样的心情接受基督教的(斯特里克斯维尔路德教堂的牧师是这么向我解释的)。我说,他们走得很安详,安葬在教堂墓地,我母亲的墓旁。我感觉到希尔迪尖尖的指甲刺在我的肩上,还有父亲呼哧呼哧的喘息声。这是一个危险的话题,我知道,但我仍在继续,尽管没说出那句我最想说的话你为什么离开我们!我们需要你啊。我抹了一下眼泪,我不知道这眼泪是什么时候流出来的。父亲似乎在被窝里翻来覆去地扭动着,痛苦万分,气也喘不过来,吃力地叫着呃—呃—呃。我本能地想要转过头去,但希尔迪不让,她按住我的头,严厉地责骂道:"不!不可以!你答应过不回头的。"希尔迪动作是这么迅速、有力,警惕性这么强。这个结实的小个子女人像一个身手敏捷的女篮防守队员,正在积极断球,她截住了我,截住了我的头,狠命按住。我闻到了一股香气,感觉到她温暖的呼吸。

后来我想,希尔迪陪伴在"死亡"的左右,与"死亡"生活在同一屋檐下,多少个日子,多少个礼拜,多少个月份,一定有点疯了。我并没有责怪她,因为我自己都有点疯了,怎么能责备她呢?

事实上,我很感激她及时阻止我看不该看的东西。

7

  我在犹他州的这七天！我常常开车数小时进入荒漠,来到红石谷,因为我每次只能见父亲一小会儿,而且并非每天都能见到。希尔迪告诉我,大多数见面他都硬撑着,实在吃不消。有时,她还在给他喂饭、洗澡,他就已经睡着了。没什么电视节目能让他多清醒几分钟。"也许对他是一种宽慰,"希尔迪严肃地说——她开始承认这个事实,并且勇敢地面对——"就这么衰弱下去,直到生命停止。"

  强劲的药物可以减轻癌症晚期病人的疼痛,尽管不能完全消除。为了保持片刻的清醒和知觉,你不得不付出代价,但有时候,这个代价并不值得。因为在他们都还年轻时,艾达就离开了他,这影响了他的一生。为了不陷入疯狂,除非这么做是另一种疯狂,我驾车沿着一条狭窄、明亮的公路进入克莱森特南部的荒漠,来到了圣拉菲尔山谷。西面的神殿山是该地区的最高峰。这里渺无人烟,除了公路外,罕有人迹。我感觉这么轻松！这么自由！即便是在这辆颤抖着的小汽车里（已经有人警告过我,这辆车的发动机可能会过热）。如果我继续留在克莱森特,我也许不得不去考虑一些我不愿考虑的事情,而这些事情会让我筋疲力尽。如果我不想父亲——他的病体如噩梦般缠绕着我——我就会想起我那去世多年的母亲,也许你以为我早就把丧母之痛抛在脑后,其实没有。可是在这旷野,在这广阔宁静的大西部,这些思绪慢慢消散了。在这里,个人的死算不了什么,整个人类的灭绝也算不了什么。唯一的存在只有时间:地球上最合乎自然的一幕就是时间。在文明社会中,这一简单的事实变得模糊不清。在西部,你无法逃避这个事实。一切都在改变,在沉沦,在腐蚀。在我的生命里,短短的一天(在我疯狂爱着沃诺·马休斯的时候,甚至是一小时!)都有着深刻的含义。而在西部,一天没有任何意义。哪怕是一年,一辈子——都毫无意义,都像是眼睛一眨,转瞬即逝。就算是我驱车经过的这一大片红色的山岩——虽然美得赤裸裸,摄人心魄——也不值一提,所以我也就不说什么了。我父亲的死不会给这里蒙上一丝一毫的阴影。在这里,一切都被抹去,就像照片被过度曝光一样。

我会开下公路,进入灌木林。要是没人看见,没人留意。在这刺眼的阳光下,我会不停地开,直到汽油耗尽,或者车子抛锚。还有比这更好的方法去结束痛苦吗?希尔迪肯定不知道,没人会知道。真是一种宽慰!

但是如果父亲的死,或者我自己的死都是无关紧要的,那么为什么我不趁现在还来得及看他一眼呢?然而最痛苦最令人哭笑不得的事情是我大老远开车来却不允许看他的脸。但我要看他!一定要。我像是一个叛逆的孩子,天真地筹划着这一幕。下次希尔迪带我进入后走廊,我会乖乖地背对着父亲坐下,然后突然假装昏过去,扑通一下倒在藤椅上,或者干脆一头倒在地上,等希尔迪过来扶我时,我会在慌乱中偷偷瞥上父亲一眼,也许希尔迪会急匆匆地拿凉水浇我的头,等她一走,我也能瞟一眼父亲。可那时他一定会看见我的,他一定会知道的。

不,我不能干这种事。我不能像欧律狄克和罗得的妻子那样回头看,这么做结局太悲惨。如果我父亲的愿望就是不让女儿看到他已毁的容貌,我又怎么能违背呢?

希尔迪说是手术毁了他的容。这话听上去是多么令人害怕。毁容这个词儿听来多刺耳。在希尔迪看来,这是一个不寻常的词儿,她说的时候十分冷静超然。

父亲去世前不久的一天,我感觉十分躁动不安,便驱车来到了离克莱森特仅几英里远的格林河露营地。我沿着一大片岩石徒步行走,这些有着奇形怪状的纹路的岩石呈暗红色,就像干了的血;它们从地面上斜伸出来,犹如一个人隆起的背。我顺着一条又窄又深的山谷走,从幽深的山谷底部飘出来一股阴冷腐臭的硫黄气味。要是一不小心掉下去,该多可怕。我一个劲地往下看,山谷深不见底。虽然我没穿登山鞋,也忘了带上一瓶水,但这里头似乎有一些神秘的东西,我不得不探索一番。在"缘聚阁"咖啡馆,希尔迪的朋友曾警告我不要只身进入大峡谷,但我还是来了,不过我没打算待很久。

宇宙以空间包围微小如粒子的我,以思想——
我想不起来剩下的话帕斯卡尔是怎么说的。

帕斯卡尔是在吹嘘!因为一切哲学归根到底都是吹嘘。原子的宣言。会思考的芦苇结结巴巴说的话。

眼前的这个世界根本不理会这种智慧。眼前的这个世界得用眼看,用脚踏,用手触摸。空气干燥透亮,头顶这片天空浩瀚无垠。我会一直留在这大西部,现在他把我召唤到这里,一定有原因。我不知道父亲是否也爱西部,还是因为他对东部生活绝望了,才逃到这儿的。美国就像空间里的一粒粒原子,这些原子在溪流里不断前行,互相碰撞,翻飞,弹回到空间。我父亲大半辈子都是一个在户外干体力活的人。我想知道这样的生活是不是他自己选择的,就像我自己的生活,脑力劳动的生活,是我自己选择的一样。但是现在他虚弱的身体正慢慢垮掉,如同一件散了架的旧农具,就像那台废弃的拖拉机,现在仍摆在我祖父的干草棚里,积满灰尘。

但他刚刚五十六岁。太年轻了!

我这会儿走在略为平坦安全的岩石上,一只手按在眉头,挡住耀眼的阳光。这儿的草木是深褐色的,像尸骨般发白;这儿还有一种三齿蒿,呈灰绿色;岩石的主色是晦暗的铁锈红,如同布满血管的眼睑内侧。我开始觉得呼吸急促,就好像我是在爬山似的。我虽然头很疼,发晕,但还不想转身离去:这儿太寂静了,充满诱惑,似乎有一个法力很大的精灵占据在这儿,我既害怕又渴望走进去。一阵微弱的声音召唤着我,像是在安慰我,要不就是在嘲笑我。现在他把你召唤到这儿,一定有原因! 这里的景物就像达利①的画,有一种超现实的意境,分不清远近,分不清大小。我看见半山腰有一道蓝色火焰在闪烁,但凑近一看,原来是一个破碎的瓶子。我看见一个苍白的扭曲的雕塑品,但凑近一看,原来是野兔的尸骨。我看见一匹小马驹在一条干涸的小溪边的三齿蒿中吃草,但凑近一看,原来是胶合板或塑料什么的。我看见穿着 T 恤衫的男孩,T 恤衫上写着**星星有多高,梦想有多远**,但凑近一看,原来是太阳照在岩石上使我产生的幻觉。一块岩石下盛开着一片鲜红的花朵,像牡丹,但凑近一看,原来是廉价的塑料品。石头和瓦砾就像人的头和手,破烂的衣衫像是填了沙子一样鼓着,样子怪怪的,活像稻草人。我的视线变窄了,仿佛戴上了眼罩似的。太阳穴跳个不停。我看见那件破衣裳,久久地站在那儿,眼睛一眨也不眨,但我不敢靠得太近,生怕看见什么丑陋的东西。昨夜在咖啡馆,一个男子走

---

① 达利(Salvador Dalí,1904—1989),西班牙超现实主义画家,作品以探索潜意识的意象著称,代表作有表现幻想境界的《记忆的永恒》。

过来坐在希尔迪和我身旁,告诉我们说多年前他在自己的牧场里发现一具尸体,是一个被肢解的印第安女孩。那里有很多死尸,都扔在那儿。这些人失踪了,但没人报案。

热浪滚滚的悬崖上出现了一个女人的侧影,像是希尔迪·珀默洛伊,弯曲的背绷得紧紧的,像一张拉紧的弓,这是一具变了形的人体,但千真万确是人,但当我凑近一看,原来是一块至少长二十英尺的岩石。但恍恍惚惚之中,我仿佛觉得它只有女人一般大小。我见那岩石,泛起阵阵涟漪,像沙又像是水;我看见涌动的水流是自然的本质,就像我们欲火焚身时,被卷入这样的漩涡,这漩涡一浪一浪无情地穿过我们的身体,消耗我们的精力,然后将我们抛弃,只留一具空壳。斯宾诺莎说我们渴望延续生命,但我们更强烈地渴望延续人类的生命。我又一次感觉到头天晚上悄悄来到我和希尔迪身旁的那个男子的漫不经心、游移不定的眼睛,心里兴奋不已。他叫埃里?如果我没听错,他的名字应该是里奥。我太累了,眼皮耷拉着,神志不清,也听不清楚,因为咖啡馆里一片嘈杂,欢笑声、叫喊声、电视里体育节目的吵闹声混在一起。我等了几个小时,终于听到希尔迪说现在是时候见我父亲了,只不过有时候一整天都不凑巧,他没有完全清醒过来,就算醒过来,也是恍恍惚惚的。在咖啡馆里,我喝了两杯啤酒,吃了烤肉和薯条,在女厕所里冲洗黏糊糊的手指,厕所里弥漫着一股像臭水沟一样的气息。希尔迪直截了当地问我,是否爱过什么人。我说是的。她又问我——一边问一边盯着我的脸,想弄清楚我是否说实话——有没有心碎过。我垂着眼答道,是的,心碎过。希尔迪用绯红的手指碰了碰我的手腕——"哦,亲爱的,别再发生这种事了。那些混蛋!"

接着,那个叫埃里或是里奥的男子过来了。他那双游移不定的眼睛在审视着我。一个牧场主,希尔迪这么叫他。他问我愿不愿意搭他的车回廉价汽车旅馆,因为他和我同路,我谢了他说我自己有车。在汽车旅馆,我关上了门锁,几分钟后,有人敲门。我打开门——但没拉下门链——一看,原来是埃里,或里奥。他问能不能进来,我说不行,这不是个好主意。接着他又问明晚能不能来,我客气地告诉他不行。然后他又问什么时候能来看我,还说他很想见我,我马上告诉他不,不行,我来克莱森特是因为我父亲,我父亲快要死了,请理解。停了一会儿,他尴尬地说——"当然,我理解。对不起。"

我的眼皮在跳,还没意识到双眼已经合上。我像一个筋疲力尽的拳击手似的嘴里喘着气。我不知道在烈日下血管会不会爆裂?像是患了动脉瘤?一阵虚幻感袭上我心,如同卡通画里的云彩。我的额头和后颈湿漉漉的,沾满了汗水。令人困惑的虚幻感。有个浮夸的德语词可以表达这种感觉,这个词出自海德格尔的一篇费解的散文,沃诺·马休斯曾读给我听过,我们当时还笑个不停。令人困惑的虚幻感!无处不在,沃诺说,边说边鼓起双眼,学着偏执狂的样子,惊恐不已。沃诺决定放弃博士学位,和哲学彻底决裂,转到芝加哥大学学习法律,这让赏识他的教授们大跌眼镜。我们失去了联系,今后二十年我也不会有他的消息。到那时,他可能已名扬全美,成了华盛顿特区保护少年儿童基金会的一员了。令人困惑的虚幻感!在这个寂静的谷地,我放声大笑,一边笑一边抹着眼泪。我似乎看见自己的骨头在阳光下发白,在远处发着微光,像一件艺术品。我还看见我的帽子,我破碎的太阳镜,我的长袖衬衫和短裤填满了沙子。我对自己说现在回去吧。别着急,不要慌。你没有迷路。

我终于回到了布满纹路,活像驼背的那片岩石,然后沿着又深又窄的峡谷走回营地停车场。我的车旁还停着两辆车,都挂着犹他州的牌照。我走向那辆大众车,气喘吁吁,摇摇晃晃,汗流浃背,但我没有惊慌,也没有迷失。眼前依然是那幅奇特的扭曲的画面。我似乎从隧道里往外看,看见垃圾桶旁边有一根高大的光柱在闪烁,仿佛伸手向我召唤,凑近看时,原来是一块四英寸的碎镜片。

8

过了两天,希尔迪·珀默洛伊带我见了父亲最后一面。

"亲爱的,他一直在念叨你,但不能肯定你真在这儿。我想他以为自己是在做梦!看起来他的意识在一点点破碎。"

希尔迪那晚没怎么睡。她在蜡黄的脸上匆匆化了妆,牙齿上还留着斑斑点点的深红色唇膏,染过的头发像假发,乱蓬蓬的好几天没洗了。她一直在哭,睫毛膏也没法儿染,眼睛又红又肿,睫毛稀疏。人造纤维的白衬衫和裤子脏兮兮的,她又小又驼的身子显得滑稽,散发着古龙香水的气味,透出忧伤的气息。她告诉我现在父亲十分虚弱,神志一会儿清醒一会儿糊涂,他已经两天没进食了,有时不知道自己在哪里,还咒骂幻想中的敌人。那天早晨大约八点我走近她的住处,听见她在打电话,声音尖锐刺耳,我犹豫不决地敲了敲帘门,她朝我大声喊道——"进来!正是时候。"

希尔迪抓住我的手,她的手指冰冷,紧紧地绕在我的指间。似乎有什么东西扑打着黑色的翅膀向我们袭来,她很害怕,可恐惧很快消失,她又变得活泼起来,只是这活泼劲儿来一阵去一阵,零零落落的。"快点快点快点快点。"我们出了门,来到走廊,希尔迪让我转过头,带我到椅子旁,强迫我坐下,用双臂牢牢夹住我的头。"现在,你保证不转过头,保证!"我轻声说好,我保证。"乖女孩!艾略克,你的乖女儿来了,看见了吧?"我用力咽了一下口水,说道:"爸爸?早安。"令人作呕的死亡气息在早晨清新干燥的空气里更为浓郁。父亲呼吸困难,呃呃的呻吟声比以前更微弱了,我根本听不明白。但希尔迪马上解释道,"嗯,亲爱的,见到你他很高兴。他以为你走了。"令人惊愕的是,希尔迪竟然笑了。她站在我身后,靠着我,爪子一样强有力的手指紧紧抓住我的双肩。"他买了保险,定了遗嘱,却不让我看。我想,我不算是家里人!"希尔迪喘着气,轻声笑着。她在我耳旁喃喃道,"快说吧。你为什么来这儿,孩子。告诉你爸爸——随便什么。大声点。"于是我开始说开了,说父亲打电话回家时多么叫人喜出望外,电话铃只要在十一点后响起,我们就知道是他,这就像圣诞节,如此令人激动。他那会儿在阿拉斯加工作,还在加拿大,太平洋沿岸的西北部工作;我回忆起父亲电话里对我说的话——"爸,你不知道,接到你的电话多么特别。"希尔迪听着听着,抓我肩的手松开了。那天早上,在汽车旅馆里我匆匆洗了澡,头发还湿漉漉的,贴着头颈;后来我才发现洗发露也没冲干净,泡沫还留在头发上;我也来不及擦干全身,内衣紧贴着身体,湿湿的,很难受。我也是气喘吁吁的,像是参加赛跑,不顾一切跑到这里来似的。父亲迷迷糊糊地听着我说,但我相信他在听。我告诉他我在佛蒙特州时亨德里克打电话给我,又说起我开车来犹他州——"我!一个人开了这么长的路!"在朋友和熟人中间,我特立独行是出了名的,他们说我遥不可及,大概是指我不容易接近,可是你听我和爸爸说话,会以为我只有十一岁。我听见自己以不以为然的口吻谈着我的汽车,那口吻就像人们谈家庭奇闻怪事时一样。我听见自己说怎样用第一本小说集的预付稿费买了车,但我没有说我会把这本珍贵的书献给我深爱的父母艾达和艾略克,因为当时我也没想到会这样做。

我在一个不久于世的人面前夸耀自己的第一辆车和第一本书,不免显得幼稚。但希尔迪像是抓住了救命稻草,马上接口道,

"噢,一本书?像图书馆里的那种?而不是——"她大概想说简装本——"米基·史毕兰①?亲爱的,和你爸聊聊你的书。"

"我的——书?是——"我久久地说不出话来,头上青筋直跳。我不知道这是不是因为害羞,还是尴尬,或者是莫名的骄傲,再或许是希尔迪对我的期望过高。"——是本故事书。以斯特里克斯维尔为背景。我是说——不是那个真实的地方,爸爸,我用的是另一个名字,但是——"但是我想说什么?父亲还在粗声喘着气,但没有回应;也许他太累了,衰弱的身体只剩下呼吸的力气。我接着说:"爸爸,我想写一些美好的东西,"泪水刺痛了我的眼,这是真的吗?难道这是真的吗?与严酷的现实相比,美又是什么?"我想写一些能经受时间考验的东西,希望有——有一天你能看到,爸爸——我说——"哎,我想说什么?对一个垂死之人说这种事?我想希尔迪可能会过来给我一巴掌。"确切地说写作并不是我生一生活的全部,爸爸,但我——我不能——当时我不能——没有它就像——不能没有梦?不能没有呼吸?"我说着说着,语调上扬,变成疑问句,像飘起的气球。

我就那样坐在父亲面前结结巴巴地说着自己也不明白的话儿,我就那样坐在凹陷的藤椅上,衣服湿漉漉的,令人发痒。我挺直身子,像是有人在用力向上拉我的头发。从十八岁起,我已习惯了挺直身子,这只是出于恐惧,害怕像没有脊椎的水母一样软绵绵耷拉着,就像在那痛苦的日子里,我曾见沃诺·马休斯趴在桌上看书,受伤的拇指伸进污迹斑斑的眼镜片后使劲揉搓眼睛。我就这样坐得笔直,视线跃过希尔迪家门廊前错落交织的像门帘一样的

---

① 米基·史毕兰(Mickey Spillane,1918—2006),美国侦探小说家,代表作《审判者》《大杀人案》。

藤蔓,朝着铁路路堤的方向望去,想着今天没有火车可以给我解围。父亲艰难的呃呃声已经停下了,希尔迪早就停止解释,也许她听不明白,也可能不敢再不懂装懂,又或者她已心烦意乱(尽管希尔迪已经告诉过我许多次,在我父亲生命的最后几小时,不会有该死的医生来诊治,我似乎是知道,希尔迪那天早晨是在给医生办公室或医疗所打了电话)。我话说完了,希尔迪低声道,"说下去!现在你不能停。"我想我会告诉爸爸我爱他,我会告诉爸爸我的小说写的是爱,是真实的。我仍打算说这些难以启齿的话,尽管我预感到再说爸爸我爱你这句话于事无补,因为那一刻父亲快不行了。

此刻我们听见——什么?——电话铃声。房里的电话。希尔迪将指甲按进我肩膀,警告我在她离开时不准回头。"记住!你保证过。"

希尔迪赶去接电话后,我的头纹丝不动,不过那天早晨我在衬衫口袋里放了一片在停车场发现的碎镜子,我悄悄地从口袋里摸出来,慢慢举到眼前,这么举着,即使父亲盯着我看——我相信他没在看我——他也不会有所怀疑。我继续心不在焉地说着,注意到父亲已经不在听了,于是偷偷把镜子向左移,看到了令人不解的一幕,我的视线模糊了,眼中只有斑斑点点,犹如透过水幕在看。一具瘦骨嶙峋的身子靠着肮脏的枕头。秃了的头看起来变大了,有点畸形,破了相的脸上皱纹和血管纵横交错;肤色灰白又通红,仿佛煮沸了一般;张开的嘴与上颚难以分辨,下颚只剩一张皮,牙床已碎裂,上边没有一颗牙齿;右边的脸和颈部伤痕累累,头颈看上去像是融入了肩膀。那眼睛!如果不是看到那双眼睛我不会认出父亲的脸。眼睛深陷,有一轮黑眼圈,睫毛下垂,双目圆睁,却什么也看不见;然而,像噩梦一般,当我凑近镜子朝里细看,那双眼睛似乎向我瞟过来,脸上的表情显得很生气,皮肤皱起,像是用手揉得皱巴巴的手套；骨瘦如柴的身子在颤抖，一声微弱的呻吟传过来，像是在责备我。

　　我感到一阵晕眩，两眼直冒金星，镜片从指间滑落到走廊的地板上，摔得粉碎。

9

他没有看见！不可能看见。

我理当受到责备。是我害他离开人世的。

不,他不可能看见。那双眼睛不可能看得见。

他看见了,他永远不会原谅我。

他什么也没看见,也就不用原谅什么。

他看见了,他会原谅我。垂死的人会宽恕一切。

在父亲死的这一刻,我惶惑不安,不过我仍手脚硬撑着身体,机灵地把碎镜片拢到手上,藏进了衬衣口袋。

10

父亲死后,我病了一段时间,但还是康复了。

尽管希尔迪·珀默洛伊会阻挠我,我还是生平第一次表现得像个成人:安排将父亲的遗体运回斯特里克斯维尔,安葬到路德公墓我母亲的身旁。

可怜的希尔迪,她原打算把父亲葬在克莱森特,她不顾一切要将他葬在那儿;我能理解,她希望在有生之年带着鲜花去祭奠我父亲;我能理解,她想在脸上抹上惨白的粉底,涂上厚厚的栗色口红,穿上褶边的黑色丧服;我能理解,她希望像幽魂般在克莱森特度过余生,让人尊敬,敬畏,同情,甚至嫉妒。这就是那个死了情人的希尔迪·珀默洛伊,天天为他以泪洗面。我能理解,但不能答应她,因为父亲的意愿与此相反。

希尔迪怒气冲冲,咒骂我背叛了她。她本来要和我父亲结婚,可后来他就病倒了!克莱森特人人都知道,都可以作证!该死的,这不公平。

希尔迪痛苦地说:"你!我干吗让你进我的屋!我就知道不该打电话给你们这些人!就该告诉他没人接电话!你没权利在他快死时进入他的生活。艾略克爱的是我。"

但父亲忍着病痛写下的亲笔遗嘱就在这儿,日期是他死的前几天署的。如果保险金足以支付这笔费用,我希望由我女儿把我葬在纽约斯特里克斯维尔的路德教墓地。剩余的保险金归我女儿所有。我不想成为活着的人的负担。我想把今生的财产分给我女儿和朋友希尔迪嘉德·珀默洛伊,以表示对她们的感激之情。办完葬礼,还会剩下一笔钱:父亲有张七千美元的人寿保险单,虽然最后几笔保险费没交,但保险公司同意支付五千八百美元,这已经绰绰有余了。

我成了父亲的保险受益人!这消息令人震惊。

是的,这不公平。希尔迪说的没错。我告诉她我不要不该属于我的东西。我告诉她丧葬费以外的钱全部归她所有。希尔迪一边哭一边骂。她不需要我该死的施舍,她说。我申辩道,这不是施舍——"是你把他带回家,是你悉心照顾他直至去世。你爱他,他也爱你。"希尔迪盯着我,眼里闪着愤怒的光芒。从父亲死的那天早上起,她就不再化妆,不再涂睫毛膏;她成了一个皮包骨头的中年妇女,有着少女的容貌,瘦小畸形的身材,和一头异国情调的黑发。她接下来说的话令我震惊,像是狠狠打了我一记耳光:"'爱我!'你知道什么?——你在侮辱我。以为我是傻瓜?"我摇头否认,不,不,我不觉得她蠢:她当然不蠢;她是个心地善良、慷慨大方、品格高尚的人;一个勇敢的人,一个好人;我说父亲深爱着她,他不是在遗嘱里提到了她吗?希尔迪嗤之以鼻,"哼,当然!什么'今生的财产',他有的只是垃圾。他把钱留给了你。扯淡。"

然而,几星期后我寄给希尔迪·珀默洛伊一张三千二百美元的支票,她还是把它兑成了现金。

我以二百八十五美元卖掉了大众汽车,然后飞往东部的布法罗。这是我第一次坐飞机,是一次激动人心的经历;恍惚、疲惫、悲伤、如释重负,最为强烈的还是如释重负的感觉。父亲的遗体由另一架飞机空运。在路德教堂举行的葬礼规模很小,出席者不到三十人,其中大多是亲戚和邻居,那些人自我离开家后就没再见过,他们似乎也认不出我了。艾达的女儿? 就是她? 我的兄弟中,只有弗里茨抽空来了。至于父母合葬的墓,我用一块虽小但我认为很美的花岗岩石碑替换母亲的墓碑,刻上父母的名字,出生、死亡的日子。将来我不会和他们一起葬在那岩石下,但现在我们一家终于完整了。

如果我们之间的事有了结果,有一天,我会带你去那儿。